MEMORIAS DE IDHÚN

La Resistencia

Libro I: Búsqueda

LAURA GALLEGO GARCÍA

fundación sm

La Fundación SM destina los beneficios
de las empresas SM a programas culturales
y educativos, con especial atención a los
colectivos más desfavorecidos.

Si quieres saber más sobre los programas
de la Fundación SM, entra en
www.fundacion-sm.org

LITERATURA**SM**•COM

Primera edición: septiembre de 2009
Decimoséptima edición: junio de 2020

Gerencia editorial: Gabriel Brandariz
Coordinación de diseño: Lara Peces

© Laura Gallego García, 2004
www.lauragallego.com
www.memoriasdeidhun.com
© Ediciones SM, 2009
Impresores, 2
Parque Empresarial Prado del Espino
28660 Boadilla del Monte (Madrid)
www.grupo-sm.com

ISBN: 978-84-675-3593-8
Depósito legal: M-27278-2010
Impreso en la UE / *Printed in EU*

Para Andrés,
el primero que se atrevió
a cruzar la Puerta conmigo,
y que escuchó esta historia
bajo la luz de las tres lunas.

No importa lo que haga, cada persona en la Tierra está siempre representando el papel principal de la Historia del mundo. Y normalmente no lo sabe.

PAULO COELHO, *El Alquimista*

I
JACK

ERA ya de noche, una noche de finales de mayo, y un chico de trece años subía en bicicleta por una carretera comarcal bordeada de altas coníferas, de regreso a su casa, una granja junto a un pequeño bosque.

Se llamaba Jack. Hacía ya un par de años que vivía con sus padres en aquella granja a las afueras de Silkeborg, una pequeña ciudad danesa, y todas las tardes, al salir de clase, si el tiempo lo permitía, efectuaba aquel trayecto en bicicleta. Le gustaba hacer ejercicio y, además, el recorrido junto al bosque lo relajaba y apartaba de su mente todas las preocupaciones.

Pero, por alguna razón, aquella vez era diferente.

Llevaba todo el día teniendo una extraña intuición con respecto a su casa y sus padres. No habría sabido decir de qué se trataba, pero tampoco había podido evitar llamar a su madre a mediodía, para asegurarse de que los dos estaban bien, y lo había encontrado todo en orden. Sin embargo, apenas un rato antes, al salir del colegio, había sentido que aquel molesto presentimiento que lo había acosado durante todo el día regresaba con más fuerza. Sin ningún motivo aparente, intuía que su familia estaba en peligro. Y sabía que era absurdo, sabía que no tenía una explicación racional para aquella sensación, pero no podía evitarlo. Tenía que llegar a casa cuanto antes y comprobar que todo marchaba bien.

Cuando llegó a la granja por fin, el corazón estaba a punto de estallarle del esfuerzo. Dejó la bicicleta tirada junto al cobertizo, sin preocuparse por guardarla, y corrió hacia la entrada.

Se detuvo de pronto, con el corazón latiéndole con fuerza.

Joker, su perro, no había acudido a recibirlo, como todos los días. Tampoco se oían sus ladridos desde la parte posterior de la granja. «Habrá ido al bosque», se dijo Jack, intentando calmarse.

No pudo evitarlo, sin embargo. Echó a correr de nuevo hacia la puerta de la casa. La halló entreabierta y entró.

Algo lo detuvo.

En apariencia, todo parecía normal. La luz del salón estaba encendida, se oía el murmullo apagado del televisor.

Pero se respiraba un ambiente extraño.

Temblando, entró en el salón. Su padre estaba sentado en el sofá, frente al televisor, de espaldas a él. Podía ver su cabeza descansando sobre el respaldo.

—Papá...

No hubo respuesta. En la televisión ponían un estúpido programa de imitadores de cantantes famosos, y Jack se aferró desesperadamente a la idea de que era lógico que su padre se hubiese quedado dormido.

Rodeó el sofá y, tras un breve instante de vacilación, miró a su padre a la cara.

Estaba inmóvil, pálido, con los ojos abiertos de par en par, desenfocados, mirando a ninguna parte. No había ninguna señal de sangre o violencia en su cuerpo.

Pero Jack supo que estaba muerto.

Algo golpeó su conciencia con la fuerza de una pesada maza. Por un momento, el tiempo pareció detenerse, y su corazón con él; pero de inmediato el mundo a su alrededor se tambaleó y empezó a girar a una velocidad abrumadora. Se abalanzó hacia su padre y lo sacudió varias veces, tratando de hacerlo reaccionar. En el fondo sabía que era inútil, pero, simplemente, no quería creerlo.

—¡Papá! Papá, por favor, papá, despierta...

Su voz se quebró con un sollozo aterrorizado. De pronto pensó que tal vez no era demasiado tarde, que tenía que llamar a una ambulancia, y quizá... corrió hacia el teléfono y descolgó el auricular.

Pero no había línea. Jack colgó el teléfono con violencia, rabia y desesperación; se secó las lágrimas con la manga del jersey, dio media vuelta y se precipitó escaleras arriba.

—¡Mamá! —gritó—. ¡Mamá, baja corriendo, trae el móvil!

Tropezó en un escalón y cayó, golpeándose las rodillas, pero eso no lo detuvo. Se levantó de nuevo y siguió corriendo:

—¡¡Mamá...!!

Enmudeció de pronto, porque había alguien al fondo del corredor. Alguien que no era su madre. Frenó en seco, desconcertado. Los dos se miraron un momento.

Se trataba de un hombre de ojos de color avellana y rasgos delicados, pero expresión dura y ligeramente burlona. Vestía algo parecido a una túnica que le llegaba por los pies, y tenía el cabello oscuro y encrespado.

–¿Quién... quién es usted? –murmuró Jack, confuso y todavía con los ojos llenos de lágrimas.

Algo atrajo su atención, sin embargo. Sobre el parqué, a los pies del individuo de la túnica, había un bulto inerte. Jack lo reconoció, y sintió que las piernas le temblaban; tuvo que apoyarse en la pared para no caerse.

Era su madre, que yacía en el suelo, pálida, con la cabeza vuelta hacia él y los ojos abiertos.

Jack sintió que la sangre se le congelaba en las venas. Aquello no podía estar sucediendo...

Pero no había duda. La mirada de su madre era vacía, inexpresiva. Sus ojos estaban muertos.

–¡¡¡Mamááá!!! –gritó el chico, fuera de sí.

Echó a correr hacia ella, sin importarle para nada la presencia del hombre de pelo negro...

Todo sucedió muy deprisa. El desconocido gritó unas palabras en un idioma que Jack no conocía (pero que, de pronto, le sonó extrañamente familiar) y algo golpeó al chico en el pecho, dejándolo sin aliento, y lo lanzó hacia atrás.

Jack chocó contra la pared y sacudió la cabeza, aturdido y respirando con dificultad. No tenía ni idea de qué era lo que lo había empujado con tanta violencia; el individuo de la túnica estaba aún lejos de su alcance cuando aquel lo-que-fuera lo había lanzado contra la pared.

Pero no se detuvo a pensar en ello. El golpe lo devolvió a la realidad.

Se dio cuenta de que, muy probablemente, aquel estrafalario individuo era el responsable de la muerte de sus padres; y una parte de sí mismo, que estaba oculta y dormida y solo despertaba en ocasiones puntuales, y que, sin embargo, Jack conocía muy bien, aullaba de dolor, ira y sed de venganza.

Por otro lado, sabía que lo más prudente era dar media vuelta y echar a correr, escapar, avisar a la policía...

Por suerte para él, logró dominar su ira y dejar paso a la sensatez. Se puso en pie de un salto, reaccionando más deprisa de lo que su oponente había previsto. Echó a correr en dirección a las escaleras y lo oyó gritar a su espalda, pero no se detuvo. Bajó a todo correr; en su precipitación, tropezó de nuevo y cayó rodando hasta el salón.

Pero, cuando estaba a punto de levantarse, sintió una presencia gélida tras él, y se estremeció, sin poderlo evitar. Se volvió lentamente... Ante él se hallaba un chico algo mayor que él, vestido de negro. Era delgado y fibroso, de facciones suaves y cabello castaño claro, muy fino y liso, que le caía a ambos lados del rostro. Sus ojos azules se clavaron en él, inquisitivos.

Era la primera vez que se encontraban, de eso Jack estaba seguro, pero, por alguna razón, no pudo evitar sentir una súbita repulsa hacia él, como si el mero hecho de estar cerca de aquel desconocido le produjese escalofríos.

Reprimió un estremecimiento y lo miró a los ojos.

Y de pronto sintió algo extraño, una sacudida, como si algo se hubiese introducido en su interior y estuviese explorando sus más secretos pensamientos y sus más íntimos sentimientos.

Y otra cosa.

Frío.

Jack se quedó paralizado, hechizado por la mirada del joven de negro.

«Te estaba buscando», se oyó una voz en su mente.

Y, en aquel mismo instante, Jack supo, de alguna manera, que iba a morir, como lo sabe la mosca que queda atrapada en la telaraña, como lo sabe un ratón que se topa con la mirada de una serpiente.

Pero entonces algo tiró de él y lo arrojó a un lado con violencia, apartándolo del muchacho de negro. Jack cayó al suelo, sobre la alfombra, sacudió la cabeza y se giró para ver qué estaba pasando y quién lo había alejado de la mirada de la muerte.

Su salvador era un joven de unos veinte años, alto y musculoso, de cabello castaño corto y expresión grave y severa, que había aparecido de la nada, interponiéndose entre Jack y el otro muchacho. Había algo en él que imponía respeto, a pesar de las extrañas ropas que vestía. El chico de negro lo miró impasible, pero adoptó una postura de serena cautela. Y entonces, ante la atónita mirada de Jack, el recién llegado sacó una espada del cinto y le plantó cara a su oponente. El de negro pareció aceptar el desafío, porque extrajo su propia espada de una vaina que llevaba sujeta a la espalda y paró el golpe de su contrincante con una rapidez y una agilidad casi sobrehumanas. Jack, paralizado de terror, se quedó mirando cómo aquellos dos desconocidos iniciaban un duelo de espadas en el salón de su propia casa. Volcaron la mesa del comedor, desgarraron las cortinas, destrozaron el televisor con una estocada que no dio en el blanco. Jack asistía impotente a aquel estropicio, pero no se atrevía a moverse. El joven recién llegado se movía con seguridad y serenidad, y los golpes que descargaba eran más fuertes; pero el muchacho de negro era mucho más rápido, ágil, silencioso y letal. Jack se dio cuenta de que, cada vez que las dos espadas se encontraban, una especie de destello sobrenatural brotaba de sus filos.

Aquello no era real, era una pesadilla, no podía estar pasando. Quiso gritar, pero entonces alguien tiró de él y le tapó la boca.

Jack sintió que se mareaba. Su primer impulso fue tratar de deshacerse del abrazo, pero no lo logró. Se volvió y vio que su captor era un chico delgado de unos dieciocho o diecinueve años, de cabello negro, grandes ojos oscuros, facciones agradables y gesto serio. Jack quiso librarse de él, pero el joven era más fuerte. Lo miró a la cara y le dijo que no con la cabeza, y Jack entendió que era un amigo y estaba allí para ayudarlo. Lo agarró por los brazos con desesperación.

–Por favor –sollozó–, por favor, ayudadme... mis padres...

Pero el joven sacudió la cabeza, y le dijo algo en otro idioma, y Jack comprendió que hablaban lenguas distintas. Se volvió para señalar el sofá donde yacía el cuerpo de su padre, pero al final giró la cabeza con brusquedad porque no se atrevía a mirar.

Mientras tanto, los otros dos seguían con su particular duelo de esgrima, y el individuo de la túnica, el asesino de los padres de Jack, se había asomado a lo alto de la escalera. El muchacho que sujetaba a Jack se dio cuenta de ello. Gritó algo y su compañero asintió y retrocedió hasta él. El chico de negro corrió tras él y descargó la espada sobre ellos, justo cuando su oponente agarraba del brazo a su amigo.

Jack sintió unos dedos clavándose dolorosamente en su antebrazo y lo último que vio antes de que todo empezase a dar vueltas fueron unos gélidos ojos azules...

Jack lanzó un grito y abrió los ojos, sobresaltado. Se incorporó sobre la cama, respirando entrecortadamente y sintiendo en el pecho los alocados latidos de su corazón.

«Solo ha sido un maldito sueño», pensó irritado.

Pero todavía temblaba. Detestaba las serpientes, y había soñado con una de ellas, enorme, terrorífica, que se alzaba bajo un extraño cielo del color de la sangre. Un cielo con seis astros que emitían un brillo cegador.

Intentó serenarse. Estaba temblando, y sentía una extraña angustia que atenazaba su corazón como una garra de hielo. Respiró hondo. «Solo ha sido una pesadilla», se dijo. Pero no era la primera vez que soñaba con aquella escena, y se preguntó, una vez más, si la habría visto en alguna película de ciencia ficción. Si era así, no lo recordaba.

Por otro lado, antes de soñar con la serpiente gigante había tenido un sueño mucho más aterrador; se acordaba solo vagamente, pero sabía que tenía que ver con sus padres, y que no era algo que quisiera recordar.

Se pasó una mano por su pelo rubio, revolviéndolo, y echó un vistazo a su derecha, buscando con la mirada los números fosforescentes de su despertador digital.

Se quedó helado.

No estaba en su habitación. Se hallaba en una cama extraña, en un cuarto extraño, en un lugar extraño. La forma de la habitación tampoco era corriente: no había esquinas en las paredes, curiosamente redondeadas. Era como si estuviese en el interior de un iglú gigante. Una ventana, también redonda, se abría a un lado del cuarto. Más allá se veía una clara noche estrellada y las oscuras copas de los árboles. Pero no era el paisaje que él conocía.

Jack parpadeó, confuso. ¿Dónde diablos se encontraba? ¿Qué estaba pasando?

Se levantó de un salto, apartando unas sábanas extraordinariamente suaves. Buscó el interruptor de la luz y no lo encontró. Esperó a que sus ojos se habituasen a la oscuridad para mirar a su alrededor.

No había muchos muebles en aquel cuarto. Una silla y una mesa de extraño diseño, un armario del mismo estilo y algo que parecía una mezcla entre una estantería y una cómoda. Y dos puertas.

Una estaba entreabierta, y parecía un ropero. Jack abrió la otra, tirando de una manilla hecha de un curioso metal verdeazulado, y se deslizó hasta el exterior.

Se encontró en un pasillo de techo abovedado, como un túnel, que torcía hacia la derecha con suavidad, sin esquinas. Estaba iluminado por medio de apliques eléctricos, con bombillas, perfectamente normales. Jack respiró hondo, mareado. Aquello era una locura.

Avanzó con precaución, procurando no hacer ningún ruido... y entonces topó con alguien. Jack dio un respingo. Se trataba de un joven moreno, delgado y nervioso. Jack lo había visto antes...

... En el salón de su casa, sujetándolo, mientras otros dos mantenían un duelo de espadas.

De golpe lo recordó todo. La carrera hasta la granja, el hombre de la túnica, la lucha entre su perseguidor y su salvador, aquellos inhumanos ojos azules, sus padres muertos...

Sus padres, muertos.

No había sido un sueño. Todo aquello había sucedido de verdad.

Jack ahogó un grito de rabia y desesperación y, casi sin saber lo que estaba haciendo, se abalanzó contra aquel joven, furioso, tratando de golpearlo. Lo cogió por sorpresa y ambos cayeron al suelo. El muchacho exclamó algo en aquella extraña lengua, pero Jack no atendía a razones. Golpeó con los puños intentando darle a algo, pero de pronto unas manos de hierro lo agarraron dolorosamente por las muñecas y una voz serena, tranquila y autoritaria dijo algo que, para variar, él no entendió. Intentó desasirse, pero no lo logró. Sintió que tiraban de él hacia atrás para separarlo de su oponente. Se resistió; estaba ciego de rabia. Se volvió para ver quién lo tenía atrapado y vio tras él al joven que había peleado contra el muchacho de los ojos azules en su propia casa. Sin duda era muy fuerte y tenía brazos de acero; Jack se dio cuenta de que no le estaba costando ningún trabajo mantenerlo quieto, a pesar de que él se estaba resistiendo con todas sus fuerzas.

Finalmente Jack, agotado, se rindió. Estaba atrapado.

Se dejó caer, temblando y sollozando sin poder contenerse.

Entonces el muchacho moreno al que acababa de atacar se inclinó junto a él y le dijo algo. Jack apartó la cara, furioso y angustiado a la vez. Pero vio, a través de las lágrimas, que él lo miraba fijamente, serio y preocupado. El joven dijo algo más, y esta vez Jack alzó la cabeza. Sonaba a francés. Pero él no sabía francés. El otro frunció el ceño, pensativo, y entonces probó otra vez.

En esta ocasión, Jack lo comprendió.

—Eh... sí... hablo inglés —musitó en la misma lengua; sus propias palabras le sonaban extrañas. Tragó saliva para aclararse un poco la garganta. Volvió la cabeza para frotarse la cara contra el brazo y así secarse las lágrimas, porque todavía lo tenían sujeto por las muñecas y no podía usar las manos.

El otro chico lo miró, pensativo.

–Bien. En realidad, a mí no se me da muy bien el inglés, he tenido poco tiempo para aprender –explicó en un inglés vacilante, con un extraño acento–. Pero creo que nos entenderemos.

Jack asintió, mohíno. Él hablaba inglés casi tan bien como su lengua materna. No en vano, su padre era británico... Pensar en su padre le hizo recordarlo, sentado en el sofá, muerto, y cerró los ojos para evitar que volvieran a llenársele de lágrimas. Todo aquello no era más que una pesadilla...

–No es un buen momento para hablar, lo sé –prosiguió el joven–. Solo quiero que sepas que, pase lo que pase, aquí estarás a salvo.

–¡A salvo! –repitió Jack con amargura–. ¡Después de lo que les habéis hecho a mis padres...!

–Te hemos salvado la vida –corrigió el otro–. Si hubiésemos llegado a tiempo, tal vez también habríamos podido salvar a tus padres. Pero ellos se nos adelantaron otra vez.

Había tal gesto de rabia y frustración en su rostro que Jack no pudo menos que creerlo.

–Mis padres... –repitió, sin poderse quitar aquella idea de la cabeza.

Trató de recomponer aquel rompecabezas en su mente. Lo que había contemplado en su casa era la lucha entre dos grupos distintos. Dos personas, el hombre de la túnica y el muchacho vestido de negro, habían matado a sus padres. Y probablemente lo habrían matado a él también, de no ser por la intervención de aquellos dos jóvenes con los que estaba hablando, que, de alguna manera, lo habían sacado de allí. ¿Por qué había pasado todo eso? ¿Quiénes eran ellos? ¿Y qué tenían que ver sus padres con todo aquello?

–¿Por qué? –susurró, desolado–. ¿Por qué a ellos?

Esta vez no pudo evitar que una lágrima resbalase por su mejilla y volvió la cabeza bruscamente, para que no lo vieran llorar.

El joven lo miró con pena.

–Lo siento, de verdad. Lo único que puedo decirte es que te protegeremos y que seguiremos luchando por que no haya más muertes.

–¿Más... muertes? –repitió Jack, desorientado.

El otro suspiró.

–Es mejor que no te mezcles en esto. Cuanto menos sepas, más seguro estarás.

Algo se rebeló en el interior de Jack.

–¡No! –gritó–. ¡No, ni hablar, necesito saber qué demonios ha pasado! ¿Me oyes? ¡Y quiero volver a casa! ¿Quiénes sois vosotros? ¿Adónde me habéis traído?

–A un lugar seguro –insistió el otro–. En cuanto a quiénes somos, solo puedo decirte nuestros nombres: yo soy Shail, y mi amigo es Alsan. No habla inglés –añadió con un suspiro resignado–, ni francés, ni nada que se le parezca.

Jack se volvió hacia Alsan, que permanecía impasible junto a él. Shail se encogió de hombros y le dijo algo en su propio idioma. Alsan soltó a Jack, que se frotó las muñecas doloridas, sin entender todavía lo que estaba sucediendo.

–Yo me llamo Jack –murmuró.

Se dejó caer al suelo; no tenía fuerzas para levantarse, de manera que se quedó allí, sentado en el suelo, hecho un ovillo y con la cabeza gacha, temblando de miedo, de dolor, de angustia, de rabia, de impotencia... Eran tantos los sentimientos que se confundían en su alma que por un momento creyó hallarse en el corazón de un huracán.

Shail se puso en pie y le tendió una mano para ayudarlo a levantarse. Jack alzó la cabeza y lo miró, todavía muy desorientado. Parpadeó para contener las lágrimas.

–Queremos ayudarte –dijo el muchacho, muy serio.

Jack titubeó, pero finalmente le dio la mano, y se incorporó. Se volvió hacia Alsan, desconfiado. El rostro del joven seguía pareciendo de piedra, pero en su mirada había simpatía y conmiseración. Jack vaciló.

–No estás solo –dijo Shail con suavidad.

Jack sintió que todo le daba vueltas. Las piernas le fallaron como si fueran de gelatina. Apenas notó los brazos de Alsan sujetándolo para que no cayese al suelo.

Fue vagamente consciente de que lo llevaban hasta una habitación más amplia y le hacían sentarse en un sillón. Cuando todo dejó de dar vueltas y pudo mirar a su alrededor, se encontró en un salón amueblado al mismo estilo que el cuarto en el que había despertado, y aderezado con una serie de elementos que no parecían encajar allí: lámparas, un equipo de música, un ordenador...

–Bienvenido a nuestro centro de operaciones –dijo la voz de Shail junto a él.

Jack dio un respingo y se volvió. Vio al joven apoyado en el quicio de la puerta. Sonreía amistosamente. Se dio cuenta de que llevaba una camisa blanca por fuera de los vaqueros, parecía un muchacho normal. Y sin embargo seguía habiendo en él algo que le hacía diferente. Jack buscó a Alsan con la mirada, pero descubrió que se había marchado.

–Te has mareado –continuó Shail–. Estás muy débil, necesitas comer algo. ¿No tienes hambre?

Jack negó con la cabeza.

–Tengo el estómago revuelto.

–No me extraña –asintió Shail, muy serio–. Has pasado por una experiencia muy dura.

Jack reprimió un gesto de dolor. Miró a Shail con dureza.

–Necesito saber –exigió.

El joven le dirigió una mirada pensativa.

–Bueno –dijo finalmente–. Intentaré explicarte algunas cosas –se sentó junto a él–. Supongo que querrás saber quiénes entraron la otra noche en tu casa, y por qué.

Jack asintió.

–En fin, es largo de explicar. Digamos que esos tipos van buscando... a gente muy especial. Gente que se les ha escapado de un... lugar. Del lugar de donde ellos vienen.

Miraba a Jack con fijeza, esperando una reacción en él, pero esta no se produjo.

–No... no lo entiendo –musitó el chico, confuso.

Shail frunció el ceño.

–¿De verdad... no sabes nada? ¿No tienes idea de dónde venían tus padres?

–Mi padre era inglés, y mi madre danesa. ¿Te refieres a eso?

Shail se acarició la barbilla, pensativo.

–Qué raro... –murmuró–. No hablas el idhunaico ni sospechas por qué os han atacado. No puede ser que tus padres no te contasen nada. Y, sin embargo... Por otro lado, ellos... No, no es posible, ellos no cometen errores...

Jack perdió la paciencia.

–Por favor, cuéntamelo de una vez. *Necesito* saber qué ha pasado, ¿no lo entiendes?

–Está bien, está bien. ¿Recuerdas a ese chico de negro?

Jack se estremeció involuntariamente. «Te estaba buscando», susurró de nuevo aquella voz en un rincón de su memoria.

–Veo que sí –comentó Shail–. Bien, pues él... se llama Kirtash, y es un asesino. Un asesino muy especial: es frío, despiadado y muy... poderoso.

–¿Poderoso en qué sentido? –preguntó Jack, sintiendo un nuevo escalofrío.

–No te lo puedo explicar, pero estoy seguro de que tú ya lo notaste. El otro, el mag... quiero decir, el de la túnica –rectificó–, se llama Elrion y hace poco que va con él. De todas formas es raro, porque Kirtash siempre actúa solo. Aunque creo que fue Elrion quien...

Calló un momento.

–¿... quien atacó a mis padres? –completó Jack en voz baja; sintió un nudo en la garganta y tragó saliva, tratando de evitar que las lágrimas aflorasen de nuevo a sus ojos.

Shail asintió, pesaroso.

–¿Pero quién querría...? –a Jack se le quebró la voz; hizo lo posible por acabar la pregunta y no lo logró; solo consiguió articular–: ¿Y por qué?

Shail suspiró.

–El lugar de donde venimos, Jack, está gobernado por unos... llamémoslos... individuos... a quienes no les gusta que se rebelen contra ellos. Por eso han enviado a Kirtash. Se dedica a ir por el mundo buscando gente... como nosotros. Gente... exiliada. Gente que ha escapado hasta aquí. Los busca, los encuentra... y los mata.

Jack respiró hondo. Se imaginó al punto un país ahogado por unos dictadores que gobernaban con mano de hierro.

–Pero mis padres... no pertenecían a ese lugar –objetó–. Me lo habrían dicho.

–Puede que sí, o puede que no, Jack. Tal vez tengas razón y Kirtash y los suyos se hayan equivocado con vosotros. Pero me parecería muy extraño, porque ellos nunca cometen errores de ese tipo.

Jack no dijo nada. Le costaba asimilar tanta información.

–Nosotros somos... rebeldes –prosiguió Shail–. O renegados, como nos llaman ellos. Alsan y yo vinimos aquí para cumplir una misión, y nos tropezamos con Kirtash. Hemos intentado impedir que siga asesinando a nuestra gente, pero siempre se nos adelanta y... –ahora fue

Shail quien se estremeció– no podemos luchar contra él. No tenemos los medios suficientes.

–¿Qué...? No lo entiendo. Solo es un chico, y no será mucho mayor que yo. Bueno, tal vez uno o dos años mayor que yo, pero... sigue siendo un chico, y si está solo...

Shail le dirigió una mirada inescrutable.

–Kirtash no es lo que parece. Por lo que sabemos, tiene solo quince años, pero ha asesinado a incontables personas desde que está aquí.

–Pero eso... no puede ser, es... absurdo.

–Será o no absurdo, pero es la verdad. Créeme si te digo que nadie que se haya enfrentado a él ha salido con vida. Nadie.

A Jack le pareció que Shail temblaba, y no lo consideró una buena señal. Recordó de pronto una cosa.

–Pero nosotros escapamos. Kirtash tenía esa espada, iba a... –frunció el ceño–. Y yo me desvanecí, y de pronto estaba aquí...

Shail parecía incómodo.

–Escapamos –dijo ambiguamente–, sin enfrentarnos a él. Alsan no habría podido aguantar mucho tiempo, así que... tuvimos que huir.

–¿Cómo?

–Nos habría matado –prosiguió Shail, eludiendo la pregunta–. Ha sido entrenado para ser el mejor y el más despiadado asesino que jamás se haya visto. Es rápido, venenoso y mortal como un escorpión. Y muy discreto. Nunca deja huellas ni rastros de su paso. Es como la sombra de la muerte. Como el ángel exterminador de la Biblia.

Jack respiró hondo. La cabeza le daba vueltas otra vez.

–Debo volver a casa –pudo decir.

–No, no debes. Si vuelves, Kirtash te encontrará y te matará. No le gusta dejar las cosas a medias. Aquí estarás seguro.

Jack levantó la cabeza para mirarlo a los ojos.

–¿Seguro? –repitió–. Pero si ni siquiera sé dónde estoy. Este es un sitio muy extraño...

Shail esbozó una media sonrisa.

–Este lugar es Limbhad. Fue construido por nuestros antepasados, hace mucho, mucho tiempo. Kirtash y los suyos no lo conocen. Es un refugio secreto.

–¿Y cómo sabes que no os encontrarán?

Shail se levantó con gesto serio.

–Tenemos nuestros medios. No estamos tan indefensos como parece. Es solo que... –dudó antes de decir, en voz baja–: Es solo que Kirtash nos supera a todos. Me gustaría saber quién es él realmente –añadió como para sí mismo.

Jack se recostó contra el respaldo de su asiento, un cómodo sillón, y cerró los ojos.

–Estás muy pálido –dijo Shail–. Debes tratar de recuperar fuerzas...

Pero Jack negó con la cabeza.

–Se supone que mis padres habían huido de un lugar –dijo con lentitud–. ¿Qué lugar es ese?

Shail no respondió. Se quedó mirándolo, dudoso.

–¿Qué lugar es ese? –insistió Jack.

–Se llama Idhún –dijo Shail por fin, en voz baja.

Jack parpadeó, perplejo.

–Nunca lo he oído nombrar.

Shail no dijo nada. Se levantó y salió de la habitación en silencio. Jack quiso detenerlo, pero reaccionó tarde, y cuando intentó incorporarse, las piernas le fallaron. Tambaleándose, logró asomarse al pasillo otra vez. Pero Shail ya se había ido.

Jack se quedó allí parado, un momento. Entonces, lentamente, se dejó resbalar hasta el suelo y se quedó sentado allí, con la espalda apoyada en la pared. Rodeó las rodillas con los brazos, hundió la cabeza en ellos, encogiéndose sobre sí mismo, y se puso a llorar de nuevo, en silencio.

Estaba cansado, muy cansado. El miedo y la tensión parecían haberse esfumado, dejando paso a la tristeza y el abatimiento. No sabía si Shail había dicho la verdad ni si realmente estaba a salvo en aquel lugar, pero sí era cierto que resultaba difícil no calmarse con aquella apacible noche silenciosa y estrellada que se veía desde la ventana. Un remanso de paz y tranquilidad. Jack cerró los ojos, deseando descansar, pero su corazón seguía sangrando. En apenas unas horas, todo su mundo se había vuelto del revés. Sus padres habían muerto y él no sabía por qué. Estaba atrapado en un lugar desconocido y tampoco sabía por qué. Y había algo muy extraño en todas aquellas personas: los dos individuos que habían irrumpido en su casa... los mismos Alsan y Shail...

Evocó sin quererlo el momento en que su vida se había hecho añicos. El hombre de la túnica, ese tal Elrion, había matado a sus padres, o tal vez lo había hecho el otro, a quien Shail había llamado Kirtash, el muchacho de... los ojos azules.

Jack se estremeció involuntariamente...

Frío.

Volvió la cabeza con brusquedad. Nunca más vería a sus padres con vida, y esa idea resultaba horrible y angustiosa. Se había quedado huérfano. De golpe.

Costaba mucho asimilarlo.

Por un momento creyó que no lo conseguiría, deseó dejarse llevar por la pena, cerrar los ojos y dormir, y dormir para siempre, y no despertar nunca más, para no tener que enfrentarse al miedo y al dolor. Se dejó arrastrar por la marea de sus sentimientos, y estos estuvieron a punto de ahogarlo. Pero poco a poco, lentamente, fue saliendo a flote.

No habría sabido decir cuánto tiempo había permanecido allí, acurrucado junto a la pared, pero en un momento dado alzó la cabeza y se dio cuenta de que seguía en aquel extraño lugar que Shail había llamado «Limbhad», solo, en aquella habitación. Respiró hondo e intentó pensar con un poco más de claridad. Decidió entonces levantarse y salir de aquella casa, a pesar de lo que le había dicho Shail. Buscaría un teléfono y llamaría a la policía, y entonces trataría de localizar a sus tíos, que vivían en Silkeborg. Seguramente estarían preocupados por él.

Se levantó, tambaleándose, y avanzó por el corredor en busca de la salida.

Un poco más allá encontró una puerta entreabierta, de la cual salía un alegre resplandor. Jack se asomó con precaución.

Había llegado a la cocina, una cocina tan extraña y original como todo lo que había en Limbhad. Al fondo de la sala ardía un fuego cálido y acogedor, y los cacharros, de formas diversas, estaban colocados en una serie de alacenas de cantos redondeados. Pero a la derecha había un frigorífico, un horno eléctrico y una placa de vitrocerámica. Jack no terminaba de habituarse a aquella mezcla de cosas exóticas y electrodomésticos tan absolutamente corrientes. Era un contraste que chirriaba un poco.

Estaba a punto de marcharse cuando tropezó con algo y oyó un maullido indignado. Una gata de color canela se apartó de su camino y lo miró con altanería antes de subirse a una silla con un elegante salto y acomodarse allí, desde donde le disparó una última mirada ofendida.

–Lo siento –murmuró Jack.

Oyó un ruido y se volvió, y vio entonces que, sobre un banco adosado a la pared, había una chica sentada con las piernas cruzadas y un tazón de leche entre las manos. Jack no había reparado antes en ella; tendría unos doce años, el cabello castaño largo y unos ojos oscuros que parecían demasiado grandes para su cara menuda, morena y de nariz pequeña y respingona. Pero aquellos ojos estaban fijos en él, y Jack respiró hondo. Adiós a su intento de pasar inadvertido. Bueno, de todas formas, aquella chica no parecía peligrosa.

Ella lo miraba con cautela, y Jack levantó las manos como disculpándose.

–Hola –dijo.

La chica no lo entendió. Jack probó a saludar en inglés, y en el rostro de ella se dibujó una sonrisa.

–Hola –respondió.

–Me llamo Jack –dijo él.

–Yo me llamo Victoria.

El inglés de ella no era malo, pero no resultaba tan fluido como el de Jack. Él se percató enseguida de que no lograría sacarle mucha información.

–¿Eres amiga de Alsan y Shail? –Ella asintió–. ¿Vienes de Idhún, entonces?

Victoria se lo pensó un poco antes de contestar. La gata saltó sobre la mesa, sobresaltando a Jack, y lo miró con cara de pocos amigos. Él alargó la mano y acarició su sedoso pelaje. La gata agachó las orejas y, momentos después, ya ronroneaba panza arriba. El muchacho sonrió.

–No lo sé –dijo finalmente la chica, con precaución.

Jack estaba empezando a sentirse frustrado. Shail sabía más cosas, pero no se las quería contar. Alsan probablemente también, pero solo hablaba su extraño idioma (¿idhunaico, había dicho Shail?); y Victoria parecía algo más comunicativa, pero no dominaba el inglés tanto como para expresarse con total claridad.

–No entiendo –dijo el chico–. No entiendo nada. Quiero respuestas.

Victoria lo miró y abrió la boca para decir algo, pero calló. Parecía que no encontraba las palabras. Jack se sentó en un taburete, mohíno, y enterró la cara entre las manos.

Dio un respingo cuando sintió a Victoria junto a él. Ella se había levantado y estaba de pie, a su lado, sosteniendo algo. Jack lo miró. Se trataba de una cadena de la que colgaba un amuleto de plata que tenía forma de hexágono, con un extraño símbolo grabado en su interior.

La chica le hacía gestos indicándole que se pusiera la cadena en torno al cuello, y Jack obedeció. Sintió de pronto una especie de sacudida, como un cosquilleo que lo recorría por dentro.

–¿Y ahora? –dijo ella de repente, para sorpresa del muchacho–. ¿Me entiendes ahora?

Jack parpadeó, perplejo, convencido de que no había oído bien. Victoria no le había hablado en inglés, ni tampoco en danés, pero él la había comprendido a la perfección. Si no hubiese sido porque parecía imposible, Jack habría jurado que le estaba hablando en el extraño idioma de Alsan y Shail.

–Pe... pero no comprendo... –tartamudeó Jack; no pudo decir nada más; también él acababa de hablar en una lengua que no era la suya.

Victoria sonrió.

–Es un amuleto de comunicación –explicó–. Si lo llevas puesto, puedes hablar y entender nuestra lengua. No te preocupes, puedes quedarte con él. Creo que yo ya controlo bastante bien el idhunaico, y si no, seguro que Shail me preparará otro.

Perplejo, Jack cogió el colgante que Victoria le acababa de entregar. Hubo un chispazo de luz y el chico lo soltó con una exclamación.

–¡Ay! ¡Me ha dado un calambre!

De pronto, Victoria lo miraba de nuevo con aquella expresión cautelosa.

–Ha reaccionado contra ti –dijo a media voz–. ¿Es que no crees en la magia?

–¿La qué?

–¡Victoria!

Los dos se volvieron hacia la puerta. Allí estaba Shail, mirándolos con aire alarmado.

–¿Qué le has contado?

–¿Qué no le has contado tú, Shail? ¿No dijiste que ibas a hablar con él?

Shail puso cara de circunstancias.

–Es que... verás, él no es exactamente como nosotros.

Victoria miró a Jack, sorprendida.

–Entonces, ¿por qué lo habéis traído?

–Porque Kirtash lo atacó.

–Pero si Kirtash lo atacó, es que es uno de nosotros.

Jack abrió la boca para intervenir, pero una voz autoritaria irrumpió en la conversación:

–¿Qué pasa? ¿Por qué gritáis?

En la puerta estaba Alsan; parecía que había estado haciendo ejercicio, porque estaba desnudo de cintura para arriba, cubierto de sudor y con una toalla colgándole del hombro. Se había cruzado de brazos y los miraba, ceñudo.

–¿Pero qué...? –soltó Jack, perplejo, mirando al recién llegado–. ¡Shail me ha dicho que no sabías hablar mi idioma!

–Jack, él no está hablando tu idioma –trató de explicarle Shail, pacientemente–. Tú estás hablando el nuestro.

Victoria suspiró, exasperada. Alsan se volvió hacia Shail y lo miró, exigiéndole una explicación. Shail se encogió de hombros.

–Lo siento –intervino Victoria–, ha sido culpa mía. Le he prestado el amuleto de comunicación para entenderme con él, pero no sabía que no le habíais explicado nada...

–Le he explicado algunas cosas –se defendió Shail–, pero compréndeme, él jamás había oído hablar de Idhún... me habría tomado por loco.

–¿Pero es idhunita, o no? –preguntó Alsan, frunciendo aún más el entrecejo.

–¡No lo sé! Es demasiado mayor para ser hijo de idhunitas exiliados. Pero dice que ha nacido en la Tierra. Y no me cabe en la cabeza que Kirtash se haya equivocado con él. Todo esto me desconcierta...

–¡¡Bueno, basta ya!! –estalló Jack, cortando la discusión que se había iniciado entre los dos–. ¡Estáis todos chiflados! Me vuelvo a casa ahora mismo.

Se separó bruscamente de Victoria y se dirigió a la puerta de la cocina, pero Alsan no se apartó. Tenía los brazos cruzados, y sus músculos resaltaban bajo el brillo del sudor.

–Déjame pasar –dijo Jack, temblando de rabia.

Alsan no se inmutó. Se limitó a mirarlo, pensativo.

–Déjame pasar –insistió Jack–. Quiero irme de aquí.

Pareció que Alsan cambiaba de idea, porque se apartó para dejarle paso. Jack se alejó pasillo abajo, pero aún escuchó el reproche de Victoria:

–Tendréis que explicárselo, ¿no? No podéis seguir ocultándoselo siempre.

II
LIMBHAD

LA casa estaba silenciosa y oscura. Jack se sentía débil, pero quería escapar de allí, costara lo que costase. Se aferró a aquel pensamiento: escapar de allí. Si estaba ocupado haciendo algo, se distraería y no pensaría en...

Se le revolvió el estómago de nuevo, recordando la pesadilla que había vivido aquella noche. Parpadeó para contener las lágrimas. No iba a volver a llorar, ahora no. Necesitaba tener la mente clara.

Descubrió que el edificio tenía una arquitectura extraña: estaba conformado por un gran cuerpo central con forma redondeada, cubierto por una cúpula. A su alrededor se abrían pequeñas habitaciones que reproducían la misma forma de iglú, como medias burbujas rodeando a una media burbuja mayor. Encontró por fin la puerta principal, en forma de óvalo, que conducía a un pequeño y silencioso jardín. Pero estaba cerrada.

Jack sacudió la aldaba, furioso y desesperado, y terminó pegándole una patada a la puerta. Se hizo daño, pero se sintió mucho mejor. Siguió explorando la casa, en busca de una manera de salir de allí.

Logró curiosear en varias habitaciones, pero otras se las encontró cerradas con llave. Pronto descubrió que las ventanas estaban cerradas con algo parecido al cristal, pero mucho más elástico, que se abombaba si lo empujaba con el dedo. Sin embargo, no encontró la manera de abrirlas, y tampoco logró romperlas. Aquella sustancia parecía de goma, pero era tan ligera y transparente como el más fino cristal.

Se topó con una amplia escalera de caracol que conducía al piso de arriba, y decidió subir. La escalera desembocaba ante una enorme puerta cubierta de extraños símbolos, que estaba también cerrada.

A la izquierda se abría una puerta más pequeña que daba a una amplísima terraza, con forma de concha, que cubría todo un lado del edificio.

Jack salió al exterior y cruzó la terraza para asomarse a la balaustrada, de formas suaves y ondulantes. Debajo había un jardín y, más allá, otro edificio más pequeño que reproducía la misma arquitectura de la casa principal. Estaba, sin embargo, coronado por una alta aguja que se alzaba en su centro.

Jack parpadeó, sorprendido. Algunas de las estructuras que había visto desafiaban la lógica de la arquitectura convencional, parecían contradecir la misma ley de la gravedad. Y, sin embargo, allí estaban, elevándose sobre el suelo, orgullosas, firmes y seguras.

Miró hacia el horizonte. Vio un pequeño bosque, pero también distinguió los picos de una sierra detrás de los árboles. Se volvió en todas direcciones, esperando vislumbrar la claridad que denotaba la proximidad del amanecer, para orientarse de alguna manera.

No la encontró.

–Qué raro –murmuró para sí mismo–. ¿Por qué no se hace de día? ¿Cuánto tiempo ha pasado?

Buscó la luna en el cielo, pero tampoco la vio. Volvió a asomarse a la balaustrada, preguntándose si podría saltar desde allí; pero finalmente cambió de idea: estaba demasiado alto, y lo único que conseguiría sería hacerse daño. Quizá lo mejor sería volver al piso inferior e intentar escapar de otra manera. Se apresuró, por tanto, a entrar de nuevo en el edificio.

Pero, cuando volvió a pasar por delante de aquella enorme y elegante puerta, esta se abrió con un chirrido.

Fueron apenas unos centímetros, pero Jack se sobresaltó. No había nadie cerca. Se encogió de hombros, pensando que habría sido una ráfaga de aire, y no lo dudó más: entró.

Se halló en una enorme sala circular de altas paredes cubiertas por estanterías llenas de libros antiquísimos. En el centro de la habitación había una gran mesa redonda de madera vieja, rodeada de seis sillones bellamente tallados. Jack se acercó a examinar la mesa. Su superficie estaba grabada con los mismos símbolos extraños, que se entrelazaban con raros dibujos de animales mitológicos y criaturas que no había visto nunca. En el centro de la mesa había una hendidura circular ligeramente iluminada. Jack alzó la mirada y vio que justo encima, en el techo de la estancia, se abría un tragaluz redondo, por el que se filtraba la suave luz de las estrellas. En él había una vidriera en la que se distinguían las figuras de tres soles y tres lunas.

Jack retrocedió instintivamente, aterrado sin saber por qué. Se detuvo y obligó a su corazón a calmarse. ¿Qué era lo que lo había alterado de aquella manera?

Avanzó de nuevo y volvió a mirar hacia arriba. La vidriera no tenía nada de especial. Tres soles dispuestos en forma de triángulo. Tres lunas colocadas de manera que hacían la figura de un triángulo invertido. Ambos triángulos estaban entrelazados, y las líneas de cristal que unían los astros entre ellos formaban... la figura de un hexágono.

Jack dio un respingo y volvió a coger el colgante de Victoria, que todavía llevaba al cuello, para observarlo con atención, pero la oscuridad le impidió verlo con claridad.

—Ojalá hubiese algo de luz —murmuró para sí mismo, frustrado.

Y de pronto hubo un susurro y un chasquido, y una luz cálida y cambiante inundó la estancia. Jack saltó como si lo hubiesen pinchado y miró a su alrededor. Había seis antorchas encendidas colocadas a lo largo de la pared circular.

—¿Quién anda ahí? —preguntó, tratando de controlar los alocados latidos de su corazón—. ¿Eres tú, Shail?

No hubo respuesta. Nada se movió. Solo la luz fantasmal de las antorchas temblaba y se agitaba, produciendo sombras inquietantes en la habitación.

Jack frunció el ceño y se centró en el colgante. Un hexágono como el del techo. ¿Qué significaría aquello?

Volvió a mirar el tragaluz. Los seis astros relucían enigmáticamente, provocando en su interior una extraña inquietud. Tenía la sensación de que aquello lo había visto antes...

... En un cielo extraño y terrorífico envuelto en una luz del color de la sangre.

Jack se sobresaltó. ¡Ahora lo recordaba! Aquel sueño en el que salía la serpiente gigante... recortada contra un ominoso cielo rojizo. ¿Pero qué significaba todo aquello? ¿Qué tenía que ver aquel signo con él, con sus sueños, con la muerte de sus padres?

Se inclinó hacia delante para mirar mejor las figuras de cristal del tragaluz y, sin darse cuenta, apoyó las manos sobre la mesa.

Súbitamente, un intenso haz de luz surgió de la hendidura del centro de la mesa, un haz de luz multicolor que se elevaba como una columna brillante hacia la claraboya de los seis astros. Jack, sobresaltado, dio unos pasos atrás, trastabilló y cayó al suelo. Quedó sentado sobre las baldosas, con la boca abierta, mientras ante él se desarrollaba una escena asombrosa.

Las luces que salían de la mesa habían comenzado a girar como en un torbellino, mezclándose y entrecruzándose, generando colores extraños y sorprendentes. Giraron y giraron hasta formar una brillante esfera de color verde azulado.

Jack tardó unos segundos en comprender que estaba viendo un planeta. Pensó al principio que era la Tierra, pero entonces las luces se definieron y el holograma se hizo más perfecto, y Jack vio que aquella geografía le resultaba completamente desconocida. Descubrió otras tres pequeñas esferas girando en torno a la mayor, y otras tres más grandes que quedaban quietas un poco más allá.

«Los soles y las lunas», pensó Jack, tragando saliva.

Las esferas giraron de pronto más deprisa, y Jack tuvo la sensación de que el planeta se hacía cada vez más grande, hasta cubrirlo todo. Era como si se estuviese acercando allí a toda velocidad. Cerró los ojos, mareado, pero los abrió casi enseguida.

Y se vio, de alguna manera, allí.

No estaba sobre su superficie, pero era como si la sobrevolase. Era una sensación maravillosa, y se sintió exultante de felicidad. Desde niño había estado obsesionado con volar, y una de las experiencias vitales que recordaba con más cariño era el vuelo en avioneta con que le había obsequiado un amigo de su padre, que era piloto, cuando vivían en Inglaterra.

Pero allí no había ninguna avioneta. Estaba solo él, flotando en el cielo, surcando el firmamento. Decidió disfrutar del vuelo y no estropearlo planteándose qué estaba sucediendo exactamente.

Vio verdes prados y suaves colinas, vio frías estepas y altísimas cordilleras, vio un desierto un poco más allá (se estremeció sin saber por qué), vio un mar infinito, vio ciudades de arquitecturas extrañas y fantásticas (y algunas le recordaron la casa de Limbhad), vio impetuosos torrentes y hermosos y tranquilos lagos... pero, sobre todo, vio los bosques, interminables extensiones de enormes árboles que parecían rozar las nubes.

Y vio las criaturas.

Había animales corrientes, como ovejas y caballos, pastando por las praderas, pero también seres que él no había visto nunca. Extraños pájaros de coloridos plumajes le salían al encuentro y bestias que él habría jurado que no existían alzaban la cabeza para mirarlo desde las llanuras y los claros de los bosques.

Jack estaba cada vez más confuso. Estaba preguntándose cómo podría despertar de aquel sorprendente sueño cuando los vio.

El primero de ellos pasó junto a él y lo miró extrañado, pero con un destello de sabiduría en sus ojos dorados. Jack, aterrado, quiso retroceder, y la criatura emitió un gruñido que sonó como una especie de risa.

Tras él aparecieron tres más. Parecía que bajaban desde detrás de las nubes, por eso no los había visto hasta entonces. Sus escamas relucían al sol como piedras preciosas bruñidas y destellantes. Sus poderosas alas batían el aire provocando remolinos a su alrededor. De entre sus fauces se escapaba, ocasionalmente, alguna voluta de humo.

Dragones.

Enormes, magníficos, aterradores y hermosos. Bestias míticas que solo existían en las leyendas y en la imaginación de la gente.

Jack se sintió inmediatamente fascinado por ellos. Quiso seguirlos, pero ya estaban muy lejos. Se quedó quieto, mirando cómo se alejaban hacia la luz de la mañana.

De pronto le pareció oír un rugido y entendió, de alguna manera, que se trataba de una advertencia. Vio que los dragones se habían detenido un poco más allá. Intuyó que algo no estaba saliendo bien.

Las cuatro extraordinarias criaturas, suspendidas en el aire, contemplaban un espectáculo terrorífico: las tres lunas habían emergido por el horizonte y se movían con una rapidez anormal, alzándose hacia lo alto del firmamento, al encuentro de los tres soles. Jack contempló, fascinado y aterrorizado a la vez, cómo los seis astros se entrelazaban en una conjunción asombrosa que, intuyó el muchacho, no se daba muy a menudo. Aguardó, conteniendo el aliento, a que formasen la figura que sabía que iban a dibujar en el cielo: un hexágono perfecto.

Y, de pronto, algo terrible sucedió.

La primera señal fue una especie de sonido atronador que sacudió cielo, tierra y mar. La segunda señal fue el tono rojo sangre que comenzó a adquirir el firmamento.

La tercera señal fue el terror de los dragones. Jack los vio dar media vuelta en el aire y huir, desesperados; huir, no importaba dónde, a cualquier parte, a cualquier parte...

El primer dragón cayó a tierra como un proyectil, envuelto súbitamente en llamas. El segundo y el tercero no tardaron en correr la suerte de su compañero. El cuarto dragón se volvió para ver lo que había sucedido y lanzó un grito de dolor, impotencia y muerte.

Batió las alas, tratando de escapar...

... a un lugar, comprendió Jack, un lugar donde el poder destructor de los seis astros no lograse alcanzarlo.

No lo consiguió. También estalló en llamas, igual que los demás.

Jack ahogó un grito y bajó tras él, para socorrerlo...

Tuvo que frenar su descenso bruscamente para no ser engullido por el fuego del cuerpo de la criatura. Un viento huracanado lo llevó lejos, lejos, dando vueltas sobre sí mismo... Cuando quiso darse cuenta, caía en picado sobre el bosque. Le bastó desear detenerse para lograrlo.

Entonces algo rápido y silbante pasó como una flecha junto a él, y Jack se estremeció sin poder evitarlo. Entrevió un cuerpo escamoso entre las nubes y pensó que se trataba de otro dragón; pero cuando la criatura se alzó frente a él, se dio cuenta de lo equivocado que estaba.

Era una gigantesca serpiente. Su larguísimo cuerpo ondulante daba la impresión de estar rodeándolo por todas partes; se sostenía en el aire mediante dos enormes alas membranosas, como de murciélago, que parecían cubrir el firmamento. Unos ojos irisados lo miraban desde una cabeza triangular en la que, sin embargo, lo que más destacaba eran unos colmillos letales y una lengua bífida que producía un horrible siseo...

La misma serpiente de sus sueños.

Jack retrocedió con un grito e intentó mirar hacia cualquier otra parte. Fue entonces cuando descubrió que todo el cielo estaba cubierto por las figuras de miles de serpientes aladas, todo un ejército, que se abatían sobre aquel hermoso mundo, ahora envuelto en una luz rojiza que no presagiaba nada bueno.

Jack se dio la vuelta y tropezó de nuevo con la serpiente, y esta vez no pudo dejar de fijarse en sus ojos...

Gritó.

–¡Jack!

Jack abrió los ojos y se incorporó de un salto, muy confuso. Ante él estaban los ojos de la serpiente... no, los ojos de Victoria, que lo miraba preocupada.

–¿Qué... qué ha pasado? –murmuró, aturdido, en cuanto se dio cuenta de que seguía en la sala de las antorchas.

Victoria retrocedió un poco y Jack miró a su alrededor. Sobre la mesa todavía se alzaba aquella extraña esfera de luz, y en ella relucían aún los ojos de la serpiente... Temblando, Jack vio cómo aquella mirada se desvanecía lentamente entre las luces cambiantes.

–Las odio –murmuró, estremeciéndose–. Odio las serpientes.

–Lo has visto –susurró Victoria–. Has visto lo que pasó en Idhún.

Jack se volvió hacia ella.

–¿Quieres decir que eso que he visto era Idhún?

La chica asintió. Se agachó para coger en brazos a la gata, que se ocultaba tras ella, intranquila.

–Tampoco yo lo creía al principio. Me pasó como a ti, que no recordaba nada. Pero después de haber visto lo que tú, tuve una sensación de... familiaridad...

–No pretenderás decirme –interrumpió Jack– que ese lugar, Idhún, es otro... otro mundo. Con dragones y todo eso.

–Eso es exactamente lo que intento decirte –susurró Victoria–. El Alma te acaba de mostrar algo que sucedió hace tres años: cómo ellos utilizaron la magia de la conjunción de los tres soles y las tres lunas para sus propios fines y lograron que muriesen los dragones y los unicornios, para así poder regresar a Idhún y hacerse con el poder...

–¿Ellos?

–Las serpientes aladas. Los sheks, como se llaman a sí mismos –susurró Victoria, atemorizada–. Ahora nuestro mundo está bajo su tiranía. Las has visto, ¿verdad?

Jack temblaba con violencia.

–No puede ser –susurró–. No puede ser. Había visto antes esas serpientes, las he visto en mis sueños... en mis pesadillas. Pero ¿cómo es posible?

Victoria desvió la mirada antes de decir, a media voz:

–Algunos hechiceros idhunitas lograron escapar hacia la Tierra justo después de la invasión. Pero las serpientes, por medio de Kirtash, los están asesinando a todos.

Jack se dio cuenta entonces de que estaba escuchándola con atención, turbado, y sacudió la cabeza.

–Espera... ¿has dicho... hechiceros? ¿Quieres decir... magos? Pero...

–Shail es un mago –cortó ella–. Tú lo has visto aparecer y desaparecer en el aire, como si nada. ¿Cómo crees que te salvó de Kirtash? Se teletransportó contigo en sus mismas narices. Llegó con Alsan de Idhún hace tres años, pero está tan fascinado con la tecnología de la Tierra que ha tratado de aprender todo lo que ha podido. ¿Cómo piensas tú que funcionan aquí el ordenador, la luz, los electrodomésticos, si no hay instalación eléctrica?

Jack abrió la boca para replicar, pero se detuvo, perplejo, recordando cómo había buscado interruptores por toda la casa y no los había encontrado.

–Shail trajo todos esos trastos, aunque a Alsan no le hacía gracia. Los hace funcionar mediante la magia. Tenía la teoría de que toda magia es energía canalizada, y la demostró con creces, ya ves.

–Energía canalizada –repitió Jack, estupefacto.

Victoria asintió.

–Los seres humanos de la Tierra han dejado morir la magia, pero en Idhún corre por las venas de muchas criaturas. Y aquí, en Limbhad, tenemos lo mejor de ambos mundos.

–¿Qué quieres decir con eso?

–Que no te encuentras en tu mundo ahora mismo. Limbhad, en idhunaico antiguo, significa «la Casa en la Frontera». Se halla en una especie de pliegue espacio-temporal entre Idhún y la Tierra. Es pequeño; es un micromundo que se acaba donde terminan esas montañas que puedes ver desde la ventana. Aquí el tiempo está detenido; siempre es de noche. Solo algunos magos idhunitas sabían cómo llegar hasta aquí, por eso es completamente seguro.

Jack se irguió, todavía temblando.

–Esto no puede estar pasando. Seguro que todo es una pesadilla, una alucinación... no es real. Tengo... tengo que volver a casa.

Y, antes de que ella pudiese detenerlo, Jack salió de nuevo al balcón, corrió hasta la balaustrada y se subió a ella con decisión.

–¡Espera, no lo hagas, te harás daño! –lo llamó Victoria.

Pero él no hizo caso. Saltó, sin dudarlo, hasta el jardín.

Fue una dura caída. Sintió que se torcía el tobillo y luego rodó por el suelo, hiriéndose dolorosamente en el codo. Se levantó a duras penas y miró hacia arriba. Vio a Victoria asomada a la balaustrada, mirándolo preocupada. Le hizo una señal de despedida, con gesto torvo.

Era libre.

Hundió la cabeza entre las manos, desolado. No podía ser cierto, no podía serlo. Aquello no era más que una pesadilla, pensó por enésima vez.

Había tardado un buen rato en atravesar el pequeño bosque y llegar a uno de los picos rocosos, que tampoco eran muy altos. Se había alzado sobre la cima, agotado y herido, pero triunfante, y había mirado más allá, esperando ver las luces de alguna población, o la forma serpenteante de alguna carretera.

Y se había topado con algo aterrador.

Nada.

Absolutamente nada.

No era una nada hecha de negrura, ni de sombras, ni de niebla penetrante. Tampoco era un desierto infinito, ni una estepa interminable, ni un océano sin fin.

Era, simplemente, nada.

Como una especie de barrera invisible que no le permitía seguir más allá. Y si miraba un poco más lejos, veía...

No habría sabido explicarlo. Era como un torbellino que giraba lenta y silenciosamente. Limbhad estaba en su centro, inmóvil, un pequeño mundo de apenas unos kilómetros cuadrados de extensión, en los que solo cabía un bosque, un arroyo, una cadena de pequeños picos montañosos, una explanada, un pedazo de cielo estrellado.

Justo como había dicho Victoria.

–Lo siento –dijo una voz junto a él, con suavidad–. Comprendo que no te sea fácil aceptarlo, al menos al principio.

Jack se volvió y vio a la propia Victoria. El chico la miró como si fuese un fantasma.

–¿Me has seguido?

Ella asintió. Jack dejó caer la barbilla entre las manos, abatido.

–Estás herido –dijo entonces Victoria en voz baja.

Jack se encogió de hombros. Todo le daba igual. Por eso permitió que ella le cogiese la mano para examinarle los arañazos que se había hecho al caer desde la terraza.

Pero, pese a todo, no estaba preparado para lo que sucedió a continuación. De pronto hubo un suave resplandor y notó un cosquilleo en la mano, un cosquilleo que le subió por el brazo hasta el codo herido.

–¡Eh! –exclamó Jack, separándose bruscamente del contacto de su compañera.

Ella sonrió de nuevo.

–Mírate las manos.

Jack lo hizo, y descubrió, atónito, que no tenía un solo rasguño.

–¿Cómo...? –La miró con incredulidad–. ¿Lo has hecho tú?

Victoria no contestó, pero volvió a sonreír. Tomó con suavidad el rostro de Jack entre sus manos y lo miró a los ojos. El muchacho empezaba a estar francamente fascinado. Las miradas de los dos se encontraron un momento, los ojos verdes de Jack, los ojos oscuros de Victoria, y ambos sintieron algo extraño, una rara intimidad, como si se conociesen desde siempre. Victoria apartó la mirada y rompió el contacto visual, pero no retiró la mano. Rozó con la punta de los dedos un arañazo que Jack tenía en la mejilla y que se había hecho con una rama mientras atravesaba el bosque. De sus dedos brotó algo cálido y Jack volvió a sentir ese cosquilleo agradable. Cuando los dedos de ella se retiraron, Jack se palpó la herida y descubrió que ya no la tenía. Maravillado, volvió a prestar atención a Victoria, que ahora examinaba su tobillo. Sin necesidad de quitarle la zapatilla, repitió el proceso y el dolor remitió.

Jack se la quedó mirando.

–¿Cómo sabías que me dolía el tobillo?

Ella rió, con picardía.

–He visto que cojeabas del pie derecho cuando te has marchado hacia el bosque. Eso sí que no tiene ningún misterio.

Jack sonrió.

–¿Qué más cosas puedes hacer? –preguntó, interesado.

Pero Victoria se miró las manos, desconsolada.

–Lo cierto es que no mucho –confesó–. Mis poderes curativos solo alcanzan heridas superficiales la mayoría de las veces. No puedo hacer grandes milagros. Pero estoy intentando aprender. Shail me está enseñando.

–Dijiste que Shail y Alsan habían venido desde Idhún –recordó Jack–. ¿Y tú?

Victoria tardó un poco en responder.

–Yo no conocí a mis padres –dijo finalmente–. Me crié en la Tierra, en un orfanato. Ahora vivo con mi abuela, es decir, la mujer que me adoptó. No sé si mis padres fueron o no idhunitas –lo miró–. Por eso mi caso es especial. No hay magos en la Tierra, ¿sabes? Los pocos que había procedían de Idhún, y Kirtash los está aniquilando, uno a uno.

Jack sintió que un escalofrío le recorría la espina dorsal.

–¿Por eso atacó Kirtash a mis padres? –preguntó en voz baja–. ¿Porque pensaba que eran... magos... fugados de Idhún?

Victoria lo miró en silencio. Jack tenía la cabeza gacha, el cabello revuelto, la mirada perdida en algún punto del suelo y un aspecto desconsolado que la conmovió profundamente.

–Shail me lo ha contado –susurró–. Lo siento muchísimo.

Jack volvió la cabeza para no mirarla. Victoria vio que sus hombros se convulsionaban ligeramente, y se acercó a él, indecisa. Se atrevió a tocarle el brazo.

–Jack, yo... –empezó, pero no pudo continuar. El chico se había echado a llorar y, aunque parecía evidente que le daba vergüenza que una desconocida lo viera en aquella situación, también estaba claro que necesitaba desahogarse con alguien. Victoria intentó abrazarlo, con torpeza, sin saber muy bien qué hacer. Jack apoyó la cabeza en su hombro, agradecido, y siguió llorando allí un buen rato. La chica intentó susurrarle palabras de consuelo; pero cualquier cosa que pudiera decir le parecía hueca y sin sentido, de modo que se limitó a estrecharlo entre sus brazos, preguntándose si le molestaría que se tomara tantas confianzas. Pero a Jack no pareció importarle. Siguió dando rienda suelta a su dolor hasta que se fue calmando poco a poco, tal vez porque ya se había desahogado, tal vez porque ya no le quedaban lágrimas.

–Ojalá pudiera hacer algo por ti –musitó Victoria, pero calló enseguida, avergonzada; no debería haber dicho eso, no era más que un pensamiento que se le había escapado sin querer.

Jack alzó la cabeza y la miró. Ya había dejado de llorar, pero tenía los ojos rojos.

–Lo siento mucho –dijo, avergonzado, separándose de ella–. Siento toda esta escena.

–No lo sientas, es natural –respondió ella, incómoda–. Lo has pasado muy mal.

Jack sonrió. Victoria le devolvió la sonrisa. Hubo un breve silencio, no de esos incómodos y vacíos, sino la clase de silencio que se llena con una mirada repleta de significado.

–Lo peor –dijo Jack entonces– es que yo tuve la culpa de lo que les pasó a mis padres.

–No digas eso –protestó Victoria–. No es verdad.

–Sí lo es. Mis padres eran gente normal, ¿comprendes? Mi padre era programador informático; mi madre, veterinaria. Hemos viajado mucho y hemos vivido en muchos sitios, pero al final nos instalamos en Dinamarca, en Silkeborg, cerca de donde vive la familia de mi madre. Ellos nunca han hecho nada raro, ni han mencionado Idhún, ni nada que se le parezca. En cambio, yo...

Se estremeció, preguntándose si debía contarlo. Por fin se decidió a continuar:

–A veces me pasan cosas. Cosas que tienen que ver con el fuego.

–¿Qué clase de... cosas?

–Provoco incendios a mi alrededor. No muy a menudo, solo me ha pasado un par de veces en toda mi vida, o tres, creo, porque ya ocurrió cuando yo era pequeño, aunque no me acuerdo: me lo contó mi madre. Pasa cuando me asusto o me enfado... pero la otra noche sucedió cuando estaba durmiendo. Tuve un sueño muy raro... un sueño que se repite, por cierto, y que se parece mucho a lo que he visto hace un rato en esa biblioteca vuestra. Esta vez vi a una de esas serpientes gigantes... muy cerca, y con mucha claridad. Confieso que siempre he tenido fobia a las serpientes, así que para mí fue una pesadilla muy desagradable. Recuerdo haber gritado en sueños...

»Cuando me desperté, mi habitación estaba en llamas. No me pasó nada, porque pudimos apagar el fuego a tiempo, pero mis padres se asustaron mucho. Y lo peor es que, aunque no sabíamos qué había provocado el incendio... para mí estaba muy claro. Las llamas habían formado un anillo a mi alrededor, yo era el centro, ¿entiendes? Yo era el causante.

Victoria inspiró profundamente. Parecía que iba a decir algo, pero cambió de idea y permaneció en silencio.

–Se llama piroquinesis, creo –prosiguió Jack–. Provocar fuego con tu mente. He investigado un poco.

–O tal vez sea magia –dijo Victoria a media voz–. Deberías hablar con Shail. Es el mago del grupo. Entiende de estas cosas, y tal vez te lo pueda explicar.

–Después del incendio –siguió recordando Jack– fui al colegio, como todos los días, pero tuve la sensación de que algo marchaba mal en casa. Y cuando volví por la tarde... bueno, mis padres... estaban... –No fue capaz de pronunciar la palabra; carraspeó para deshacer aquel incómodo nudo de su garganta, y prosiguió–: No sé cuánto tiempo ha pasado desde entonces. Un día, dos, tal vez tres. ¿Cómo saberlo en este lugar donde nunca sale el sol? Y, sin embargo... parece que ha sido una eternidad.

–Lo siento mucho –repitió Victoria en voz baja; Jack alzó la cabeza para mirarla.

–Ha sido culpa mía, lo sé. Todo iba bien hasta que... incendié mi habitación, y no sé cómo diablos lo hice, ni por qué –se miró las manos, desconsolado–. Maldita sea, ya casi lo había olvidado, estaba convencido de que podría llevar una vida normal... y de pronto me volvió a pasar, y horas después alguien... atacó a mis padres... No puede ser casualidad. Fui yo, era a mí a quien buscaban. Nunca podré perdonármelo.

Hundió el rostro entre las manos, desolado. Victoria le oprimió el brazo suavemente, tratando de consolarlo. Jack alzó la cabeza de nuevo y la miró.

–¿Crees de verdad que yo procedo de Idhún?

Ella titubeó.

–No estoy segura; tu historia es un poco extraña. Verás, solo hace tres años que los sheks se hicieron con el poder en Idhún y comenzó el exilio hacia la Tierra. Si hubieses venido de allí, te acordarías, ¿no?

–Claro que sí. Yo nací en la Tierra, tengo pruebas: fotos, mi partida de nacimiento... mucha gente podrá decirte que existo en mi propio planeta desde hace trece años. Además –añadió, en voz baja–, todos dicen que tengo los ojos de mi padre. No puedo ser...

–... ¿adoptado? –sugirió Victoria en voz baja, adivinando lo que pensaba; Jack asintió–. ¿Qué te hace pensar eso, Jack?

–Pues... –el chico titubeó–, está el hecho de que yo no soy como mis padres. Hago cosas raras, ¿entiendes? Y ya son demasiadas coincidencias. Los incendios, los sueños, la visión de la biblioteca... nadie podía saberlo, nunca he contado a nadie esas pesadillas. Y ahora parece que esas cosas raras están relacionadas... con Idhún, con vosotros. Pero mis padres eran gente normal. ¿De dónde he salido yo, entonces? ¿Quién soy? ¿Por qué soy así?

–Jack –susurró Victoria–. Si tus padres no fuesen idhunitas, Kirtash no los habría atacado. Nunca... nunca hace daño a nadie que no sea uno de sus objetivos.

«Te estaba buscando», recordó Jack.

–No –dijo Jack–. El objetivo era yo, no ellos, estoy convencido. Por muy extraño que me parezca, está claro que tengo algo que ver con Idhún, aunque nunca antes haya oído hablar de ese lugar. Pero ¿qué?

–Te pasa como a mí –dijo Victoria a media voz–. Tengo doce años y siempre he vivido en la Tierra. Sin embargo, también he tenido esos sueños, y Shail dice que tengo aptitudes para la magia. Además, también a mí intentó matarme Kirtash –inspiró profundamente antes de añadir–: Shail me rescató. Justo a tiempo. Ni siquiera llegué a mirar a Kirtash a la cara. Si lo hubiera hecho...

No terminó la frase.

–Lo siento mucho –murmuró Jack–. Pero, ¿cómo nos encontró Kirtash? ¿Es que tiene un radar para descubrir a... gente como nosotros?

–Algo parecido. Detecta la magia. Eso es difícil en un mundo como Idhún, que rebosa magia por los cuatro costados; pero en la Tierra, donde es tan escasa, cualquier alteración en el tejido de la realidad producida por la magia se nota muchísimo más. Kirtash puede percibir eso. No sabemos cómo lo hace, pero es capaz de llegar al lugar donde se ha producido el fenómeno en pocas horas. Y nosotros... bueno, nosotros simplemente detectamos a Kirtash. Siempre que se mueve intentamos alcanzarlo para evitar que mate a nadie más, pero vamos por detrás, ¿entiendes? No siempre llegamos a tiempo.

–Entonces yo tenía razón –dijo Jack en voz baja–. Yo tuve la culpa. El incendio del otro día... Kirtash debió de detectar eso.

–No, Jack. No ha sido culpa tuya. No lo hiciste a propósito, y quién sabe... tal vez Kirtash ya estaba tras vuestra pista.

–No, no, no, ha sido culpa mía –cerró los ojos, destrozado–. Maldita sea... toda mi vida se ha vuelto del revés por culpa de algo que no entiendo y no puedo controlar. Si pudiera volver atrás... si pudiera cambiar algo...

–Pero no puedes, Jack. No te tortures de esa forma. Eres como eres, y ya está, ¿de acuerdo? Si es verdad que posees poderes mágicos, no lo veas como una maldición, sino como un don con el que podrás hacer grandes cosas... cosas buenas.

Jack guardó silencio durante unos instantes, asimilando sus palabras. Entonces recordó algo que ella había dicho y la miró, inquieto:

–Pero, si es verdad que Kirtash detecta la magia... y tú acabas de usarla... para curarme... ¿no nos pone eso en peligro?

–Estamos en Limbhad –le recordó Victoria, sonriendo–. Aquí no hay peligro de utilizar la magia; Kirtash no puede detectarla porque ni siquiera sabe cómo llegar hasta aquí.

–Pero... ¿cómo se llega a este lugar? ¿Mediante la magia?

–Sí y no. ¿Te he hablado del Alma?

–¿Te refieres a esa cosa que, según tú, me ha mostrado lo que pasó en Idhún?

Victoria sonrió.

–El Alma es el espíritu de Limbhad, su corazón y su mente. Es la conciencia de este... micromundo, así que los magos que crearon la Casa en la Frontera se aseguraron de establecer un canal de comunicación con ella. Al hallarse en un mundo que se encontraba en el límite entre otros dos mundos, el Alma bebe de la energía de Idhún y de la energía de la Tierra. Por eso puede mostrarnos muchas cosas desde aquí, aunque no todo lo que desearíamos.

–¿Y puede llevaros de un lugar a otro?

Victoria asintió.

–Bueno, en realidad se necesita poseer algo de magia para contactar con el Alma de esa manera. Quiero decir que cualquiera podría comunicarse con ella, pero para que te transporte es necesario combinar tu propio poder mágico con el suyo. Aunque casi todo el trabajo lo hace el Alma, y su poder no es exactamente como el nuestro, lo cual hace mucho más difícil que Kirtash lo detecte.

»Solo Shail y yo podemos hacerlo. Somos nosotros quienes nos ocupamos de los viajes de Limbhad a la Tierra, y de la Tierra a Limbhad. En realidad es fácil.

–Entonces, cualquiera con poder mágico podría llegar hasta aquí, ¿no?

–No. El Alma es un ser inteligente y actúa de guardiana. Conoce a los habitantes de Limbhad, y solo a nosotros nos permite el paso.

–¿Y cómo lo haces? ¿Recitas algunas palabras mágicas o algo así?

–No, basta con concentrarse para contactar con el Alma. La llamo mentalmente y ella acude, me recoge y me trae hasta aquí. Yo vengo siempre que puedo, todas las noches y también alguna tarde, para aprender a utilizar mi magia, con Shail.

–Pero ¿por qué quieres desarrollar tu magia? Por lo que me has contado, si la utilizas fuera de Limbhad, Kirtash te encontrará...

Victoria se estremeció otra vez.

–Lo sé, pero si realmente mi origen está en Idhún, Kirtash no tardará en encontrarme de todas formas. Y si lo hace, me gustaría tener alguna oportunidad de defenderme –respiró hondo–. Shail dice que solo podremos derrotarlo mediante la magia.

Jack calló un momento, pensando.

–¿Y crees que yo podría aprender magia? –preguntó por fin.

–Depende de si posees el don o no. Primero, Shail tendrá que comprobar si tu poder sobre el fuego tiene que ver con la magia... o tiene un origen diferente.

–Pues ojalá lo averigüéis pronto –dijo Jack, con calor–, porque de verdad necesito saberlo. Necesito saber si lo que les ha pasado a mis padres ha sido culpa mía o...

–De modo que estáis aquí –dijo una voz a sus espaldas.

Los dos chicos se volvieron. Tras ellos estaba Alsan, serio, sereno y majestuoso, como una estatua griega. Miró a Jack, y después a Victoria. La muchacha lo entendió a la primera.

–Os dejo solos –murmuró–. Tenéis mucho de qué hablar.

Alsan no dijo nada, y Jack tampoco. El joven esperó a que Victoria se alejara para sentarse junto a él.

–Creo que no me he presentado. Me llamo Alsan, hijo del rey Brun, príncipe heredero del reino de Vanissar y líder de la Resistencia de Limbhad.

Jack sonrió.

–Anda ya. ¿En serio eres un príncipe?

Alsan lo miró, tratando de decidir si se estaba burlando de él o no. Pero el brillo de los ojos de Jack era amistoso, de modo que el joven sonrió también. Parecía que no estaba muy acostumbrado a sonreír.

–Soy un príncipe. O, al menos, lo era. Hace tres años que dejé mi mundo, bajo la amenaza de una de las más terribles invasiones que ha sufrido en su historia. Ni siquiera sé si mi padre vive todavía. Puede que yo ya sea rey. O puede que mi reino haya sido arrasado, y ya no quede nada de él o de mi gente.

Hablaba en tono desapasionado, pero Jack percibió en su voz una nota de amargura contenida.

—¿Por qué te fuiste, entonces? —quiso saber.

—Para cumplir una misión. Debía detener a Kirtash a toda costa, pero... en fin, las cosas se están complicando un poco —lo miró directamente a los ojos—. Lamento que no llegáramos a tiempo.

Jack respiró hondo. Después de haberse desahogado en el hombro de Victoria, se sentía más tranquilo. El dolor seguía estando ahí, pero al menos podía ver las cosas con un poco más de perspectiva.

—Me salvaste la vida —dijo, sacudiendo la cabeza—. Ese tal Kirtash me miró a los ojos y yo... supe que iba a morir. Y entonces llegaste tú y me apartaste a un lado para enfrentarte a él. Ahora lo recuerdo. No debes pedir disculpas. Soy yo quien debe darte las gracias.

Alsan las aceptó con una inclinación de cabeza. Permanecieron los dos en silencio un rato, contemplando el silencioso torbellino que envolvía el micromundo de Limbhad.

—Es todo tan... extraño —murmuró Jack.

—Lo entiendo —asintió Alsan y vaciló antes de añadir—: A mí me sucedió lo mismo cuando llegué a la Tierra. Es un mundo demasiado diferente al mío. Creo que nunca llegaré a entenderlo del todo.

Jack recordó, en cambio, lo cómodo que se sentía Shail con la tecnología, los idiomas y las ropas terrestres, y se sintió tentado de sonreír. Pero no lo hizo, porque intuía que Alsan era orgulloso, y le había costado confesar que había alguna situación que podía superarlo.

—Y ahora, ¿qué voy a hacer? —murmuró—. Shail dice que no puedo volver a casa. Kirtash va detrás de mí y, ahora que lo pienso... si voy a casa de algún amigo o familiar, los pondré en peligro a ellos también. Y, sin embargo —sacudió la cabeza, desalentado—, no puedo quedarme aquí para siempre.

—¿Qué quieres hacer? —le preguntó Alsan—. ¿Luchar?

—Sí. No. No lo sé, solo sé que quiero hacer algo, lo que sea. Pero... —recordó aquella sensación de pánico cuando la fría mirada de Kirtash lo había atravesado; pero el pánico se mezcló con el odio, generando un sentimiento difícil de catalogar—. No podría enfrentarme a él.

–Yo puedo arreglar eso –se ofreció Alsan–. Puedo enseñarte a defenderte. Para que, al menos, si decides salir ahí fuera, tengas una oportunidad.

–A defenderme, ¿cómo? ¿Como haces tú? ¿Con la espada?

Alsan asintió.

–Pero, según Shail, solo la magia puede derrotar a Kirtash –objetó Jack, confuso.

–Es que yo no utilizo cualquier espada –sonrió Alsan–. La armería de Limbhad está llena de armas mágicas, algunas legendarias, que llegaron hasta aquí de alguna manera en los tiempos antiguos.

–¿Armas mágicas? –repitió Jack–. ¿De verdad existen esas cosas?

Alsan asintió, pero no dio más detalles.

–¿Y no sería más efectiva una pistola, o algo por el estilo?

–Sé lo que son las pistolas, y no me gustan –gruñó Alsan, repentinamente serio–. No hay nada de noble ni valiente en matar a distancia. Además, Kirtash acabaría contigo antes de que lograses disparar. En cambio, las armas legendarias otorgan cierta protección a quien las lleva. El propio Kirtash maneja a veces una espada mágica.

–Sí, lo he visto –murmuró Jack, sombrío.

–Y hasta los asesinos como él deben cumplir las reglas que rigen ese tipo de armas. La primera de ellas es que, si dos espadas legendarias se encuentran, debe haber un duelo leal entre ambas. Aunque odie decirlo, Kirtash es un gran luchador, a pesar de ser tan joven. Pero a mí también me entrenaron bien. Y puede que algún día logre vencerlo de esa manera.

Jack calló. Se quedó observando los límites de Limbhad un rato, pensativo. Alsan lo miró, esperando a que hablara. Se dio cuenta de que Jack ya no tenía aquel aspecto desconcertado y desvalido con el que había llegado a Limbhad. Había fruncido el ceño y los ojos le brillaban alimentados por una intensa rabia y una determinación de hierro.

–Bueno –dijo Jack por fin, lentamente–. En primer lugar, quiero averiguar si puedo o no aprender magia. También me gustaría descubrir cuál es, exactamente, mi relación con Idhún, porque necesito saber quién soy, por qué soy así y por qué... por qué murieron mis padres. Pero, en cualquier caso... –añadió, mirándolo de soslayo–, me gustaría también que me enseñaras a luchar con la espada.

Alsan asintió, satisfecho.

—Entonces, ¿quieres unirte a nuestra causa?

Jack ladeó la cabeza y lo miró, pensativo.

—¿Me ayudaréis a buscar respuestas?

—Te ayudaremos en todo lo que esté en nuestras manos, Jack.

El chico sonrió. No era una sonrisa alegre.

—Contad conmigo, entonces.

III
VICTORIA

Hacía una tarde fría y desagradable. El otoño había entrado con fuerza; una fina lluvia caía sobre Madrid, la humedad calaba hasta los huesos y el viento volvía los paraguas del revés. Gente, ruido, humo, prisas... «Este es mi mundo», pensó Victoria, contemplando la multitud que se apresuraba por la Gran Vía. Se estremeció. A veces odiaba su mundo, la asustaba, y sabía que eso no era bueno, porque no debía vivir de espaldas a él. Pero no podía evitarlo.

–Victoria –la llamaron–. Victoria, estás en las nubes.

Ella volvió a la realidad y miró a sus dos compañeras. Las tres vestían todavía el uniforme del colegio y habían ido al centro de la ciudad para comprar unos materiales que necesitaban para realizar un trabajo. No hacía ni una semana que había comenzado el curso y ya tenían deberes para hacer. Las otras dos chicas habían estado hablando acerca de ir de compras después, o entrar en el cine, o simplemente tomar algo en alguna cafetería. Victoria las había escuchado sin mucho entusiasmo. No eran amigas, y estaba claro que a ellas les daba lo mismo que ella se apuntara o no al plan. Pero aun así, por cortesía le dijeron:

–Estábamos diciendo que mejor entramos en el cine, ¿no? ¿Tú qué dices?

–Id vosotras; yo tengo mucho que estudiar.

–Pero si mañana no tenemos clase...

–Sí, pero... en serio, es que no me apetece mucho.

Las otras dos chicas cruzaron una mirada y reprimieron una sonrisa significativa. Victoria era rara, todas lo sabían. No tenía amigas en el colegio, y no parecía que las necesitase. Era silenciosa y pasaba el día encerrada en su propio mundo. Incluso parecía como si no le gustase la compañía.

El colegio al que asistían las tres era un centro privado, femenino, muy caro, situado a las afueras de Madrid. Era un enorme edificio lúgubre y gris, de gruesos muros, que parecía de otra época, tanto por fuera como por dentro. Las alumnas se quejaban a menudo de que los profesores tenían unas ideas muy anticuadas y eran muy estrictos, y envidiaban a los chicos y chicas que estudiaban en centros públicos o, simplemente, en colegios donde se gozaba de más libertad. Pero Victoria no se quejaba nunca. No le molestaban las normas del colegio, ni el uniforme, ni la estrechez de ideas de sus superiores. Tenía todo aquello muy asumido. Incluso la hacía sentirse segura, a salvo.

Porque sabía que Kirtash la estaba buscando, y aquel colegio que recordaba a una fortaleza, que vivía de espaldas al mundo, era su refugio en medio de toda aquella locura.

Su segundo refugio, en realidad; el primero era Limbhad, la Casa en la Frontera.

En el colegio no le costaba nada sacar buenas notas, porque era inteligente y aprendía rápido, pero tampoco se esforzaba todo lo que podía. Se limitaba a cumplir con su trabajo y a hacer lo que se esperaba de ella. A cambio, solo pedía tiempo, espacio y silencio para soñar.

Para soñar con la magia. Con cosas imposibles. Con Idhún.

–¿Te vuelves a casa, entonces? –le preguntaron ellas.

–Me parece que sí. Le he dicho a mi abuela que no tardaría mucho.

Nuevo intercambio de miradas.

Todas habían oído hablar alguna vez de Allegra d'Ascoli, la «abuela» de Victoria, una excéntrica y adinerada dama italiana afincada en España que, a pesar de su avanzada edad, por alguna extraña razón había decidido adoptar a la niña, que era huérfana, cuando ella tenía siete años. La mansión que poseía a las afueras de Madrid era enorme y muy elegante, pero estaba casi vacía, puesto que en ella solo vivían la anciana, su nieta adoptiva (desde el principio había pedido a Victoria que la llamase «abuela» y no «madre»), una cocinera, una doncella y un mayordomo que hacía también las veces de jardinero. La buena mujer estaba chapada a la antigua, y tal vez por eso había elegido para Victoria aquel colegio, donde, según sus propias palabras, «aprendería a ser una señorita». Claro que las compañeras de clase de Victoria no sabían tantos detalles. Al fin y al cabo, apenas hablaban con ella y tampoco habían estado nunca en su casa. Pero veían la mansión todos los días desde el autobús del colegio, su jardín perfectamente cuidado, la gran escalinata de mármol, que hacía parecer a Victoria tremendamente pequeña cuando subía por ella, y en el fondo no la envidiaban. Debía de ser muy aburrido vivir sola en una casa tan grande, en medio de ninguna parte, con la única compañía de una señora estricta y anticuada.

Pero tampoco la compadecían. Victoria no daba muestras de preferir la compañía de gente de su edad, no hacía nada por integrarse en la clase y tampoco parecía molestarla el hecho de que su abuela apenas la dejara salir. No se podía ser más rara, habían decidido tiempo atrás sus compañeras de curso.

—Bueno, pues entonces nos vamos —dijeron ellas—. Hasta el lunes.

—Hasta el lunes —se despidió Victoria; dio media vuelta y se dirigió a la parada de metro más cercana, sin mirar atrás.

Lo que aquellas chicas no sabían era que lo de su abuela era una excusa. Aunque Allegra d'Ascoli era demasiado mayor y severa como para preocuparse seriamente por el hecho de que la niña fuera creciendo sin hacer amigos, jamás le habría impedido salir los fines de semana a divertirse con chicos y chicas de su edad o invitarlos a su casa.

No, Victoria no necesitaba una vida fuera del colegio y de su casa, porque toda su vida estaba en Limbhad. Con Alsan, con Shail y, últimamente, con Jack. Aquellos eran sus verdaderos amigos, pero debía mantener el secreto de su existencia y, por tanto, no podía compartirlos con nadie, ni siquiera con su abuela.

Y, en el fondo, tampoco le importaba.

Apresuró el paso. Hacía ya cuatro meses que Jack había llegado a Limbhad, y en todo aquel tiempo el chico no había salido de la Casa en la Frontera. Shail, muy desconcertado, había sido incapaz de explicar de dónde procedía su poder piroquinético, si es que lo tenía, y Jack, por su parte, tampoco había conseguido realizar ni uno solo de los ejercicios de magia propuestos por él. En cambio, Alsan había prometido hacer de él un auténtico guerrero, y ambos pasaban buena parte del día practicando esgrima.

Pero el resto del tiempo, Jack se aburría en el reducido mundo de Limbhad y, aunque Shail se las había arreglado para volver a su casa y recoger su ropa, su guitarra, su bloc de dibujo, algunos de sus CD y algunos de sus libros, lo cierto era que el chico aguardaba todos los días con impaciencia a que Victoria regresara del colegio. La ayudaba con sus deberes y después hablaban, o jugaban con el ordenador, o con la Dama, la gata de Victoria, que vivía en Limbhad simplemente porque su abuela no admitía animales en casa. Ambos se llevaban muy bien y se entendían a la perfección, y Victoria prefería mil veces regresar a Limbhad todas las tardes, para seguir aprendiendo magia con Shail o para estar con Jack, a salir con sus compañeras de clase, fuera cual fuese el plan propuesto.

Aquella tarde se había retrasado porque tenía que hacer algunas compras, pero no estaba dispuesta a entretenerse más.

Iba sumida en sus pensamientos y fue a cruzar un semáforo sin darse cuenta de que ya se había puesto rojo. Hubo un frenazo y un pitido, y Victoria regresó a la realidad. Se vio en mitad de la Gran Vía, delante de un coche que había estado a punto de arrollarla y, confundida, intentó retroceder hasta la acera. Pero un segundo coche se le echó encima; trató de frenar en cuanto la vio, pero era demasiado tarde. Victoria chilló instintivamente y se cubrió el rostro con las manos.

Hubo algo parecido a un fogonazo de luz, luego un golpe seco, y Victoria sintió que se quedaba sin respiración. Pero cuando volvió a abrir los ojos, vio que nada la había golpeado en realidad. El coche se había parado bruscamente a escasos milímetros de su cuerpo; el motor echaba humo y el morro se había arrugado, como si de verdad hubiera chocado contra algo. Pero la muchacha estaba intacta.

Victoria jadeó, sorprendida, y se miró las manos. Aquello solo podía haber sido magia. Tenía que contárselo a Shail cuanto antes.

Ignorando al confundido conductor y a las personas que habían contemplado la escena, y que la miraban, boquiabiertos, Victoria se cargó la mochila al hombro y salió disparada hacia la boca de metro, con el corazón todavía latiéndole con fuerza. Aún sentía en sus venas aquel cosquilleo que hacía que le hirviera la sangre cada vez que utilizaba magia. Pero fue desvaneciéndose poco a poco, y al final la invadió un terrible agotamiento, hasta que las rodillas se le doblaron y tuvo que apoyarse en una farola para poder mantenerse en pie. Maldijo su propia debilidad. Shail era capaz de hacer cosas asombrosas con su magia, y normalmente solo se sentía así después de haber gastado mucha energía mágica. En cambio, a Victoria cualquier sencillo hechizo la dejaba muy cansada.

Arrastrando los pies, bajó las escaleras de la boca de metro. Le esperaba un largo trayecto hasta su parada, y, una vez allí, tendría que llamar por teléfono a Héctor, el mayordomo, para que fuera a buscarla en coche. Podría hacerlo desde allí mismo, pero el hombre tardaría como mínimo tres cuartos de hora en llegar hasta la Gran Vía y otro tanto en llevarla a casa y, por otra parte, a Victoria le gustaba el metro.

Se derrumbó en el asiento del andén, pero no pudo descansar demasiado, porque el tren no tardó en llegar. Con un suspiro, se levantó y subió al vagón.

Y entonces sucedió algo.

De pronto se le puso la piel de gallina y el vello de su nuca se erizó como si hubiese pasado una corriente de aire helado tras ella. Conocía aquella sensación. Solo la había experimentado en una ocasión, dos años atrás, pero no la había olvidado.

Por el rabillo del ojo percibió una sombra oscura, ágil y elegante que subía al vagón en el último momento. Y supo que él ya la había encontrado.

Se levantó a toda prisa y echó a correr hacia la parte delantera del tren, abriéndose paso entre la multitud, que la miraba con desaprobación. Tras ella, aquella figura vestida de negro también sorteaba pasajeros con envidiable maestría, y Victoria comprendió, con toda certeza, que la alcanzaría.

El tren se detuvo en la siguiente estación. Victoria siguió avanzando y hasta chocó a propósito contra un joven para hacerlo caer al suelo.

—¡Eh! —protestó el muchacho—. ¡Ten más cuidado!

Ella no se disculpó. Su perseguidor había tenido que detenerse, apenas un par de segundos, para saltar por encima del joven caído, pero eran dos segundos preciosos que Victoria no pensaba desaprovechar.

Llegó al último vagón y, cuando las puertas ya se cerraban, saltó fuera del tren.

Pero la persona que seguía sus pasos se había anticipado a sus movimientos, y había bajado del vagón por la puerta contigua. Se miraron.

Victoria se quedó sin aliento.

Era la primera vez que veía a Kirtash, el asesino a quien tanto temían y odiaban sus amigos, la persona que había estado a punto de matarla dos años atrás. Entonces no había llegado a ver el rostro de la muerte, pero en aquel momento, en el andén de la estación de metro, las miradas de ambos se encontraron un breve instante, y algo en el interior de Victoria se convulsionó, dejando en su alma una huella indeleble.

No era como lo había imaginado. A simple vista parecía un chico normal, y, sin embargo, poseía una elegancia casi aristocrática, la seguridad de un adulto, la ligereza de una pantera y la impasibilidad de un témpano de hielo.

Y había algo en él que la atraía y la repelía al mismo tiempo.

Apenas fue un instante. El instinto de Victoria tomó las riendas y le hizo dar la vuelta y echar a correr desesperadamente, correr por su vida, a cualquier parte, lejos del asesino. Pero su mente todavía conservaba las facciones de aquel muchacho que no parecía tener más de quince años, rodeado de un aura de fascinante atractivo, pero con una mirada tan fría e imperturbable que parecía inhumana. Y Victoria supo, de alguna manera, que jamás lograría olvidar esa mirada.

Corrió hacia las escaleras, sorteando a la gente que bajaba para coger el metro. Supo que Kirtash la perseguía, aunque no lo oía. El chico se movía como una sombra, como un fantasma, pero no necesitaba verlo ni oírlo para sentir en la nuca la mirada de la muerte.

Jadeando, desesperada, Victoria trepó por las escaleras y se precipitó pasillo arriba. Estaba en la estación de la Puerta del Sol, donde confluían tres líneas de metro distintas, y, cuando desembocó en la intersección, corrió hacia cualquier parte, sin importarle qué dirección tomar. Oyó el ruido de un tren acercándose a la estación y, casi sin darse cuenta de lo que hacía, eligió el pasillo del que llegaba el sonido salvador. Casi tropezó al bajar con precipitación las escaleras, pero llegó al andén a tiempo de coger el tren. Entró con un numeroso grupo de gente y, en cuanto lo hizo, se agachó y anduvo rápidamente hacia la siguiente puerta, a gatas, para que no se la viera desde fuera. La gente la miraba, pero nadie dijo nada.

Llegó hasta la puerta contigua y se volvió para ver cómo Kirtash subía al tren, unos metros más allá. Él la vio delante de la puerta y supo lo que iba a hacer, pero ella ya estaba con un pie fuera del vagón. Empujó con desesperación a la gente que subía al tren y logró salir, pero el impulso que llevaba la hizo caer de bruces sobre el andén. Kirtash quiso retroceder, pero tras él subía más gente que le cerraba el paso y, aunque bastó una mirada para que se apartaran de su camino, atemorizados sin saber muy bien por qué, no llegó a tiempo. La puerta del vagón se cerró ante el joven asesino. Él trató de abrirla y casi lo consiguió. Pero el tren ya estaba en marcha, y abandonó la estación, dejando a Victoria en el andén.

Hubo un nuevo cruce de miradas a través del cristal. Kirtash desde el interior del vagón, Victoria desde el andén, todavía sentada en el suelo, con el corazón latiéndole con fuerza. A pesar del miedo que sentía, la chica estaba exultante por haber burlado a su implacable perseguidor; pero, si esperaba ver frustración o rabia en el rostro del asesino, sufrió una decepción. Él seguía mirándola impasible, y ninguna emoción alteraba su semblante cuando el túnel se tragó el tren y ambos perdieron contacto visual.

Victoria se quedó un momento allí, paralizada, respirando entrecortadamente. Pero sabía que era cuestión de tiempo que Kirtash bajara en la siguiente estación y volviera a buscarla. Se estremeció y se puso en pie de un salto. Tenía que escapar de allí cuanto antes.

Salió de la estación de metro, en la Puerta del Sol, y entonces se dio cuenta de que se había dejado el paraguas en alguna parte. De todas formas, pensó, mojarse por culpa de la lluvia era ahora la menor de sus preocupaciones.

Se internó por las calles de la zona en busca de un taxi.

Victoria entró en casa y se arrojó en brazos de su abuela, temblando de miedo.

–¡Niña! –exclamó ella, sorprendida–. ¿Qué te pasa?

–En el metro... Me... perseguía...

–¿Quién?

Victoria era incapaz de hablar. Allegra se separó de ella y la miró fijamente.

–¿Quién, Victoria? –repitió, muy seria.

Algo en su mirada tranquilizó a Victoria. Su abuela era severa y fuerte como una roca, y la muchacha se sintió a salvo por primera vez desde su encuentro con Kirtash.

–Un... hombre –mintió–. No sé qué quería, quizá robarme... Me ha dado mucho miedo.

Un destello de comprensión brilló en las pupilas de la anciana.

–¿Ha sido muy lejos de aquí?

–¿Qué...?

–Que si ha sido muy lejos de aquí, Victoria. Que si podría averiguar dónde vives. O haberte seguido hasta aquí.

–No, yo... no lo creo, abuela. Fue en la estación de metro de Sol. Pero...

No pudo terminar la frase, porque su abuela la estrechó de pronto entre sus brazos, con fuerza. La muchacha se sintió mucho mejor.

–Hay mucha gente rara por ahí –musitó–. No te preocupes, hija. Ya ha pasado, ¿de acuerdo? Ya estás en casa. Aquí no va a pasarte nada malo.

Victoria asintió, reconfortada. Su abuela no solía abrazarla. Ella sabía que la quería, aunque no fuera muy dada a demostrar su afecto. Quizá por esta razón, aquel abrazo la consoló profundamente.

Una vez en su habitación, Victoria bajó la persiana, se quitó los zapatos y se tumbó sobre la cama, aún con el uniforme puesto.

Sabía que nadie la molestaría. Su abuela respetaba su intimidad. Jamás entraba en su habitación sin llamar a la puerta primero. Nunca se le habría ocurrido ir a verla después del «toque de queda». Esto era no solo porque la anciana tuviese sus normas, sino también, sobre todo, porque confiaba en ella.

Victoria suspiró, se giró para dar la espalda a la puerta y dejó vagar sus pensamientos.

«Alma...», llamó mentalmente.

Aquel cosquilleo familiar la recorrió de nuevo de arriba abajo. Sintió algo en un rincón de sus pensamientos, algo parecido a un mudo asentimiento. El Alma la había escuchado.

«Llévame a Limbhad», musitó ella sin palabras.

Pero, cuando ya sentía al Alma acogiéndola en su seno y envolviéndola como una madre para transportarla a su refugio secreto, sonaron golpes en la puerta.

Victoria vaciló. Por lo general, si su abuela llamaba a la puerta y ella no respondía, la mujer daba por hecho que estaba dormida y no la molestaba. Pero no hacía ni cinco minutos que se habían separado y, además, ella estaría preocupada. De modo que le pidió al Alma que aguardara un momento y, lentamente, su cuerpo volvió a tomar consistencia sobre la cama.

–¿Sí? –dijo de mala gana.

Su abuela abrió la puerta.

–Espero no molestar. ¿Estabas durmiendo?

–Estaba a punto –sonrió ella–. No pasa nada.

–Estaba pensando... que podemos ir a la policía a poner una denuncia. ¿Recuerdas cómo era ese hombre?

La imagen de Kirtash acudió de nuevo, nítida, a la mente de Victoria. Un joven ligero, rápido y sutil como un felino, vestido de negro, de cabello castaño claro, muy liso, que enmarcaba un rostro de facciones finas pero de expresión impenetrable, y unos ojos fríos como un puñal de hielo. Jamás podría olvidarlo. Sabía que poblaría sus peores pesadillas durante mucho tiempo.

–No –dijo finalmente–. No lo recuerdo. Todo ha sido muy rápido.

Jack lanzó una estocada que no dio en el blanco, pero se apresuró a corregir su error girando el cuerpo y bajando los brazos para detener el contraataque. Las espadas chocaron. Jack giró de nuevo y asestó un golpe semicircular, pero falló otra vez. Perdió el equilibrio y sintió enseguida el filo del acero acariciando su cuello.

–Estás muerto –oyó junto a su oído.

Por un momento no se movió. Respiraba entrecortadamente y tenía la frente cubierta de sudor. Entonces, con lentitud, arrojó el arma al suelo y levantó las manos.

–Está bien, tú ganas otra vez –admitió a regañadientes.

La hoja de la espada se retiró.

–No seas impaciente, chico –repuso Alsan, sonriendo–. Cuatro meses de prácticas no te hacen tan bueno como para poder derrotar a un caballero de Nurgon.

Jack reprimió una mueca. Alsan le había hablado con orgullo de la Orden de Caballería de Nurgon, la comunidad de caballeros más poderosa e influyente de todo Idhún, a la que solo pertenecían guerreros de la más alta nobleza, y dentro de la cual él mismo ocupaba un puesto destacado, a pesar de su juventud. El honor, el valor y la rectitud eran los tres pilares sobre los que se sustentaba la ideología de la Orden, pero tampoco había que olvidar que sus caballeros estaban bien entrenados y pocos guerreros podían vencerlos en un combate leal.

–Claro –masculló Jack–. Pero he mejorado, ¿no? Reconócelo. Al principio, apenas podía levantar la espada.

Se miró los brazos, orgulloso de la fuerza que se adivinaba en ellos.

–Engreído –se burló Alsan.

Jack se volvió hacia él.

–¿Y tú, qué? Te lo tienes muy creído, pero te advierto que no tardaré mucho en derrotarte.

Alsan sonrió.

En los últimos meses, Jack se había esforzado mucho por aprender a manejar la espada, tras el fracaso de sus lecciones de magia con Shail. En realidad, el chico encontraba aquello mucho más útil y real que cualquier cosa que pudiera enseñarle el mago. No podía dejar de recordar que, ante Kirtash, Alsan había dado la cara, mientras que Shail había empleado su poder para salir huyendo.

En todo aquel tiempo no había conseguido averiguar nada acerca de su origen o sus supuestos «poderes». Se había acercado a la historia de Idhún, pero pronto se había dado cuenta, con desesperación, de que todo le resultaba muy extraño y no lograba encontrar nada que justificase, o al menos explicase, el despiadado asesinato de sus padres. Con el tiempo, el dolor y el sentimiento de culpa se habían ido calmando o, al menos, derivando hacia otro tipo de emoción: la rabia y la sed de venganza. Se sentía víctima de una injusticia, sentía que le habían robado su vida sin ninguna razón, y canalizaba todo aquel odio y frustración a través de sus lecciones de esgrima con Alsan. Algún día, se decía a sí mismo, estaría preparado para enfrentarse a los asesinos de sus padres... y hacérselo pagar.

Pero antes los miraría a la cara y les preguntaría... por qué.

Por qué habían destrozado su mundo, por qué habían apagado la vida de sus padres y, sobre todo... por qué él, Jack, era diferente. Sus enemigos debían de saberlo, y la respuesta a esta última pregunta era el motivo por el cual habían intentado matarlo.

Alsan era un guerrero experimentado, sereno y prudente, y, aunque a menudo chocaba con el espíritu impulsivo e indómito de Jack, en el fondo había llegado a encariñarse con él. Por su parte, el muchacho veía a Alsan como un modelo que debía seguir: fuerte, valiente, seguro de sí mismo y, sobre todo, líder indiscutible de la Resistencia. Alsan se había ganado el respeto de Jack, que intentaba aprender de él todo cuanto podía. Al príncipe le satisfacían la constancia y el tesón de su alumno, pero lo cierto era que, en el fondo, sus motivaciones eran diferentes. Si Alsan era un justiciero, el corazón de Jack estaba inflamado de odio y deseos de venganza.

Por eso, aunque Jack había aprendido a admirar a Alsan como a un héroe, a escucharlo como a un maestro y a quererlo como a un hermano mayor, sentía que la impaciencia lo consumía, y tenía la sensación de que necesitaba algo más, de que las lecciones de esgrima no eran bastante para él.

Recogió su espada y la miró, pensativo.

–¿Por qué no...? –empezó, pero Alsan lo interrumpió antes de que acabara:

–No insistas, Jack. No estás preparado para empuñar una espada legendaria.

Jack había esperado aquella respuesta, pero en aquella ocasión tenía una réplica preparada:

–Eso si es que existen tales espadas, porque yo todavía no las he visto.

Alsan se volvió hacia él.

–No me provoques. Tú sabes perfectamente que existen. Me viste luchar con una de ellas contra Kirtash.

–No estaba prestando atención. ¿Por qué no me dejas verlas, al menos?

Alsan se quedó un momento en silencio, pensativo.

–Está bien –dijo por fin–, supongo que no hay nada malo en ello.

Jack se dirigió con rapidez al fondo de la sala, por si su amigo cambiaba de opinión, y aguardó frente a una pequeña puerta de hierro adornada con figuras de dragones. Alsan sacó la llave y abrió la cámara donde se guardaban las armas legendarias. Jack entró tras él, algo intimidado. Era la primera vez que franqueaba aquella puerta, que había ejercido una misteriosa fascinación sobre él prácticamente desde el primer día.

Lo que vio en el interior de la cámara lo sobrecogió.

Era una estancia de forma circular, como la mayor parte de las habitaciones de la casa de Limbhad. Las paredes estaban forradas de vitrinas y hornacinas que contenían todo tipo de armas blancas: dagas, espadas, lanzas, hachas... pero no eran armas corrientes: sus empuñaduras estaban cuajadas de piedras preciosas y sus filos relucían con un brillo misterioso.

–Muchas de las armas que aquí se guardan fueron empuñadas por algunos de los grandes héroes que inscribieron sus hazañas en las crónicas de Idhún. No tenemos la menor idea de cómo vinieron a parar aquí. La mayoría de ellas se habían dado por perdidas.

Jack se fijó en un puñal cuya empuñadura mostraba un rostro tallado, un rostro de ojos rasgados y facciones sobrehumanas, que sonreía misteriosamente...

–¡Jack!

Jack volvió a la realidad. Junto a él estaba Alsan, ceñudo.

–No lo mires, chico –le advirtió–. Está deseando que vuelvan a empuñarlo; se alimenta de sangre y lleva varios siglos en ayunas. Y se necesita una voluntad de hierro para controlarlo, ¿sabes?

–Bromeas –soltó Jack, estupefacto.

–Nunca bromeo –replicó Alsan, muy serio–. La mayor parte de las armas legendarias tienen un espíritu, un alma. En realidad, yo no suelo confiar mi vida a ningún arma que piense por sí misma, pero nos encontramos en unas circunstancias muy especiales. No tenemos otra opción.

–¿Y cuál sueles empuñar tú?

Alsan se detuvo ante una magnífica espada cuya empuñadura tenía la forma de un águila con las alas extendidas.

–Sumlaris, la Imbatible –dijo con respeto–. Fue forjada por y para caballeros de la Orden de Nurgon. Quizá por eso nos entendemos tan bien. Que se sepa, es la única capaz de resistir las estocadas de Haiass, la espada de Kirtash –pronunció el nombre del arma de su enemigo con cierta repugnancia.

–¿La única? –Jack se volvió hacia él, interesado.

Alsan vaciló.

–Bueno... no exactamente –admitió el joven príncipe.

Jack sonrió. Empezaba a conocer a Alsan y sabía de qué pie cojeaba. A pesar de que parecía claro que no quería revelarle más, su código de honor le prohibía mentir.

–¿Hay otra?

Alsan frunció el ceño, pero lo guió hasta una estatua que representaba un imponente hombre barbudo que sostenía una espada en las manos. Jack lo miró, intimidado.

–Es una imagen de Aldun, el dios del fuego y, según la tradición, padre de los dragones –dijo Alsan en voz baja–. Y la espada que sostiene es Domivat. Nadie la ha empuñado desde hace siglos. Se dice que fue forjada con fuego de dragón.

Jack la miró. Era un arma magnífica. Su empuñadura, labrada en oro, tenía tallada la figura de un dragón de refulgentes ojos de rubí. La hoja despedía un leve centelleo rojizo. Parecía que la luz arrancaba reflejos flamígeros del mágico metal. Inconscientemente, Jack alargó una mano.

–¡No la toques!

Jack retiró la mano.

–Te quemarías –explicó Alsan–. Habría que congelar el pomo para que pudieras blandirla sin abrasarte. Tal vez Shail pueda hacerlo, pero no creo que sea una buena idea.

Jack asintió, tragando saliva. Iba a preguntar algo más, pero Alsan le dio la espalda y salió de la cámara. Jack lo siguió, sin ganas de quedarse solo en un lugar donde había cosas tales como dagas sedientas de sangre.

Cuando volvieron a la sala de entrenamiento, Jack cogió la espada de nuevo. Alsan se volvió para mirarlo.

–¿Qué pretendes? Creo que ya basta por hoy, chico.

–Yo quiero seguir.

–Te advierto que voy a darte una paliza.

Jack alzó su arma.

–Eso lo veremos.

Sin embargo, un carraspeo los interrumpió. Los dos se volvieron. Shail los miraba desde la puerta, muy serio.

–Alsan –dijo–, tenemos que hablar.

El joven príncipe dejó a un lado la espada de entrenamiento y salió de la sala tras Shail, sin una palabra. Jack se quedó allí, parado, con la espada en la mano y muy intrigado. Sabía que Alsan, Shail y Victoria hablaban a menudo de cosas que él no comprendía, y que confiaban en él solo hasta cierto punto.

Hasta entonces aquello no le había molestado, no mientras la Resistencia le ofreciera lo único que quería en aquellos momentos de su vida: un modo de vencer a Kirtash y Elrion, los asesinos de sus padres, y un refugio seguro hasta que estuviera preparado para enfrentarse a ellos. Y lo demás le importaba bien poco, porque, a pesar de todo, no se sentía parte de Idhún ni compartía los ideales de la Resistencia.

Jack se encogió de hombros y fue a darse una ducha fría. Pero cuando salió del cuarto de baño, con el pelo mojado, y pasó por delante de una puerta cerrada, oyó a Shail pronunciar el nombre de Victoria, y se acercó de puntillas para pegar el oído a la puerta.

–Entonces, la ha encontrado –oyó murmurar a Alsan desde el interior de la estancia–. Sabíamos que tarde o temprano ocurriría. Y sabes lo que debes decirle: que abandone su casa y venga a vivir aquí, a Limbhad. Es la única manera de que esté segura.

–Pero no podemos hacer eso –replicó Shail–. Es una niña, ¿no lo entiendes? Tiene doce años, tiene una casa, una familia, una vida. No podemos pedirle que lo deje todo atrás.

–Kirtash la matará, Shail. Sabes perfectamente que va tras ella. No es la primera vez que está a punto de atraparla.

–Aquella vez fue en Suiza. En esta ocasión ha sido en Madrid. Kirtash no tiene modo de saber que esa es la ciudad donde vive.

–A estas alturas, ¿no deberías haber aprendido ya a no subestimarlo?

Hubo un breve silencio.

–La persiguió en el metro –explicó Shail–. No la siguió hasta su casa.

–Pero la ha visto –hizo notar Alsan–. Ya sabe cómo es.

–Sí. Maldita sea –suspiró Shail–. Kirtash jamás olvida una cara. ¿Qué debemos hacer?

–Estar alerta, tal vez –respondió Alsan tras un momento de silencio–. Puede que no se moleste en buscarla. Al fin y al cabo, Victoria es solo una niña y, como tú has dicho alguna vez, su poder mágico no es gran cosa. Seguramente ella no saldría con vida si volvieran a encontrarse, pero para ello tendría que ponerse a buscarla. Y sabes que Kirtash no tiene tiempo para esas cosas porque va detrás de un objetivo mayor.

–Sí –la voz de Shail sonó muy aliviada de pronto–. Sí, es verdad. Por suerte, Kirtash no sabe lo que nosotros sabemos acerca de Victoria: que en algún momento de su vida se cruzó con Lunnaris. Si lo supiera...

Jack dio un respingo. Era la primera vez que oía pronunciar aquel nombre, Lunnaris, y escuchó con más atención.

–... Si lo supiera, Shail, no intentaría matarla –hizo notar Alsan–. Se la llevaría consigo para sonsacarle toda esa información, y no me cabe duda de que lo conseguiría, a pesar de que ella no la recuerda. Hoy por hoy, Victoria es la única pista que tenemos para llegar hasta Lunnaris. Por eso creo que deberíamos protegerla aquí en Limbhad. Pero, por otro lado... –calló un momento–. Por otro lado –continuó–, estoy viendo a Jack todos los días aquí encerrado, sin ver la luz del sol, sin ningún lugar a donde ir, sin nada que hacer a excepción de entrenar con la espada todo el día, y confieso que me sentiría culpable si condenara también a Victoria a una vida como esa. Por más que ella parezca sentirse a gusto aquí.

–Ahora está muy asustada. Quizá no quiera volver a su casa en algún tiempo.

–No es una buena idea. O vuelve antes de que nadie la eche de menos, o no vuelve nunca más. Pero si tarda en regresar, su abuela se preocupará y comenzará a buscarla, y eso podría poner a Kirtash sobre la pista y llevarlo directamente al lugar donde ella vive en la Tierra.

–Entonces, ¿qué propones?

–Dejar que ella decida –dijo Alsan tras pensárselo un momento–. Creo que es la mejor opción. Ve a hablar con ella y pregúntale...

–No, ahora no –cortó Shail con firmeza–. Estará con Jack, seguramente. Necesitará desahogarse.

Jack se sintió culpable. Hacía un buen rato que sabía que Victoria había sido atacada por Kirtash y, en lugar de ir corriendo para ver si se encontraba bien o necesitaba algo, estaba allí, espiando detrás de la puerta. Se alejó pasillo abajo, muy confuso, y fue a buscar a Victoria.

La encontró en el salón; había esparcido sus deberes de matemáticas por toda la mesa, y trataba de concentrarse en ellos mientras acariciaba distraídamente a la Dama, su gata, que estaba acomodada en su regazo. Jack sintió un ramalazo de nostalgia por la vida que había dejado atrás. Hasta hacía solo unas horas, Victoria todavía vivía en un lugar seguro y podía hacer cosas tales como ir al colegio y estudiar matemáticas. Jack cerró los ojos y pensó que daría lo que fuera por volver a estar en su cuarto estudiando matemáticas, por tener un colegio, una casa a la que poder regresar después de clase y una familia que lo estuviese esperando en ella. Y se preguntó si el ataque de aquella tarde no habría acabado también con la vida segura y tranquila de la que Victoria disfrutaba más allá de Limbhad. En cualquier caso, parecía claro que ella se había puesto a hacer los deberes para tener algo en que pensar y olvidar cuanto antes aquel encuentro con Kirtash.

La contempló un momento, con cariño, y pensó en lo cerca que había estado de perderla aquella tarde. Se estremeció solo de pensarlo.

La chica levantó la cabeza al sentir que él la estaba mirando.

–Las matemáticas solo dan problemas –sonrió ella.

Jack le devolvió la sonrisa.

–¿Quieres que te ayude? –se ofreció.

Se sentó junto a ella y echó un vistazo a sus apuntes. La Dama saltó sobre la mesa para curiosear lo que estaban haciendo, y Jack la apartó con suavidad. Vio que Victoria se estremecía, y la miró.

–¿Estás bien? ¿Tienes frío?

Cubrió los hombros de la chica con su propia chaqueta. A Victoria le encantaban aquellos gestos suyos, le gustaba cómo cuidaba de ella sin hacer de «hermano mayor», como Shail y Alsan, sino, simplemente, tratándola con el cariño y la confianza de un buen amigo. Lo miró un momento y se sintió de pronto muy unida a él sin saber por qué. Alsan y Shail eran mayores que Victoria, habían nacido y crecido en Idhún y no podían comprender lo que había significado para ella que irrumpiesen en su vida. Pero Jack sí, porque, además de tener más o menos su misma edad, acababa de pasar por una experiencia similar. Se compenetraban muy bien y, sin embargo, a veces parecía que aquella amistad no llegaba a cuajar porque Jack estaba demasiado obsesionado con su entrenamiento como guerrero.

–Gracias –dijo, e intentó volver a los ejercicios de matemáticas.

Pero Jack puso la libreta fuera de su alcance y la obligó a mirarlo de nuevo.

–Sé lo que ha pasado –susurró–. ¿Estás bien? ¿Te ha hecho daño ese malnacido?

Victoria se dio cuenta de que Jack estaba muy serio, extraordinariamente serio, y sintió una extraña calidez por dentro.

–No –dijo–. No llegó a alcanzarme.

Pero se estremeció de nuevo al recordarlo. Jack conocía esa sensación, ese frío que se sentía después de haber visto de cerca a Kirtash, y que no se iba simplemente abrigándose o acercándose al fuego. De modo que la abrazó, tratando de infundirle algo de calor.

Y funcionó. Victoria cerró los ojos y se dejó llevar por su abrazo, sintiendo cómo la calidez de Jack fundía poco a poco el hielo que había envuelto su corazón.

–¿Mejor? –susurró Jack.

Victoria asintió, aunque no quería que Jack se separase de ella. Pero el chico no lo hizo. Al contrario, la abrazó con más fuerza.

–¿Cómo ha conseguido encontrarte?

Victoria vaciló.

–Hice... algo. Algo mágico, supongo. Un coche estaba a punto de atropellarme, y yo debí de crear una especie de escudo invisible para protegerme del choque. Ni siquiera estoy segura de qué tipo de hechizo utilicé, porque no recuerdo haber pronunciado las palabras. Se lo he contado a Shail, y dice que eso se llama «magia instintiva». Pero qué mala suerte que, para una vez que consigo hacer algo parecido a un hechizo, tenga que ser en la Tierra, y ni siquiera recuerde cómo ha pasado. Y, por si eso no fuera bastante, en pocos minutos, Kirtash... Calló de pronto. Pareció que titubeaba.

–Puedes contármelo si quieres –la animó Jack.

Victoria respiró hondo y le relató todo lo que había sucedido aquella tarde; Jack escuchaba, serio y sombrío.

–¿Por qué no viniste directamente a Limbhad? –quiso saber él, cuando Victoria terminó de hablar–. ¿No habría sido más sencillo que salir corriendo?

–Necesitas concentración para contactar con el Alma. Shail puede hacerlo al instante, pero a mí no me sale.

Sus mejillas se tiñeron de rubor, y bajó la cabeza. Se sentía muy avergonzada de no estar cumpliendo las expectativas de Shail en cuanto a su aprendizaje de la magia. A pesar de que el joven hechicero no le exigía mucho, lo cierto era que Victoria odiaba decepcionarlo. Y sin embargo lo hacía constantemente, todos los días. Se suponía que ella poseía el don de la magia, pero había muchas cosas que su poder no conseguía lograr. Shail se esforzaba por enseñarle lo que él consideraba hechizos sencillos y Victoria se esforzaba por aprenderlos... sin resultado. Su magia curativa funcionaba sin ningún problema, su espíritu se fusionaba con el Alma de Idhún con solo desearlo... pero ahí se acababa todo.

–No puedo –le decía a Shail a menudo, desalentada–. Es como si se me escapase por entre los dedos.

–No importa –respondía siempre Shail–. La magia no funciona aquí igual que en Idhún.

Pero a Victoria sí le importaba. Deseaba desesperadamente que Shail estuviera orgulloso de ella.

Sacudió la cabeza para evitar pensar en ello, pero, de nuevo, el recuerdo de Kirtash inundó su mente, y aquello era todavía peor.

–Esta vez ha estado a punto de atraparme –susurró, atemorizada, y Jack recordó que Victoria le había mencionado alguna vez su anterior encuentro con Kirtash, aunque nunca se lo había contado con detalle, porque no le gustaba evocarlo.

Pero daba la sensación de que ella necesitaba hablar, así que Jack se arriesgó a decir:

–¿Y qué pasó la otra vez? ¿Cómo te encontró?

Victoria vaciló un momento. En realidad quería confiar en él, quería contarle todos los detalles de su historia. Alzó la cabeza y lo miró, y vio que sus ojos verdes estaban fijos en ella y que él le estaba prestando toda su atención, de modo que comenzó a hablar.

Todo había empezado cinco años atrás, cuando vivía todavía en un orfanato regentado por monjas, cerca de Madrid. Entonces ella tenía solo siete años y un niño se había caído de lo alto del tobogán del patio de recreo. El niño lloraba y chillaba con el brazo en una posición extraña y una aparatosa herida en la frente, y ella no había podido soportar más aquellos gritos...

Cuando llegaron las monjas, encontraron al herido perfectamente sano y muy desconcertado, mirando a Victoria con desconfianza. En torno a ella, a una prudente distancia, se había formado un círculo de huérfanos que los observaba en un silencio casi religioso.

Los días siguientes fueron espantosos para la niña. Sus compañeros comenzaron a tratarla de manera diferente; los adultos se limitaron a hacer como si nada hubiese sucedido, porque se negaban a creer la versión de los niños. Pero todo eso le importaba poco a Victoria. No, lo que le preocupaba de verdad era esa sensación... de haber despertado a una bestia dormida, de haber abierto la caja de Pandora, de haber hecho que algo formidable y poderoso fijase su mirada en ella. Se volvió una chiquilla miedosa, casi paranoica; tenía la sensación de que la vigilaban, de que pronto irían por ella, porque se había desvelado su verdadera naturaleza. Permanecía despierta por las noches, sin poder dormir, atenta al más mínimo murmullo, temblando bajo las sábanas, sin atreverse a cerrar los ojos, por miedo a que viniesen a buscarla.

Pero nada sucedió... a excepción del hecho de que, tiempo después, alguien la sacó del orfanato. Se trataba de Allegra d'Ascoli, que financiaba con generosidad las actividades benéficas de las monjas de la orden y que, a pesar de no ser ya precisamente joven, había decidido adoptar a la niña.

La mujer había comenzado a sentir afecto por ella casi enseguida. Victoria era callada y silenciosa, pero educada, tranquila y agradable, perfectamente moldeable. Nunca le había dado ningún disgusto. Sus profesoras nunca le habían dicho nada malo de ella. Las notas que traía eran buenas.

Pero seguía sintiendo miedo a algo inexplicable. Varios psicólogos y educadores, primero en el orfanato, después en el colegio, se habían esforzado por explicarle que no sucedía nada malo, que ella no tenía poderes especiales, que nadie la buscaba para matarla, porque ella no era una bruja ni estaban en la Edad Media, sino en los umbrales del siglo XXI.

Victoria había acabado por creerlos.

Sin embargo, las dudas seguían torturándola, hasta que por fin ocurrió lo inevitable.

Jamás olvidaría aquella clara mañana de verano, dos años atrás. Ella y su abuela habían ido de vacaciones a un balneario suizo. Victoria se había unido a una excursión a la montaña que se organizaba desde el hotel. Se había desviado un poco de la ruta al oír un grito, y llegó allí antes que nadie. Descubrió que se trataba de una mujer inglesa que se había despeñado. Estaba al pie de un risco, inconsciente y con una fea herida en la sien. Victoria no lo dudó. Utilizó su poder.

Y la curó.

Después, todo sucedió muy deprisa.

Intuyó que estaba en peligro por el simple hecho de haber curado a aquella mujer. Su sexto sentido le dijo que había atraído la atención de alguien muy peligroso. Se levantó con presteza y echó a correr.

Se internó en el bosque. Sentía que alguien la seguía. Notaba un aliento gélido acercándose cada vez más. Sabía que no tardaría en alcanzarla, y entonces...

Entonces había llegado Shail y se la había llevado de allí.

A Limbhad.

Su vida cambió radicalmente desde aquel momento. No había llegado a ver el rostro de la muerte, pero sí había sentido su presencia demasiado cerca. Kirtash no había logrado atraparla aquella vez.

Después de que Alsan y Shail le explicaran lo que estaba pasando y por qué no debía volver a utilizar su poder, Victoria regresó al hotel suizo. Por suerte, su abuela ya estaba haciendo las maletas; había discutido con el gerente del hotel por alguna razón y había decidido, molesta y ofendida, dar por finalizadas las vacaciones de inmediato. Victoria agradeció aquella casualidad, y que su abuela tuviera cambios de humor tan bruscos. Las dos regresaron a España aquel mismo día, y la chica pudo alejarse por fin de aquella pesadilla.

Pero nada volvió a ser igual desde entonces, porque ahora ya no estaba sola en el mundo. Tenía a Shail y a Alsan; tenía Limbhad y tenía Idhún. Desde el principio se había aplicado con entusiasmo a descubrir más cosas sobre Idhún, de donde procedían sus nuevos amigos, y el joven mago se había convertido para ella en el hermano mayor que nunca había tenido.

–Y eso es todo –concluyó Victoria–. Esta vez Kirtash me ha encontrado demasiado cerca de mi casa. No sé si debo volver o quedarme aquí...

–No puedo ayudarte en eso –respondió Jack–. Yo, por ejemplo, no puedo volver.

Victoria lo miró un momento.

–Comprendo –dijo.

–No puedo decidir por ti, Victoria, pero quiero que tengas en cuenta que, si optas por quedarte aquí y abandonar tu casa, ya no podrás volver nunca más. No creo que sea una decisión que debas tomar a la ligera.

Victoria bajó la cabeza y se mordió el labio inferior, pensativa.

–Eh –Jack la hizo alzar la mirada; sus ojos verdes se clavaron en los de ella, con una seriedad impropia de un chico de su edad–. Decidas lo que decidas, sabes que nosotros siempre estaremos aquí. Y, en cuanto me dejen unirme a las misiones de búsqueda, en cuanto me den una espada, yo también podré defenderte y pelear a tu lado. No estarás sola, ¿vale? No te abandonaremos a tu suerte. Ya lo sabes.

Victoria sonrió.

–Gracias, Jack. Tienes razón. No hay motivo para pensar que mi casa ya no es segura. Volveré con mi abuela. Solo he de tener más cuidado de ahora en adelante.

Hubo un silencio entre los dos. Entonces, Jack recordó la extraña conversación que había escuchado a escondidas:

–Hmmm... ¿Victoria? ¿Puedo preguntarte algo?

–Claro.

–¿Quién... quién es Lunnaris?

De pronto, Victoria se puso rígida y se separó de él.

–No lo sé –dijo con algo de brusquedad.

–No quería ser indiscreto –murmuró Jack, confuso.

Victoria se arrepintió enseguida de haber sido tan seca. Jack no podía saberlo...

«La miré a los ojos», le había dicho Shail cuando le habló de Lunnaris por primera vez. «La miré una vez a los ojos y nunca he podido olvidarla. Sé que está aquí, en alguna parte. Y creo que tú te cruzaste con ella en algún momento de tu vida, aunque ahora no lo recuerdes».

No, Victoria no la recordaba. Pero estaba segura de que, si la hubiese visto, no la habría olvidado. Y aunque comprendía perfectamente lo importante que era Lunnaris para la Resistencia, también sabía que para Shail aquella búsqueda era algo personal, muy personal. Y no podía evitar sentirse algo celosa e, incluso, en sus momentos más bajos, llegar a sospechar que Shail la protegía solo porque ella podía conducirlo de nuevo hasta su querida Lunnaris, aunque en el fondo supiera que eso no era verdad.

Pero Jack no tenía por qué saber todo eso.

–Lo siento –se disculpó–. No es culpa tuya. Es que hoy... bueno, estoy muy nerviosa. No soy yo. Y dentro de nada tendré que volver a casa porque es la hora de la cena, y estoy... asustada, ya sabes.

–No debes estarlo –le dijo Jack–. No permitiré que Kirtash te haga daño.

Victoria abrió la boca, pero no fue capaz de decir nada.

–Y –añadió Jack– estoy convencido de que algún día estaré preparado para luchar contra él. Y ese día acabaré con su vida, te lo juro; para que ni tú ni yo, ni nadie más, volvamos a tener miedo por su culpa.

Victoria sintió un nuevo escalofrío; pero en esta ocasión no fue debido al recuerdo de Kirtash, sino a la rabia y el odio que había percibido en las palabras de su amigo.

IV
«NO ESTÁS PREPARADO»

JACK no podía dormir. Tenía sincronizado su reloj con la hora de la ciudad de Victoria; así se aseguraba de estar despierto por las tardes, cuando ella llegaba, y de llevar más o menos un horario racional en la noche perpetua de Limbhad. Alsan y Shail eran más caóticos en ese sentido. Dormían cuando tenían sueño, comían cuando tenían hambre. Aunque Jack no saliese de Limbhad, ellos dos sí cruzaban a menudo la Puerta interdimensional. Le habían explicado que la entrada a Idhún se había bloqueado y que, por tanto, ellos estaban atrapados allí, pero eso no les impedía viajar a la Tierra, donde trataban de adelantarse a Kirtash cuando realizaba una de sus mortíferas expediciones, o rastreaban pistas diversas que Shail descubría en internet. Jack intuía que sus amigos buscaban algo más que magos idhunitas exiliados, pero nunca les había preguntado al respecto. Lo más seguro era que no le respondieran.

Las misiones de reconocimiento de Alsan y Shail podían llevarlos a cualquier punto del planeta, donde podía ser de noche o de día, por lo que hacía tiempo que habían renunciado a intentar ajustarse a cualquier tipo de horario. Por eso, cuando Victoria regresó aquella noche, a la una de la madrugada, hora de Madrid, Jack estaba tratando de dormir; pero Alsan estaba en la biblioteca, y Shail, navegando por internet en el estudio.

Jack se sintió muy aliviado cuando oyó la voz de Victoria hablando con Shail. Había llegado a temer que su consejo no hubiera sido acertado; se imaginaba a su amiga regresando a casa y encontrándose allí a Kirtash, esperándola... para darle una sorpresa parecida a la que él mismo había tenido al volver a su casa, una noche de primavera, cuatro meses atrás.

Se dio la vuelta y hundió la cara en la almohada. Aquella posibilidad le resultaba espeluznante. Ahora que lo había perdido todo, solo le quedaba lo que había en la Casa en la Frontera; su círculo se había visto drásticamente reducido a tres personas y un gato, y la simple idea de perder a uno de ellos era aterradora. Sabía que Alsan y Shail podrían cuidarse solos, pero Victoria...

Se la imaginó, una vez más, corriendo por los pasillos del metro, huyendo de la muerte, y sus puños se crisparon cuando volvió a invadirlo aquella sensación de rabia e impotencia. Su odio hacia Kirtash ardía con más fuerza que nunca en su corazón. Después de cuatro meses, casi había olvidado los rasgos de Elrion, el mago; pero la fría mirada de los ojos azules de Kirtash todavía lo perseguía en sueños de vez en cuando.

La casa volvía a estar en silencio, y Jack supuso que Victoria se habría retirado a su habitación. Tenía un cuarto solo para ella en Limbhad, y la mayoría de las veces prefería dormir allí a hacerlo en la mansión de su abuela, donde se suponía que debía estar. Jack no podía culparla. En Limbhad, todos se sentían mucho más seguros.

Con un suspiro, el muchacho se levantó, con el pelo revuelto, y se dirigió a la habitación de Victoria. Pero se detuvo, indeciso, ante la puerta entreabierta, al darse cuenta de que ella ya se había acostado. La miró un momento, preguntándose si se habría dormido ya. Estaba tendida en la cama, de espaldas a él, y, bajo la suave luz que se filtraba por la ventana, Jack pudo ver que sus hombros se convulsionaban en un sollozo silencioso.

Se le encogió el corazón, y odió todavía más a Kirtash por aterrorizar a una chiquilla que, fuera idhunita o no, era imposible que resultara una amenaza para él. Y se juró a sí mismo que no descansaría hasta ver muerto a su enemigo.

La Resistencia estuvo alerta en los días siguientes, pero Kirtash parecía haber olvidado a Victoria, porque no se le volvió a ver por Madrid. De hecho, las siguientes noticias que tuvieron de él procedían de un lugar bastante más remoto.

Una noche, un grito de Shail desde la biblioteca alertó a los habitantes de la Casa en la Frontera:

–¡¡Alsan!!

Jack y Victoria estaban durmiendo en sus respectivos cuartos, pero lo oyeron, y se despertaron de inmediato. Cuando Jack salió al pasillo, se encontró con Shail, que había bajado las escaleras a toda velocidad y corría hacia el estudio. Alsan ya había acudido a su encuentro, alerta.

–¿Dónde? –le preguntó a su amigo.

–Xingshan, en China –respondió Shail.

Alsan asintió.

–Voy a la sala de entrenamiento a coger armas. Tú vuelve a la biblioteca, a ver si puedes analizar un poco el terreno a través del Alma. Shail dijo que sí con la cabeza. Alsan salió disparado en dirección a la armería.

Jack sabía exactamente lo que estaba pasando, porque lo había vivido un par de veces desde su llegada a Limbhad. El Alma había localizado a Kirtash en algún lugar del mundo, y el joven asesino no se desplazaba sin una buena razón. Normalmente, sus razones tenían que ver con la implacable persecución a la que tenía sometidos a los idhunitas exiliados en la Tierra. Sin duda, en esta ocasión había descubierto a uno de ellos en alguna remota población de la inmensa China. En cualquier caso, la Resistencia debía tratar de llegar hasta él antes de que fuera demasiado tarde... como lo había sido para los padres de Jack.

Shail se volvió hacia Victoria, que se había reunido con Jack en el pasillo y había observado la escena sin intervenir.

–Son buenas noticias para ti, Vic –le dijo el mago–. Kirtash está muy lejos de Madrid. Ya no te está buscando.

Victoria asintió, respirando hondo. Shail se disponía a acudir a la biblioteca, cuando la chica lo retuvo por el brazo y lo miró a los ojos.

–Shail –le dijo–. Por lo que más quieras, tened cuidado.

El joven asintió, muy serio.

Jack no lo aguantó más. Dio media vuelta y siguió a Alsan en dirección a la armería. Se topó con él en la sala de entrenamiento, cuando ya regresaba cargado con Sumlaris, una espada corta y un par de dagas.

–Espero que una de esas sea para mí –le dijo Jack, muy serio.

Alsan le dirigió una breve mirada.

–Ni lo sueñes, chico. Todavía no estás preparado.

Jack sintió que lo invadía la cólera.

–¿Y cuándo voy a estarlo? –le espetó–. ¡Llevo cuatro meses aquí encerrado sin ver la luz del día! ¡No soporto quedarme aquí mientras vosotros os enfrentáis a ellos, una y otra vez! ¡Necesito... hacer algo!

–Estás haciendo algo, Jack. Te estás entrenando.

–¡Pero eso no me basta! –estalló Jack–. ¡Si de verdad pertenezco a la Resistencia, déjame ir con vosotros!

–Tampoco Victoria viene con nosotros a las misiones, y lleva en la Resistencia más tiempo que tú.

–¡Pero Victoria es solo una niña!

–Tiene solo un año menos que tú.

–Da igual, ella no sabe manejar una espada, y yo sí.

–No, Jack. No estás preparado. Es mi última palabra –y Alsan siguió andando hacia la puerta.

Jack sintió que su cuerpo se llenaba de rabia e impotencia.

–¿Y por qué no me dices lo que realmente piensas? –le gritó–. ¿Por qué no me dices la verdad a la cara, eh? ¿Que soy un crío y no os sirvo para nada?

Alsan se volvió hacia él, con un suspiro exasperado.

–Sabes que eso no es cierto.

El chico lo miró casi con odio.

–Sí que lo es. Me dijiste que podría defenderme, pero me tienes aquí encerrado y no me dejas demostrar lo que puedo hacer. ¡Me mentiste!

–Hablaremos de ello cuando vuelva. Ahora tengo prisa: la vida de alguien puede correr peligro, y cada minuto es crucial. Recuerda que, en tu caso, si hubiésemos llegado un poco más tarde, te habríamos encontrado muerto.

–¿Y de qué sirvió, eh? –exclamó Jack con rabia–. Me salvasteis la vida para encerrarme en esta tumba. ¡Estaría mejor muerto!

Fue visto y no visto. La mano de Alsan se disparó hacia la cara de Jack, y la bofetada lo hizo tambalearse y quedarse quieto un momento, atónito, sintiendo que le zumbaban los oídos. Parpadeó para contener las lágrimas y se llevó una mano a la mejilla dolorida.

Alsan lo miraba fijamente, muy serio. Cuando habló, no lo hizo con furia, ni siquiera con irritación, sino con calma y frialdad:

–Si quieres ser útil a la Resistencia, Jack, te quedarás aquí. Muerto no nos sirves.

Alsan salió de la habitación y dejó a Jack atrás. El chico se quedó quieto, temblando de rabia, sintiéndose humillado pero, sobre todo, traicionado. No tardó en percibir aquella especie de ondulación que sacudía el aire cuando alguien abandonaba Limbhad, y supo que Alsan y Shail se habían marchado sin él.

Regresó a su habitación, cerró de un portazo y se tendió en la cama. Estaba furioso con Alsan por tratarlo como a un niño, estaba furioso con Shail por no apoyarlo, incluso estaba furioso con Victoria por aceptar aquel papel pasivo con tanta facilidad. Estaba furioso con Kirtash, simplemente por existir. Y, sobre todo, estaba furioso consigo mismo.

Se quedó allí, en su cuarto, tumbado en la cama, durante un buen rato, hasta que sintió de nuevo aquella ondulación, y supo que Alsan y Shail estaban de vuelta. Pero no se movió, ni siquiera cuando oyó los pies descalzos de Victoria, corriendo por el pasillo en dirección a la biblioteca. En otras circunstancias, también él se habría apresurado a acudir al encuentro de sus amigos, para ver si estaban bien y cómo les había ido en la misión. Pero en aquel momento no tenía ganas. No estaba preparado para enfrentarse a Alsan otra vez.

Apenas unos minutos después, los oyó bajar a los tres. Pasaron ante la puerta de su cuarto, y oyó un fragmento de su conversación:

–... le ha acertado de lleno en el estómago –decía Alsan–. Es una quemadura bastante grave.

–¿Un hechizo ígneo? –preguntó Victoria.

–Tal vez, no lo sé. No entiendo de estas cosas. ¿Podrás curarlo?

Shail emitía en aquellos momentos un quejido de dolor, y Jack no pudo oír la respuesta de Victoria. Se le encogió el estómago al pensar que Shail había resultado herido, y estuvo a punto de levantarse e ir corriendo para ver cómo estaba. Pero reprimió el impulso. Seguro que Victoria lo curaría. Ella al menos era útil en aquel aspecto, al menos podía emplear la magia curativa, que siempre venía bien cuando no podían contar con Shail. En cambio, Jack no podía hacer nada. Absolutamente nada.

La única cosa que destacaba en él eran aquellos extraños episodios piroquinéticos. Pero, dado que no conocía su origen ni sabía cómo controlarlos, no le servían para nada. Lo único que había conseguido con ellos había sido atraer la atención de Kirtash... con fatales consecuencias para sus padres.

Se volvió sobre la cama, dando la espalda a la puerta. Estaba aprendiendo a pelear, pero, por mucho que se esforzase, jamás lograría superar a Alsan, y mucho menos a Kirtash. Los dos eran mayores que él. Y seguirían siéndolo siempre.

En la habitación de Shail, la Resistencia estaba viviendo una crisis. Victoria hacía lo que podía para curar la espantosa herida que Shail presentaba en el vientre, pero su magia apenas lograba restaurar los bordes de la quemadura. Victoria estaba próxima al llanto y las manos le temblaban. Evitaba mirar el rostro de Shail, pero no necesitaba hacerlo para saber que estaba sufriendo y que su vida se apagaba poco a poco.

Sintió la mano de Alsan sobre su hombro.

–Tranquila –le dijo–. Puedes hacerlo.

–No, Alsan, no puedo. No tengo bastante magia. Se va a morir...

–Victoria –Alsan la obligó a mirarlo a los ojos–. No se va a morir, ¿de acuerdo? Concéntrate. Él cree en ti, y yo también.

Victoria tragó saliva y asintió. Respiró hondo, intentando calmarse. Se volvió hacia su amigo y lo miró. Y entonces supo lo que tenía que hacer.

–Tenemos que llevarlo al bosque –decidió–. Allí mi magia funcionará mejor.

No sabía por qué estaba tan segura, pero decidió dejarse guiar por su instinto, y Alsan no discutió. Ambos cargaron de nuevo con Shail y lo sacaron de la habitación. Lo llevaron a duras penas fuera de la casa, y después hasta el bosque. Victoria lo depositó al pie de un enorme sauce que crecía junto al arroyo y respiró hondo. La magia de la vida vibraba en el aire, podía percibirla, y sintió que todos sus sentidos reaccionaban ante ella. Algo más tranquila, colocó las manos sobre la herida de Shail y trató de transmitirle toda aquella energía.

Y entonces, lentamente, las quemaduras de Shail comenzaron a curarse. El organismo del joven hechicero absorbió la magia que irradiaban las manos de Victoria, se apropió de ella y la utilizó para regenerar los tejidos dañados. Poco a poco, la herida empezó a cerrarse.

Por fin, cuando Shail respiró profundamente y abrió los ojos, Victoria se dejó caer a su lado, agotada. El joven, algo aturdido, la miró y sonrió.

–Eh –murmuró–. ¿Lo has hecho tú?

Victoria asintió, enormemente aliviada.

–No podías morirte ahora –le respondió, con una sonrisa–. Aún tienes mucho que enseñarme.

La sonrisa de Shail se hizo más amplia.

–Claro que sí –susurró.

Entonces, el mago cerró los ojos y se sumió en un profundo sueño.

–Está bien –dijo Victoria antes de que Alsan comentara nada–. Esto es justo lo que tiene que hacer: descansar. Dormirá durante un par de días y, cuando se despierte, estará como nuevo.

Los dos cargaron de nuevo con Shail para llevarlo de vuelta a casa. Victoria se dio cuenta entonces de que Alsan cojeaba y, aunque él no había dicho nada al respecto, supuso que se habría hecho una torcedura o un esguince. Se recordó a sí misma que debía curarlo a él también en cuanto instalaran a Shail en su habitación.

–Alsan –le dijo a su amigo–, dime... ¿qué ha pasado exactamente?

El rostro del joven se ensombreció.

–Que hemos vuelto a llegar tarde, Victoria –respondió.

Jack llevaba un buen rato sumido en sus sombríos pensamientos, cuando alguien llamó a la puerta de su cuarto y, al no obtener respuesta, la abrió un poco. Por un momento, Jack pensó que sería Alsan, que había ido a pedirle disculpas por haberle pegado o, por lo menos, para ver si se encontraba bien.

–¿Jack? ¿Estás dormido?

Era la voz de Victoria.

–No, no estoy dormido.

–¿Todavía estás enfadado?

–Contigo, no.

Ella percibió por su tono de voz que prefería no hablar del tema, y no insistió.

–Alsan y Shail han vuelto de China –informó–. Por poco no lo cuentan, porque tuvieron que luchar contra Elrion y Kirtash, y Shail salió herido. Estaba muy mal y estuvieron a punto de no poder regresar...

Se interrumpió, insegura; no sabía si Jack la estaba escuchando. El muchacho suspiró y se volvió hacia ella.

–¿Y cómo está ahora?

–He conseguido curarlo, pero está débil. Tardará un poco en recuperarse.

Jack sonrió.

–Bien por ti. Eres mejor maga de lo que crees.

Victoria sonrió, incómoda.

–Alsan está de mal humor, de todas formas –añadió–. La misión ha salido mal. Llegaron tarde.

A Jack se le revolvió el estómago. Recordó las palabras que el líder de la Resistencia le había dirigido un rato antes: «La vida de alguien puede correr peligro, y cada minuto es crucial».

–¿Qué... quién era?

–Hechiceros celestes. Un grupo de cinco, tal vez una familia, no estamos seguros.

Jack se sintió peor todavía. Los celestes eran seres parecidos a los humanos, pero más altos y estilizados, de cráneos alargados y sin pelo, enormes ojos negros y fina piel de color azul celeste. Como todos los idhunitas no humanos exiliados en la Tierra, seguramente aquellos cinco habrían ocultado su identidad bajo un hechizo ilusorio que los habría hecho parecer humanos a los ojos de todos. Pero, cuando morían, el hechizo se desvanecía, y los magos recuperaban su verdadera apariencia. Jack sabía pocas cosas acerca de los celestes, pero sí conocía su rasgo más característico: eran criaturas pacíficas que jamás intervenían en una pelea. Conceptos como el asesinato, la violencia, la guerra o la traición ni siquiera existían en la variante de idhunaico que ellos hablaban. Asesinar a un celeste a sangre fría era casi peor que matar a un niño.

En cualquier caso, eran hechiceros y habían escapado de Idhún. Para sus enemigos, no dejaban de ser renegados, una amenaza al fin y al cabo; seguramente por eso se los habían señalado a Kirtash como objetivo.

–Kirtash se estaba deshaciendo de los cuerpos cuando llegaron ellos –añadió Victoria, adivinando lo que pensaba–. Probablemente ya estaban muertos cuando el Alma lo detectó.

Jack apretó los puños con rabia. No se podía ser más despiadado y maquiavélico de lo que era Kirtash. Era asombroso hasta dónde era capaz de llegar, y solo con quince años. Por el bien de todos, era mejor que aquel sorprendente joven no alcanzara la edad adulta.

Como el chico no dijo nada, Victoria se separó de la puerta y concluyó:

–Voy a ver cómo sigue Shail. Lo he dejado dormido, así que, si quieres ir a verlo, mejor será que esperes un poco a que recupere la conciencia.

–Vale. Buenas noches.

–Buenas noches.

Victoria se fue, y Jack se quedó solo de nuevo. Pero en esta ocasión no se sintió mejor. Descubrió que habría preferido que Victoria se quedase con él, que necesitaba hablar con alguien. Pero, por otra parte, estaba esperando que Alsan acudiese a su habitación a interesarse por él. Después de su discusión, era lo menos que podía hacer.

Sin embargo, Alsan no fue a buscarlo. Sin darse cuenta, Jack se quedó dormido.

Se despertó varias horas más tarde. El reloj de su mesilla marcaba las diez y media de la mañana en Madrid, y supuso que Victoria ya se habría marchado a casa hacía rato y en aquellos momentos estaría en el colegio... intentando concentrarse en una clase de matemáticas, o de inglés, o de lo que fuera, cuando en realidad su mente estaba muy lejos, en Limbhad... con Shail, a quien había dejado recuperándose de una herida grave.

Jack se levantó y se desperezó. Seguía siendo de noche en la Casa en la Frontera, como siempre, pero para él había comenzado un nuevo día. Sin embargo, se sentía igual de mal que la noche anterior. Aún no había hecho las paces con Alsan. Y todavía no lo había perdonado.

Salió al pasillo, aún en pijama, y se asomó un momento a la habitación de Shail. Lo vio tendido en la cama, sumido en un sueño tranquilo y reparador. Sonrió. Se pondría bien.

Fue a la cocina a prepararse el desayuno.

Y allí se encontró con Alsan, que ya estaba vestido y terminando de almorzar. Abrió la boca para decir algo, pero él se le adelantó:

–¿Todavía estás así, chico? Vas a llegar tarde al entrenamiento.

–¿Qué? –pudo decir Jack, confuso.

Alsan se dirigió hacia la puerta, diciéndole:

–Te espero en la sala de prácticas.

–Pero...

–No tardes.

Alsan se marchó sin dejarle añadir nada más. Jack apretó los puños, furioso. Estuvo a punto de no acudir a la cita, pero finalmente decidió que sí lo haría, y que le demostraría a aquel príncipe engreído lo que era capaz de hacer. De manera que se dio prisa en desayunar y vestirse, y en apenas quince minutos estaba en la sala de prácticas.

Nada más entrar por la puerta, Alsan le lanzó la espada de entrenamiento, y Jack la cogió al vuelo.

–En guardia –dijo Alsan, muy serio.

Jack entrecerró los ojos, apretó los dientes y asintió, con rabia.

Fue el peor entrenamiento de aquellos cuatro meses. A pesar de que puso todo su empeño en hacerlo lo mejor posible, Alsan lo desarmaba una y otra vez, y Jack comprendió, desalentado, que si aquello hubiera sido una lucha en serio, habría muerto no menos de quince veces en aquella sesión. Pero Alsan no hizo ningún comentario al respecto. Lo obligaba a levantarse una y otra vez, a recoger la espada y seguir peleando, sin una palabra. Él mismo se empleaba a fondo, y Jack se sentía cada vez más torpe y ridículo, con lo que, inevitablemente, cada vez combatía peor.

Cuando, agotado, cayó al suelo por enésima vez, sintió la punta roma de la espada de Alsan en su pecho, y alzó la mirada.

El joven lo observaba con expresión severa pero imperturbable.

–No estás preparado –dijo solamente.

Retiró la espada y salió de la habitación, sin añadir nada más.

Jack se quedó allí, sentado en el suelo, hirviendo de cólera y vergüenza. De acuerdo, Alsan era mayor que él y manejaba mucho mejor la espada, pero no era necesario que lo humillara de aquella forma. Parpadeando para contener las lágrimas, Jack se levantó y fue a ducharse. En el siguiente entrenamiento, se dijo, le demostraría que sí estaba preparado, lo haría mucho mejor...

Después de comer, como Alsan estaba ocupado con otras cosas, Jack fue solo a la sala de entrenamiento y estuvo toda la tarde practicando con la espada los movimientos, fintas y ataques que conocía. Estuvo entrenando hasta que los brazos y los hombros le dolieron tanto que apenas podía sujetar la espada. Y solo entonces decidió descansar.

Al día siguiente le dolía todo el cuerpo, pero no se le ocurrió quejarse. En el entrenamiento, atacó a Alsan con toda su rabia, pero él volvió a desarmarlo, una y otra vez, con insultante facilidad. La camaradería que había reinado entre ambos hasta aquel momento parecía haberse esfumado. Alsan se mostraba frío, severo y distante, y Jack era demasiado orgulloso como para reconocer que aquello le importaba, o para admitir que su amigo tenía razón y todavía le quedaba mucho que aprender. De manera que se levantaba y recogía la espada, una y otra vez, y se ponía en guardia, una y otra vez, a pesar de que ya no podía ni con su alma. Hasta que Alsan decidió dar por finalizado el entrenamiento, y lo hizo sin una sola palabra de ánimo o apoyo. Jack se quedó allí, de pie, respirando entrecortadamente, pero no dijo nada ni soltó la espada. Únicamente cuando su tutor salió de la habitación y lo dejó a solas, se dejó caer al suelo y se quedó allí, sentado, exhausto, sintiendo que sería incapaz de volver a levantarse.

Acabó por hacerlo, sin embargo. Y, a pesar de ello, después de comer volvió a la sala para entrenar a solas, como el día anterior. Hasta que ya no pudo más.

Así, un día y otro día, y otro día.

Entrenaba hasta el agotamiento. A veces se dejaba vencer por el desaliento, y pegaba patadas a las paredes de la sala hasta hacerse daño, o se echaba a llorar de desesperación, pero nunca cuando estaba Alsan delante, sino cuando entrenaba a solas y sabía que nadie podía sorprenderlo en un momento de crisis. En cuanto se desahogaba, recogía de nuevo su espada y volvía a repetir los movimientos, los ataques, las defensas, los amagos, una y otra vez.

Apenas hablaba con nadie, ni siquiera con Victoria. Estaba tan obcecado con su adiestramiento que casi ni se acordaba de que ella existía. Aunque a veces, cuando el cansancio y el dolor muscular le impedían dormir, pensaba en ella. Y deseaba contarle todo lo que le estaba pasando, pero siempre decidía no hacerlo, para no agobiarla con más problemas. Por otro lado, le daba vergüenza admitir que no estaba cumpliendo las expectativas de Alsan, que no merecía pertenecer a la Resistencia, a pesar de todo lo que se estaba entrenando.

Y al día siguiente, con toda puntualidad, se presentaba de nuevo en la sala de prácticas, para volver a mirar desafiante a Alsan, para tratar de parar sus golpes, para luchar por vencerlo aunque fuera una sola vez, por muy cansado que estuviese.

Hasta que, en una ocasión, no se presentó al entrenamiento porque se quedó dormido. Cuando por fin se despertó y vio la hora del reloj, se levantó a duras penas y se precipitó hacia la sala de prácticas, pero Alsan ya no estaba allí. Lo buscó por toda la casa y no lo encontró, y tampoco a Shail. Hacía un par de días que el mago se había despertado de su sueño curativo, así que Jack supuso que los dos se habrían marchado a una de esas «misiones de reconocimiento» a las que él no estaba invitado. Apretó los puños con rabia. Estaba casi seguro de que, fuera lo que fuese aquello que estaban haciendo, Kirtash no estaba de por medio, porque había revuelo en Limbhad cada vez que la Resistencia detectaba su presencia en algún lugar del mundo. Esta era otra de las cosas que molestaban a Jack, porque parecía claro que aquellas expediciones tan misteriosas no suponían riesgos para ellos. ¿Por qué, pues, seguían manteniéndolo al margen?

Victoria tampoco estaba en Limbhad, de manera que Jack tenía toda la casa para él solo. Se encerró en su habitación durante varias horas, molesto y malhumorado. En esta ocasión ni siquiera tenía ganas de entrenarse. No podía dejar de pensar que Alsan ya le había demostrado lo inútil que resultaba para la Resistencia y lo pronto que lo matarían si se le ocurría salir de Limbhad. Y Jack podía aceptar no ser bueno con la espada, incluso podría aceptar quedarse en Limbhad el tiempo que hiciera falta... pero haciendo algo, cualquier cosa. Victoria, por lo menos, poseía habilidades curativas, pero él... ¿qué podía hacer él?

Tal vez lograra ayudar en algo buscando información. Se incorporó de un salto. Sí, eso era. Siempre llegaban tarde para salvar a las víctimas de Kirtash porque no podían estar a todas horas observando el mundo a través del Alma para ver qué hacía su enemigo. Quizá él pudiera ocuparse de esa parte... si es que sabía cómo hacerlo.

Dudó. Nunca lo había intentado, en realidad, y se preguntó si el Alma estaría dispuesta a mostrarle lo que él quisiera ver. No costaba nada probar, de todas formas.

V

CARA A CARA

S UBIÓ en silencio por la gran escalera de caracol y, una vez delante de la puerta de la biblioteca, la empujó con suavidad; esta cedió sin necesidad de que hiciese demasiada presión. Entró.

Era la primera vez que estaba a solas en la biblioteca desde el día de su llegada, y se estremeció al recordar las fantásticas visiones que había contemplado allí entonces.

Cerró la puerta tras de sí y miró a su alrededor. La estancia estaba a oscuras y en silencio. La enorme mesa redonda seguía también en el centro de la habitación, rodeada de seis sillas y contemplada por los cientos de viejos volúmenes escritos en antiguo idhunaico y encuadernados en piel que reposaban en las altísimas estanterías que forraban las paredes.

—Luz —murmuró Jack a media voz.

Tras un chisporroteo, las antorchas se encendieron. Jack no pudo evitar una sonrisa. Alsan le había explicado que, a excepción del pequeño templo del jardín, donde se rendía adoración a los dioses de Idhún, aquella sala era el lugar más importante de Limbhad. Por eso no le había permitido a Shail alterarla con ningún artefacto de la Tierra. La luz allí se encendía con solo pedirlo en voz alta, y el mismo sistema servía para las ventanas de la casa, cerradas con aquel extraño material tan flexible, que desaparecía y reaparecía cuando se lo ordenaban. Jack sonrió de nuevo, recordando su primera noche allí, y cómo había intentado abrir aquellas ventanas, sin conseguirlo. Entonces todavía no creía en la magia o, al menos, no demasiado.

Pero desde aquella noche habían pasado muchas cosas.

Se aproximó a la mesa, intimidado, y contempló los extraños símbolos y grabados que la adornaban. Gracias al amuleto de comunicación que le había regalado Victoria, podía hablar, entender y leer el idhunaico. Pero eso no incluía el idhunaico arcano, una variante del lenguaje de Idhún, misteriosa y esotérica, que solo los magos conocían y utilizaban.

Shail le había hablado de la historia de Limbhad y de aquella biblioteca.

En tiempos remotos, le había dicho, la enemistad entre magos y sacerdotes llegó a su punto culminante y desencadenó una gran guerra. Los hechiceros habían perdido y, perseguidos y acosados por una casta sacerdotal que los presentaba ante el pueblo como adoradores del Séptimo, el dios oscuro, no habían tenido más remedio que huir.

–Abrieron un portal dimensional hasta la Tierra –le había contado Shail–, pero allí no les fue mejor. La Inquisición, la caza de brujas, todo eso. Algunos se refugiaron en lugares habitados por pueblos primitivos que aún respetaban la magia, pero otros volvieron atrás y crearon Limbhad, donde se ocultaron hasta que las circunstancias les permitieron volver. Sin embargo, de alguna manera, con el paso de los siglos, toda la información que había sobre Limbhad se perdió. Cuando yo empecé a estudiar, este lugar no era más que una leyenda.

Ahora la historia se repetía. Una nueva generación de magos había escapado de Idhún.

Alsan y Shail le contaron que ellos se habían topado con Limbhad por pura casualidad. Al caer por el túnel interdimensional se habían desviado ligeramente de la ruta prevista, y habían ido a parar a la Casa en la Frontera, lo cual favorecía considerablemente sus planes. Por desgracia, ahora no les era posible contactar con ninguno de los magos idhunitas exiliados en la Tierra. Ya fueran humanos, feéricos, gigantes, celestes, varu o yan, las principales razas inteligentes de Idhún, estaban camuflados entre los nativos bajo forma humana. Y, por supuesto, no empleaban la magia; de lo contrario, Kirtash los localizaría.

Todo esto se lo había explicado el Alma, de la misma manera que le había enseñado a Jack lo que había pasado en Idhún el día en que los seis astros se reunieron en el cielo en aquella aterradora conjunción.

–Fueron los tres soles y las tres lunas, ¿verdad? –había preguntado a Alsan–. Al reunirse en cielo, provocaron la muerte de los dragones. Yo lo vi.

–Sí y no –replicó su amigo–. El Hexágono que representa el entrelazamiento de los seis astros en el cielo es el símbolo de Idhún. Esa conjunción ocurre una vez cada muchos siglos, pero no siempre implica una catástrofe. También puede producir grandes milagros. Los seis astros mueven una energía inmensa... Todo depende de quién utilice esa energía y para qué.

–Hasta aquel día –añadió Shail, palideciendo–, ningún mortal había logrado provocar una conjunción. Ashran el Nigromante lo hizo, y empleó el inmenso poder del Hexágono para comunicarse con los sheks; les abrió la Puerta que les permitiría regresar a Idhún y les entregó nuestro mundo en bandeja.

–¡Las serpientes aladas! –exclamó Jack, haciendo un gesto de repugnancia–. Las vi. Cientos de ellas. Tal vez miles.

–Los sheks –dijo Alsan lentamente– son las criaturas más mortíferas de Idhún. Los únicos seres que podrían enfrentarse a los dragones y salir victoriosos.

Jack no había hecho más preguntas. Todo lo que Alsan y Shail le contaban de Idhún le interesaba solo hasta cierto punto. Nunca había estado allí o, por lo menos, no lo recordaba. La idea de que existiesen de verdad criaturas tales como serpientes aladas o dragones seguía pareciéndole demasiado fantástica, a pesar de todo lo que había visto.

Pero Kirtash era muy real.

Se sentó en uno de los altos sillones que rodeaban la mesa redonda y respiró hondo, tratando de concentrarse. Después, con lentitud, colocó las manos sobre la mesa y llamó en silencio al espíritu de Limbhad.

La presencia del Alma lo invadió de manera casi instantánea. Para no distraerse, evitó abrir los ojos, aunque sospechaba que en el centro de la mesa había comenzado a producirse aquel extraño fenómeno de la última vez: una esfera de luz brillante que rotaba sobre sí misma...

«Quiero preguntarte algo», pensó Jack, sintiéndose, sin embargo, algo estúpido.

El Alma no respondió; al menos, no de manera clara y directa, pero Jack percibió que estaba receptiva y aguardaba su consulta.

«Quisiera que me mostrases a una persona que está en la Tierra».

Tampoco esta vez hubo respuesta, aunque Jack sintió que el Alma tenía sus reservas, y comprendió enseguida lo que quería decir: ni siquiera el espíritu de Limbhad podía encontrar a alguien que no quería dejarse localizar y que podía usar la magia para ocultarse de su mirada... como todos los hechiceros idhunitas exiliados. El camuflaje mágico exigía una mínima cantidad de energía y, a pesar de tratarse de un hechizo, no podía ser detectado con facilidad.

Pero aquel a quien buscaba Jack no tenía motivos para ocultarse. Porque militaba en el bando de los vencedores y, seguramente, estaba acostumbrado a que la gente huyese de él, y no al revés.

«Muéstrame a Kirtash», pidió Jack. «Quiero ver dónde está y qué hace».

El Alma no puso objeciones. Jack abrió los ojos.

La esfera brillante giraba todavía a mayor velocidad y había adquirido un tono azulado. Jack comprendió que, en esta ocasión, se trataba de la Tierra.

Se vio súbitamente engullido por aquella representación tridimensional de su planeta y se halló de pronto cayendo entre las nubes. El pánico lo inundó, pero se obligó a sí mismo a recordarse que aquello no era real, sino que se trataba de una visión. Se detuvo entonces y miró hacia abajo.

Flotaba. A sus pies, el mundo giraba más deprisa de lo normal. Vio a lo lejos las sombras de una gran ciudad, cuyos edificios más altos pinchaban las nubes que cubrían el cielo nocturno. Al principio se sintió desconcertado. Aquella ciudad le resultaba muy familiar, pero no terminaba de ubicarla. Se sintió poderosamente atraído hacia allí y se apresuró a dejarse llevar por su instinto.

Volvió a sentir aquella embriagadora sensación al sobrevolar las azoteas de los edificios, sin fijarse apenas en las luces deslumbrantes de la enorme metrópoli. Percibió que comenzaba a moverse cada vez más y más deprisa, e intuyó que estaba acercándose a su objetivo. Los contornos de los edificios se sucedían velozmente a sus pies, los ruidos no eran más que un confuso murmullo en el que resultaba imposible distinguir nada...

De pronto, se detuvo.

Miró a su alrededor. Ahora estaba en una zona de edificios antiguos y severos, pero que poseían un aire de elegante dignidad que evocaba el sabor de tiempos pasados. Un poco más allá, sin embargo, había una llamativa construcción posmoderna, de ladrillo rojo y tejados grises, cuya estructura trapezoidal estaba presidida por un gran patio en el que destacaba una estatua que representaba un hombre sentado. Sin embargo, lo que llamó su atención fue la sombra que se alzaba sobre una de las azoteas, contemplando la ciudad que se extendía ante él. Era casi imposible verlo, puesto que vestía de negro y su figura se fundía con el cielo nocturno, pero Jack lo detectó de inmediato, y se obligó a sí mismo, o a su representación astral, o lo que fuera, a acercarse más. La silueta, alta, esbelta y elegante, no inspiraba confianza. Su postura era engañosamente relajada; un observador atento habría percibido que, bajo aquella calma aparente, sus músculos estaban en tensión, como los de un depredador acechando a su presa.

Kirtash.

Jack se quedó apenas un momento inmóvil, conteniendo el aliento. No se hallaba allí físicamente, por lo que Kirtash no podía haberlo visto. Se quedó quieto, indeciso, hasta que vio que una segunda figura salía a la azotea. Era un hombre de cabello negro y facciones finas y aristocráticas. Jack no lo reconoció al principio, puesto que ya no llevaba la túnica, sino que vestía ropa normal, de calle, pero cuando estuvo más cerca supo enseguida quién era.

Elrion, el mago que había matado a sus padres.

Sintió que lo invadía la ira, pero recordó su intención de recabar información para ser útil a la Resistencia y se esforzó por mantenerse sereno; entonces se preguntó qué hacían aquellos dos en aquel lugar. Vio cómo el mago se acercaba a Kirtash y le tendía algo. Jack se acercó un poco más.

Era un libro, un volumen muy antiguo. No había nada escrito sobre la cubierta de piel gastada, pero Jack apreció el símbolo de un hexágono. Kirtash sonrió, satisfecho, cuando el mago abrió el libro y le mostró una página al azar. Jack se aproximó más, intentando leer lo que había escrito en ella; descubrió que los símbolos eran idhunaicos, pero aun así no logró descifrarlos, por lo que supuso que se trataba del lenguaje arcano, y lo invadió la curiosidad. ¿Dónde habían encontrado aquel libro? ¿Dónde estaban exactamente?

Kirtash cogió el libro y lo cerró de golpe. Jack quiso apartarse, pero... sin saber muy bien cómo, se encontró justo detrás de él. Y aunque sabía que aquello era solo una visión, no pudo evitar sentirse inquieto.

Y entonces, él se volvió.

Fue un movimiento tan rápido que el ojo de Jack apenas pudo captarlo. Pero cuando quiso darse cuenta, estaba mirándolo a los ojos.

Los ojos de Kirtash, gélidos, letales.

Jack retrocedió, sin poder apartar su mirada de la de Kirtash. De nuevo tuvo aquella horrible sensación.

Frío.

Un espantoso estremecimiento lo recorrió de pies a cabeza mientras algo comenzaba a explorar su mente, como aquella vez, en Silkeborg. Y supo de nuevo que aquella mirada podía matarlo. No sabía de dónde había sacado aquella idea, pero sí tuvo el absoluto convencimiento de que, aunque parecía absurda, era la verdad. Si seguía mirando a Kirtash a los ojos, moriría.

Trató de retroceder un poco más, pero estaba hipnotizado por aquella mirada.

Quiso gritar, pero las palabras quedaron congeladas en sus labios.

De pronto sintió que algo tiraba de él, y entonces todo comenzó a dar vueltas, y después se puso negro.

Se despertó en la biblioteca de Limbhad. Estaba en el suelo, respirando entrecortadamente y tiritando como si padeciese una hipotermia, y Alsan estaba ante él, zarandeándolo furioso, gritando algo que al principio Jack no fue capaz de captar. Mareado, intentó incorporarse, mientras las palabras de Alsan comenzaban a tomar forma en su mente:

–¡i... completamente chiflado, parece que no hayas aprendido nada de lo que te he enseñado!! ¡Nunca, nunca trates de enfrentarte a Kirtash tú solo! ¡Ha estado a punto de matarte!

–¿Có... cómo? –tartamudeó Jack, aún aturdido–. ¡Yo no estaba allí! Mi cuerpo...

–Kirtash mata con la mirada, Jack –era la voz de Shail; Jack enfocó un poco la vista y pudo distinguirlo detrás de Alsan–. Si alcanza tu mente, estás perdido. Suerte que hemos podido sacarte a tiempo de allí.

Alsan lo soltó.

–Eres un inconsciente, chico. ¿Todavía no sabes con quién te la estás jugando? ¡Nuestro enemigo ha sometido a todo un mundo y ha aniquilado a las dos razas más poderosas de Idhún en un solo día! ¿Y tú crees que puedes enfrentarte solo a un enviado suyo, alguien en quien ellos confían tanto como para encomendarle una misión como esta?

–Lo siento –murmuró Jack, algo enfurruñado.

Alsan suspiró, exasperado.

–Está bien, podría haber sido peor.

–Mucho peor –asintió Shail, examinando los luminosos contornos cambiantes de la esfera en la que se manifestaba el Alma–. No solo podrías haber muerto, sino que Kirtash podría haber llegado hasta nosotros a través de tu mente, y Limbhad habría dejado de ser un lugar seguro para la Resistencia.

Aquella revelación golpeó a Jack como una maza.

–No tenía ni idea –musitó, abrumado por las implicaciones de aquella posibilidad–. Lo siento, he sido un estúpido.

–Nos hemos dado cuenta –gruñó Alsan, incorporándose–. Vuelve a tu cuarto.

–Y trata de descansar –añadió Shail, para restar dureza a las palabras de su amigo–. Apuesto a que ahora tienes un bonito dolor de cabeza.

Jack obedeció, con el corazón encogido.

Volvió a su habitación, se tumbó en la cama y cerró los ojos. Cada vez que lo hacía pensaba que, al abrirlos, descubriría que todo había sido un mal sueño y que seguía en su granja, en Dinamarca, con su familia.

Pero eso nunca ocurría.

Aquella vez no fue diferente. Jack abrió de nuevo los ojos y vio el techo redondeado de su habitación de Limbhad. Aquel lugar era acogedor, y Jack se había esforzado por hacerlo más personal, pero seguía sin ser su casa.

En aquel momento, en concreto, se sentía más deprimido de lo habitual. Sentía muchísimo haber cometido la estupidez de espiar a Kirtash a través del Alma, y se preguntó si Alsan lo perdonaría por haber puesto su empresa en peligro por culpa de su precipitación y su insensatez. Deseó que se le pasara pronto el enfado. Se dio cuenta de que, a pesar de la frialdad con que lo había tratado en los últimos días, en realidad pocas cosas le importaban más que la amistad de Alsan. Quizá porque ya no le quedaba mucho más que conservar, aparte de su vida y su orgullo.

Alguien llamó a su puerta con suavidad. Jack pensó que se trataba de Shail o de Victoria; se incorporó y murmuró:

–Adelante.

La puerta se abrió, y fue Alsan quien entró en la habitación. Jack lo miró, entre sorprendido y receloso.

–No hace falta que vuelvas a reñirme –le espetó, antes de que él pudiera decir nada–. Ya he pedido perdón.

Pero Alsan negó con la cabeza y tomó asiento cerca de él.

–No se trata de eso, chico. Tenemos que hablar.

Jack, todavía sentado sobre la cama, cruzó las piernas y apoyó la espalda en la pared.

–Ya sé lo que vas a decirme –murmuró–. No estoy preparado para pertenecer a la Resistencia, ¿verdad? Y nunca lo estaré.

Para su sorpresa, Alsan sonrió ampliamente.

–Nada más lejos de la realidad, Jack. Eres el alumno más prometedor que he tenido jamás.

Jack lo miró con la boca abierta.

–¿Me estás tomando el pelo?

–En absoluto. Y te aseguro que he entrenado a muchos en mi reino, chico. Muchachos de tu edad, hijos de nobles que aspiraban a ser algún día capitanes del ejército de mi padre. Me gustaba probarlos personalmente para conocer las virtudes y defectos de mis futuros caballeros. Ninguno de ellos poseía el temple y la fuerza de voluntad que tú me has demostrado estos días. Ninguno de ellos progresó con tanta rapidez en el manejo de la espada.

Los ojos de Jack se llenaron de lágrimas, pero parpadeó para contenerlas.

–¿Por qué no me lo has dicho antes? –le reprochó.

–Porque hay algo que no me gusta de ti, y es esa rabia y ese odio que te ciegan, ese orgullo que te lleva a cometer imprudencias que te pueden costar la vida. He tenido que humillarte, he tenido que quemarte física y psicológicamente para que por una vez en tu vida te pares a pensar y aprendas a tener paciencia. Pero reconozco que no esperaba que reaccionaras como lo has hecho... espiando a Kirtash a través del Alma.

–Quería ser útil de alguna forma –murmuró Jack.

–Y lo eres, Jack. Si te mantengo alejado de todo esto es por dos motivos: en primer lugar, porque estás obsesionado con Kirtash, y cuando se trata de él no puedes pensar con objetividad. Mientras sigas siendo así de temerario, él tendrá todas las de ganar, y no le costará mucho matarte en vuestro próximo enfrentamiento porque, por mucho que te entrenes, tu enemigo seguirá siendo más frío y templado que tú. Y, en segundo lugar... porque no quiero perder antes de tiempo al gran guerrero que sé que vas a ser... y al amigo que ya eres para mí. Así que supuse que tenía que apartarte de Kirtash hasta que asimilaras un poco la muerte de tus padres y fueras capaz de enfrentarte a él con más calma y frialdad.

Jack no supo qué decir. Pero tampoco Alsan añadió nada más, por lo que finalmente el muchacho tragó saliva y murmuró, abatido:

—Comprendo. He metido la pata, ¿verdad?

—Todos nos equivocamos, chico —replicó Alsan, moviendo la cabeza—. Eso es lo de menos. Lo que realmente importa es que saques algo en claro de todo esto. ¿Entiendes?

Jack asintió y lo miró, agradecido. Toda la rabia y el rencor parecían haberse esfumado.

—Entiendo. No volveré a defraudarte, Alsan. Te lo prometo.

Alsan sonrió.

—Lo sé, chico —respondió, revolviéndole el pelo con cariño—. Cuento contigo y sé que no me fallarás.

Jack le devolvió la sonrisa. Alsan salió de la habitación sin decir nada más, pero el muchacho se sentía mucho mejor, como si se hubiera quitado un enorme peso de encima. Pensó en todo lo que había pasado aquellos días, y se acordó de Victoria. Se levantó de un salto. Tenía un asunto pendiente con ella.

Salió de su cuarto y la buscó por la casa. La encontró en su habitación, leyendo, y llamó suavemente a la puerta para anunciar su presencia.

—Hola —dijo cuando ella levantó la cabeza—. ¿Puedo hablar contigo un momento?

—Claro —respondió Victoria, cerrando el libro—. Pasa.

Jack se sentó junto a ella sobre una de las sillas, la miró a los ojos y le dijo:

—Llevo varios días sin hablar contigo, prácticamente ignorándote, porque he estado demasiado obsesionado con mi entrenamiento. Quiero que sepas... que no tengo nada contra ti; al contrario. Es solo que a veces me olvido de lo que realmente importa. Me he comportado como un estúpido, y quería pedirte perdón.

Victoria se quedó sin habla.

—¿Me perdonas? —repitió Jack con suavidad.

—Claro —pudo decir ella—. Yo... te veía todo el día entrenando y estaba preocupada por ti, pero no quería entrometerme porque...

—Te doy permiso para que te entrometas todo lo que quieras —cortó Jack, muy serio—. Alsan dice que soy orgulloso, impulsivo y temerario, y que así solo conseguiré que me maten. Y creo que tiene razón. Por eso, como tú eres mucho más sensata que yo, seguro que me vendrá bien que me ates corto.

Victoria lo miró un momento, preguntándose si le estaba tomando el pelo. Pero no, el chico hablaba en serio; la muchacha no pudo reprimir una carcajada.

—Está bien, me entrometeré si eso es lo que quieres. Pero luego no te quejes, ¿eh?

Jack sonrió a su vez.

—Gracias por no guardarme rencor —dijo con sencillez.

—No hay de qué, Jack. Somos amigos, ¿no?

—Claro que sí —le cogió la mano y se la estrechó con fuerza, aún sonriendo—. Y no sé si es porque pasamos mucho tiempo juntos, porque tenemos muchas cosas en común o por qué, pero eres la mejor amiga que he tenido nunca.

Victoria enrojeció, halagada, y aceptó el cumplido con una inclinación de cabeza.

Hubo un breve silencio. Victoria vaciló. Jack la miró y supo que quería decirle algo.

—¿Qué?

—Lo has visto, ¿verdad? —dijo ella en voz baja—. ¿Dónde estaba? ¿Qué hacía?

Jack sabía que Victoria se refería a Kirtash. Detectaba aquel extraño tono que adquiría la voz de su amiga cuando hablaba de él, incluso aunque no pronunciara su nombre. Frunció el ceño. Después de todo lo que le habían dicho Alsan y Shail, casi se le había olvidado por completo.

—No estoy seguro —respondió—. Tal vez no fuera nada importante, pero, por otra parte... no me imagino a Kirtash haciendo nada por casualidad.

Le contó todo lo que había visto a través del Alma; cuando terminó, Victoria hizo un gesto de extrañeza.

—¿Un libro de magia idhunita? Qué raro, ¿no? ¿De dónde sacarían algo así en la Tierra?

—Esos dos tramaban algo, me apostaría lo que fuera —murmuró Jack, pensativo—. Quizá si... ¡un momento!

Se levantó de la cama de un salto y alcanzó el bloc de dibujo que estaba sobre la mesa. Cogió un lápiz y se sentó de nuevo, mordiéndose el labio inferior.

–Era un edificio muy poco común –dijo–. Creo que podría dibujarlo.

Victoria lo contempló en silencio mientras el chico deslizaba el lápiz sobre el papel, con trazos suaves pero firmes y seguros, con el ceño fruncido en actitud de concentración. Esperó pacientemente hasta que Jack alzó la mirada y le tendió el bloc.

–¡Oye, dibujas muy bien! –se admiró ella.

Él se encogió de hombros.

–Lo hago desde que era muy pequeño. Dime, ¿te suena de algo ese sitio?

Victoria lo observó con atención. Un edificio con forma trapezoidal, de ladrillo rojo y tejados grises en distintas alturas. Un patio con enormes baldosas blancas y rojas. Una estatua que representaba a un hombre sentado.

–No –dijo finalmente–, pero sí es cierto que es un edificio muy peculiar. Además, parece importante. ¿Puedo llevármelo? Lo escanearé y lo pondré en algunos foros de internet, a ver si alguien sabe decirme qué es.

–Buena idea. Cuando tengamos más pistas, se lo diremos a Alsan y Shail. A lo mejor podemos averiguar algo importante...

Muy lejos de allí, en la azotea del edificio de ladrillo rojo, sacudido por una helada brisa, Kirtash contemplaba la ciudad que se extendía ante él. Sus ojos no mostraban la menor emoción.

Sin embargo, por dentro estaba hirviendo de ira.

Era aquel muchacho que había osado espiarlo. Kirtash había captado su intrusión al instante, y había logrado contactar con él lo bastante como para descubrir una serie de datos vitales.

El chico se llamaba Jack, y estaba con la Resistencia. Eso lo sabía. Era la segunda vez que Jack escapaba de él en sus mismas narices, aunque siempre por intervención de un tercero.

No habría más ocasiones.

La operación de Silkeborg había sido una auténtica chapuza. Jack era el único que debía haber muerto aquella noche, y, sin embargo, todavía seguía vivo. Elrion se había precipitado, y Kirtash todavía se preguntaba por qué había sido tan benevolente con él, por qué le había perdonado la vida. Tal vez porque, de momento, no disponía de otro hechicero, y no podía permitirse el lujo de perderlo.

Sin embargo, lo que más preocupaba a Kirtash era aquella rabia que sentía por dentro. No estaba acostumbrado a alterarse por nada, pero aquel muchacho, Jack, tenía la habilidad de sacarlo de sus casillas. Kirtash no sabía por qué, y detestaba no controlar sus propios sentimientos.

—¿Kirtash? —preguntó Elrion, inseguro.

—Teníamos compañía —dijo el chico con suavidad.

—¿Qué? —el mago se volvió hacia todos lados—. Yo no he sentido nada.

«No me sorprende», murmuró Kirtash en voz baja. Pero dijo:

—No era un ser físico, ni tampoco espiritual, sino una conciencia. Por eso yo lo he sentido, y tú no. Un miembro de la Resistencia nos estaba espiando.

—¡La Resistencia! —se burló el hechicero—. Son solo un grupo de muchachos. Jamás...

—No los subestimes —cortó Kirtash—. También yo soy joven.

—Eso es cierto —reconoció Elrion tras un breve silencio—. ¿Crees que se ha enterado de algo importante?

Kirtash sonrió.

—Eso espero —dijo.

—¿Por qué? ¿Qué quieres decir?

Kirtash no respondió. Aquel hechicero era el mejor que Ashran había logrado encontrar, y él lo sabía también, aunque no acabara de acostumbrarse a él. Para la forma de actuar del joven asesino, Elrion era demasiado ruidoso y llamaba mucho la atención. Además, jamás sería tan efectivo como él mismo. Pero no podía negar el hecho de que necesitaba un mago.

Elrion malinterpretó su silencio.

—¿Por qué no confías en mí? ¿Todavía estás molesto por lo de Silkeborg?

Kirtash no dijo nada. Elrion respiró hondo. Sí, era cierto, se había precipitado con lo de aquel matrimonio; los había quitado de en medio sin dar a Kirtash la oportunidad de interrogarlos. Por no mencionar el hecho de que el chico se les había escapado en sus mismas narices.

—Reconoce que voy aprendiendo —añadió el mago—. Hasta he cambiado mi túnica por esta ridícula ropa terráquea, como tú me dijiste.

Kirtash se volvió hacia él, y Elrion retrocedió un paso, casi instintivamente. ¿Por qué aquel mocoso le daba tan mala espina? Sabía que estaba muy próximo a Ashran, el Nigromante, el poderoso aliado de las serpientes en Idhún, pero no era más que un crío con poderes sorprendentes. ¿O no?

En cualquier caso, le molestaba, le molestaba muchísimo. Elrion había consagrado toda su vida a la magia, había renunciado a muchas cosas y sacrificado muchos años de su vida para llegar a ser un poderoso hechicero. Y no encajaba bien el hecho de ser superado de forma tan rotunda y evidente por un mocoso de quince años que ni siquiera era mago, a pesar de la extraña aura de poder que parecía irradiar.

Pero, por desgracia, no podía hacer nada al respecto. Su señor, Ashran el Nigromante, había puesto a Kirtash al mando y, por mucho que le irritase, Elrion debía acatar sus órdenes.

–Tengo mis propios planes –dijo Kirtash despacio–, y no son de tu incumbencia. No quiero interferencias esta vez.

Elrion tardó un poco en responder.

–Está bien –dijo finalmente–, aunque sabes que no eran esas las órdenes de Ashran.

Kirtash no se molestó en contestar. Se volvió de nuevo hacia la ciudad, que bullía de actividad a sus pies, a pesar de lo avanzada de la hora, y la contempló como lo habría hecho un conquistador que llegase a un mundo nuevo y extraño, un mundo lleno de infinitas posibilidades por explorar.

VI
EL LIBRO DE LA TERCERA ERA

JACK esquivó la estocada de Alsan y contraatacó a la velocidad del rayo. El joven idhunita, sin embargo, lo estaba esperando, y paró la embestida. Jack lo vio y movió su espada en cuanto tocó la de Alsan, que tuvo que agacharse para evitar el golpe. Replicó con un ataque al flanco desprotegido de Jack. Sin embargo, para su sorpresa, se encontró con que la espada del muchacho lo estaba esperando. Los aceros chocaron y saltaron chispas. Ambos combatientes retrocedieron un poco y se detuvieron un momento, jadeando, observándose con cautela.

–Aprendes rápido –observó Alsan.

Jack sabía que aquello era un cumplido, y asintió, pero no sonrió. Se estaba esforzando mucho para recuperar el aprecio de Alsan, aunque sabía que lo había decepcionado e intuía que, a pesar de que habían hecho las paces, nada volvería a ser como antes.

En Idhún, Alsan había sido un líder, un heredero educado en el deber, la disciplina y el esfuerzo. Pocos habrían aguantado como él la idea de que el destino de la Resistencia, y con él el de todo Idhún, estaba en sus manos. Él había cargado con aquella responsabilidad con total naturalidad. Lo había considerado un deber. Y era perfectamente consciente de la importancia de su misión. Por eso para él todo lo relacionado con la Resistencia y con la seguridad de Limbhad era de vital importancia.

Y Jack había estado a punto de echarlo todo a perder.

El chico sabía que no era culpa de Alsan. El idhunita le había instruido en el rigor, la serenidad y el control sobre sus emociones. Era Jack quien, desoyendo todos sus consejos, se había precipitado, creyendo que todo estaba bajo control. Había sido un engreído y también un inconsciente.

Después de descansar un par de días, había vuelto a sus lecciones con humildad, y parecía que Alsan le había perdonado, porque todo había vuelto a la normalidad. Pero había algo que ya no era igual.

El chico alzó la espada. Vio a Alsan venir hacia él, pero se mantuvo en su puesto, firme y sereno, con la cabeza fría. Calculó el momento apropiado y entonces se movió hacia la derecha pero se desplazó hacia la izquierda, desconcertando así a su rival. Alsan quedó ligeramente desequilibrado y, cuando quiso darse cuenta, la punta de la espada de Jack apuntaba a su corazón.

–Estás muerto –dijo Jack con calma.

Alsan lo miró con seriedad. Jack sostuvo su mirada, imperturbable. Entonces, lentamente, Alsan sonrió.

–Caramba, chico –comentó–. No te he enseñado esa finta todavía.

–Sí lo has hecho –replicó Jack–. Te vi hacerla el otro día. Simplemente tomé nota.

Alsan lo miró con aprobación.

–Veo que has aprendido la lección.

Jack sabía que era una apreciación positiva, pero no pudo dejar de sentirse un poco herido. Sí, había sido un estúpido inconsciente. Ahora sabía que la rabia no lo llevaría a ningún lado. Alsan era un buen guerrero porque era también un buen estratega, y era capaz de mantener la sangre fría sin permitir que la ira cegase su visión objetiva de las cosas.

–Basta por hoy –dijo Alsan, y Jack asintió sin discutir.

Tiempo atrás, antes de haber visto a Kirtash a través del Alma, se habría sentido muy orgulloso de haber vencido a Alsan en el entrenamiento. Ahora, sin embargo, aunque se sentía satisfecho, no lo consideraba importante. «Aún tengo mucho que aprender», se dijo.

Fue directamente al cuarto de baño a ducharse. Cuando salió, más relajado, vio a Victoria, que lo estaba esperando. Todavía vestía con el uniforme del colegio y parecía impaciente por enseñarle algo. Jack la siguió, intrigado, hasta el estudio. Victoria se sentó ante el ordenador y le señaló la imagen que mostraba el monitor.

–Mira. ¿Es esto lo que viste?

Jack echó un vistazo y el corazón le dio un vuelco. La pantalla mostraba una fotografía del edificio en el que había visto a Kirtash.

–Lo has encontrado –murmuró.

–No ha sido muy difícil. ¿Sabes qué es? ¡La Biblioteca Británica!

–¡La British Library! –exclamó Jack–. He oído hablar de ella. Viví en Londres un par de años, ¡debería haber reconocido la ciudad cuando la vi!

–¿No conocías la biblioteca?

–No. Londres es una ciudad muy grande, y nunca he pasado por allí. No me la imaginaba así, sin embargo. ¿Qué haría Kirtash en un sitio como ese?

Los dos tuvieron la misma idea a la vez y cruzaron una mirada.

–¿Sacar un libro? –susurró Victoria, pero Jack negó con la cabeza.

–¿Un libro de magia idhunita en la Biblioteca Británica? Suena absurdo.

–¡Tal vez no! Piénsalo, Jack. Un libro escrito en un idioma desconocido. Sería un ejemplar muy raro. Es lógico que acabase en un museo o en una biblioteca importante, ¿no? ¡A lo mejor alguien estaba tratando de descifrarlo!

Los dos se miraron, emocionados por su descubrimiento. Entonces, una extraña sensación de familiaridad los recorrió. Jack enrojeció levemente y a ella se le escapó un suspiro casi imperceptible.

Él carraspeó, incómodo, apartando la mirada.

–Me parece que deberíamos hacer una visita a la biblioteca, ¿no crees? –dijo por fin.

–¿Y qué es exactamente lo que esperas encontrar allí? –preguntó Victoria.

–No estoy seguro, pero pienso averiguarlo.

–¿Averiguar el qué? –dijo una voz tras ellos.

Jack se volvió hacia Shail, que acababa de entrar y los miraba con curiosidad.

–Es que el otro día –respondió Jack, algo incómodo–, cuando vi a Kirtash, acababa de conseguir un libro en idhunaico arcano y estaba en un edificio que, según lo que acabamos de descubrir, es el de la Biblioteca Británica de Londres.

–¿Qué? –exclamó Shail–. ¿Y por qué no lo dijiste antes?

–Nadie me preguntó nada al respecto –se defendió Jack.

–Bueno –dijo Shail–, no nos pongamos nerviosos. Voy a llamar a Alsan. Tienes que contarnos eso con más detalle.

–De acuerdo –decidió Alsan, muy serio–. Eso tenemos que investigarlo. Shail, nos vamos.

–¿A la Biblioteca Británica? –preguntó Jack.

Alsan asintió. Jack respiró hondo; estuvo a punto de pedirle que lo dejase acompañarlos, pero, después de todo lo que había pasado, no se atrevió. Shail lo miró, adivinando lo que pasaba por su mente. Pareció que iba a hacer algún comentario, pero en aquel momento se oyó la voz de Victoria:

–Mirad esto.

Se volvieron hacia ella. Había pasado un buen rato buscando en internet noticias y artículos relacionados con la Biblioteca Británica, y seguía con la vista fija en la pantalla del ordenador.

–¿Qué es, Vic? –preguntó Shail, acercándose–. ¿Qué has encontrado?

Los cuatro se reunieron en torno al monitor. La pantalla mostraba una noticia de unas semanas atrás. Jack tradujo el texto inglés en voz alta, para que Alsan pudiera entenderlo:

–«Llega a la Biblioteca Británica un libro escrito en un idioma desconocido. El volumen, que tiene cientos de años de antigüedad, fue hallado en el interior de una vasija en el transcurso de unas excavaciones arqueológicas cerca de Dingwall, en Escocia».

–¿Y por qué no lo han llevado a un museo? –dijo Victoria.

–Aquí dice que un investigador, un tal Peter Parrell, está seguro de poder descifrar lo que dice. Pero no da muchos detalles.

–Y ya no podrá darlos –dijo Alsan–, porque, si él tenía el libro, a estas alturas seguro que está muerto.

Victoria asintió.

–Mirad esta otra noticia. Es de hace tres días, y habla de la desaparición del libro... y de Parrell.

–¿La desaparición de Parrell? –repitió Jack–. ¿Quieres decir que no saben si está muerto?

–Kirtash nunca deja huellas de su paso, así que no es de extrañar que no hayan encontrado ningún cuerpo. Lo darán por desaparecido, pero jamás podrán probar que murió.

Jack se estremeció pensando en sus padres. Shail le había dicho que la policía no había encontrado nada en su casa. Simplemente... todos habían desaparecido. Incluido el perro. Kirtash mataba, pero no dejaba cuerpos tras de sí. ¿Qué hacía con ellos? El muchacho tragó saliva al preguntarse, una vez más, qué habría sido de sus padres.

Todavía se le hacía raro pensar que hubiesen muerto; pero, ahora que ya se había hecho a la idea, le inquietaba no tener un lugar donde ir a llorarlos.

–Espera –murmuró Shail, mirando fijamente la pantalla–. ¿Puedes hacer más grande esa imagen?

Antes de que Victoria pudiera contestar, él mismo se apoderó del ratón y pinchó sobre la fotografía. La portada del libro misterioso se hizo más grande, y Shail se acercó más al monitor para intentar descifrar los símbolos que aparecían en ella.

–¿Entiendes lo que dice? –preguntó Victoria.

Tras un breve silencio, el rostro de Shail se ensombreció.

–¡Sagrada Irial! –exclamó–. Si es cierto lo que dice ahí, eso es el *Libro de la Tercera Era*, escrito por los magos idhunitas que se exiliaron a la Tierra hace siglos. Se supone que es un diario que recoge sus experiencias en este mundo, nuevo para ellos...

–¿Qué tiene eso de importante? –cortó Jack.

–Verás, Jack, esos magos se llevaron consigo objetos mágicos de gran valor. Algunos regresaron y otros no. Si ese libro es lo que dicen las crónicas que es, sin duda podrá dar al que lo lea alguna pista sobre los objetos que se perdieron. Me parece que ya empiezo a comprender por qué Kirtash tenía tanto interés en conseguirlo. No cabe duda de que está al tanto de lo que pasa en el mundo. Reconozco que esta noticia se me había pasado por alto.

–Está claro que tenemos que ir cuanto antes a investigar esto –dijo Alsan, ceñudo.

Jack desvió la mirada. Seguía sin atreverse a pedir que le reservasen un puesto en aquella misión.

–Jack –dijo entonces Alsan–. Ve a tu cuarto y coge algo de abrigo. Victoria y tú venís con nosotros.

El chico alzó la cabeza, sorprendido. También Victoria se había quedado sin habla. Los dos miraron a Alsan y después a Shail, inseguros. El mago sonreía, pero fue Alsan quien explicó:

–En realidad, no vamos a ir a luchar, sino solo a investigar. Nos vendrán bien vuestros conocimientos; al fin y al cabo, es vuestro mundo. Y los dos sois parte de la Resistencia.

–Además –añadió Shail–, seguro que Kirtash ya no anda por allí. Estará tratando de descifrar el libro.

Jack y Victoria cruzaron una mirada ilusionada. El chico reprimió un grito de alegría.

Por fortuna, el cielo sobre Londres estaba cubierto por un denso manto de nubes grises. Jack estaba seguro de que, de haber lucido el sol, lo habría cegado. Y aun así, ahora caminaba parpadeando, con la vista baja, mientras se acostumbraba de nuevo a la luz del día.

Shail se detuvo para mirarlo.

—Estoy bien —dijo el chico antes de que el mago pudiese hacer ningún comentario.

Shail movió la cabeza.

—Vaya, Alsan, creo que Jack ya llevaba demasiado tiempo encerrado en Limbhad —le dijo a su amigo—. Un poco más y habría acabado convertido en un vampiro.

—No sé lo que es un vampiro —replicó Alsan, que iba en cabeza, sin volverse.

Shail suspiró con infinita paciencia, y Jack sonrió. El joven mago había estudiado con entusiasmo la historia, mitos, tecnología y costumbres de los distintos pueblos de la Tierra. Alsan, en cambio, seguía anclado en su mundo y en su forma de vida. Aunque avanzaba a través de las calles con el orgullo y dignidad que lo caracterizaban, los demás podían notar que se sentía incómodo con la ropa terráquea que había tenido que ponerse para no llamar la atención en la ciudad.

El Alma los había llevado hasta allí al instante, pero los había hecho aparecer en algún lugar algo más apartado, lejos de miradas indiscretas. Pronto, sin embargo, llegaron a la biblioteca. Atravesaron el pórtico de entrada y, una vez en el patio, Jack, ya acostumbrado a la luz, alzó la cabeza para contemplar el imponente edificio. Vio el lugar donde su conciencia se había encontrado con Kirtash, noches atrás, y una oleada de sentimientos lo invadió: miedo, rabia, odio, desesperación...

Victoria lo rescató, diciéndole con suavidad:

—Vamos, Jack, tenemos que entrar.

Jack volvió a la realidad. Los ojos de Victoria estaban fijos en él y lo miraban como si de verdad ella pudiese comprenderlo sin necesidad de palabras. Jack le sonrió, agradecido. Cada día descubría cosas nuevas y sorprendentes acerca de aquella chica.

—Claro —dijo solamente, y se apresuró a seguir a Shail y Alsan al interior del edificio.

–Bueno –dijo Victoria en voz baja, cuando se reunieron con sus amigos en el enorme vestíbulo de la biblioteca–. Y ahora, ¿qué hacemos?

–Hay una Sala de Lectura de Manuscritos y Libros Raros –informó Jack, estudiando un plano de la biblioteca–. Yo creo que podríamos empezar por ahí.

Shail asintió.

–A mí me gustaría curiosear un poco en las zonas que no están abiertas al público. Oficinas, despachos, cosas así. Puedo utilizar un hechizo de invisibilidad o de camuflaje.

–Me parece bien –dijo Alsan–. Jack, tú y Victoria id a esa sala, a ver qué averiguáis. Shail y yo iremos juntos.

Acordaron encontrarse un rato más tarde en la entrada para comentar lo que hubieran descubierto. Habían decidido no preguntar directamente por el *Libro de la Tercera Era*, para no levantar sospechas, pero Jack tenía otros medios de conseguir información.

Los dos amigos se dirigieron a la sala de lectura de manuscritos y libros raros. Se detuvieron un momento en la puerta, impresionados por lo grande que era. En un silencio absoluto, estudiantes, investigadores y bibliófilos en general estaban absortos en el estudio de diversos ejemplares de libros antiguos, incunables y manuscritos diversos. Victoria se sintió intimidada; al fin y al cabo, ellos eran solo unos niños, y aquel lugar era muy serio y formal. Pero Jack no se arredró en absoluto. Se dirigió al mostrador, extrajo una libreta y un bolígrafo de la mochila y esperó pacientemente a que alguien lo atendiera. Cuando la empleada se acercó a él para ver qué quería, el chico le preguntó algo con exquisita educación. Ella pareció molesta al principio, pero Jack siguió hablando, y la bibliotecaria no tardó en sonreír ampliamente. Victoria contempló con admiración cómo Jack se ganaba la confianza de la mujer con su simpatía natural. Sonrió cuando vio a su amigo tomar notas frenéticamente y quiso acercarse, pero comprendió enseguida que, con su escaso dominio del inglés, poco podría hacer ella para ayudar. De modo que se sentó en un asiento libre y, simplemente, esperó.

Poco después llegó Jack, con los ojos brillantes. Victoria supuso enseguida que había averiguado cosas interesantes.

Salieron a la plaza y aguardaron a sus amigos junto a la estatua del hombre sentado, que resultó ser Newton, según averiguó Jack estudiando un folleto que había obtenido en la entrada.

–Bueno, cuéntame –lo apremió Victoria–. ¿De qué habéis hablado?

–Le he preguntado acerca de los libros antiguos que llegaban a la biblioteca. Me ha dicho que no están a disposición del público, sino que solo los investigadores y expertos pueden consultarlos, y solo con un permiso especial. ¿Y sabes qué? Que puede que el siglo de la informática haya salvado el *Libro de la Tercera Era*, Victoria. Porque suelen guardar una copia de los libros más raros en microfilme, o escanean sus páginas para poder trabajar con ellas en el ordenador.

–¡Entonces, tal vez podamos recuperar el libro y averiguar qué buscaba en él Kirtash!

–Eso es lo que estaba pensando. Aunque ya no me he atrevido a preguntar por nuestro libro en concreto.

–Pero ¿cómo has conseguido que te cuente todo eso?

Jack se encogió de hombros.

–Le he dicho que era para un trabajo del colegio. Y que de mayor quería ser bibliotecario, como ella. Y... no sé, algunas cosas más.

–Eres diabólico, Jack –comentó Victoria, admirada.

El chico sonrió.

–Lo sé.

Alsan y Shail no tardaron en aparecer por allí. Jack les contó lo que había averiguado; por su parte, ellos también traían noticias.

–Nos hemos colado en la zona de los despachos –dijo el mago–, y hemos oído algunas cosas interesantes. Por lo que he podido entender, todos están que echan chispas porque han perdido definitivamente el *Libro de la Tercera Era*. No solo ha desaparecido el manuscrito, sino también todas las copias que había en la biblioteca: microfichas, copias en papel y hasta las páginas escaneadas en los ordenadores. No cabe duda de que Kirtash hace su trabajo a conciencia.

–¿Quieres decir que borró los documentos del ordenador? –preguntó Jack, incrédulo–. ¿No se supone que es idhunita?

–¿Y qué? Yo también lo soy, y he aprendido a usar los ordenadores. Ese chico es endiabladamente listo. No me extrañaría que conociese tu mundo mejor que tú.

–Pero tiene que haber un límite –murmuró Jack, sacudiendo la cabeza–. Lleva solo tres años aquí, ¿no? No puede haberlo aprendido todo.

–En cualquier caso, le han echado todas las culpas a Parrell, pero hace varios días que nadie sabe nada de él.

Jack negó con la cabeza.

–No, tienen que quedar copias en alguna parte. Es un libro muy valioso. Además, una vez escaneado, se puede enviar por correo electrónico a cualquier parte. Parrell tiene que conservar alguna copia, aunque sea en el ordenador, o en un CD.

–¿Creéis que podríamos registrar su casa para ver si encontramos alguna copia del libro? –dijo Victoria–. Tal vez descubramos algo que la policía haya pasado por alto.

Alsan asintió.

–Me parece una buena idea.

–Pero ¿cómo vamos a hacerlo? –dijo Jack, preocupado–. Ni siquiera sabemos dónde vive.

–Pues lo averiguaré –sonrió Shail–. Un mago tiene sus métodos...

Los «métodos» de Shail consistían en mirar la guía telefónica. Había varios Peter Parrell en Londres, de modo que pasaron el resto del día llamando por teléfono para tratar de averiguar en cuál de aquellas casas vivía el investigador que buscaban. En cuatro de ellas no cogió nadie el teléfono, así que tuvieron que acudir en persona.

La suerte les sonrió. En el segundo domicilio que visitaron, situado en un viejo edificio de la calle Weston, una vecina locuaz les confirmó que, en efecto, allí vivía el investigador al que habían acusado de fugarse con un libro de gran valor.

Los miembros de la Resistencia decidieron acudir por la noche, cuando estuviera todo más calmado. Ya sabían que Parrell vivía solo y que, por tanto, no encontrarían a nadie en la casa. Subieron las escaleras en silencio, sintiéndose unos ladrones. Cuando estuvieron ante la puerta de la casa de Parrell, Shail cruzó una mirada con sus amigos y giró el picaporte. La puerta debía de estar cerrada con llave, pero se abrió sin resistencia ante el mago. Los cuatro entraron en la vivienda sin hacer ruido.

No se atrevieron a encender la luz, pero Jack había traído una linterna y, por otro lado, por las ventanas entraba bastante claridad. Recorrieron la casa hasta encontrar el despacho; entraron en él y comenzaron a curiosear por las estanterías y los archivadores. Shail encendió el ordenador y empezó a examinar los documentos más recientes.

–Este tipo era muy desordenado –suspiró Victoria, revolviendo en un montón de papeles.

–Puede que Kirtash lo dejara todo así cuando registró el despacho –opinó Jack.

–No –replicó Shail, con la vista fija en la pantalla–. Te aseguro que dejó el despacho exactamente como lo encontró. Es muy cuidadoso en ese aspecto. Solo habrá hecho desaparecer lo que le conviene que no sea descubierto. El resto lo habrá dejado tal cual.

–¿Hay algo ahí? –preguntó Jack, acercándose a Shail.

–Nada –dijo el mago finalmente, sacudiendo la cabeza–. Es como si este tipo jamás hubiera visto un libro extraño. Kirtash también había previsto esto.

Victoria rebuscaba entre las estanterías. Alsan se había quedado parado en medio de la estancia, inseguro. Jack sonrió. Alsan era un guerrero y un estratega. No se le daba bien entrar a hurtadillas en las casas para registrar despachos.

–Si no hay nada en el ordenador –dijo Jack– es porque Kirtash, efectivamente, lo ha borrado todo. Pero Parrell se tuvo que traer la información a casa, en algún CD, o algo parecido. Con un poco de suerte, ese CD seguirá por aquí.

–¿Creéis que Kirtash ya ha pensado en ello? –preguntó Victoria.

–Kirtash tal vez no, pero la policía sí –les recordó Shail–. De todas formas, no cuesta nada mirar.

Todos se unieron a la búsqueda, y Shail fue comprobando en el ordenador, uno por uno, todos los CD que encontraron en el despacho. Pero fue inútil.

Jack iba a rendirse cuando sus ojos se detuvieron en el equipo de música que había sobre una de las estanterías. Ladeó la cabeza, sopesando una idea que se le acababa de ocurrir. Se acercó al equipo y empezó a abrir las cajas de los CD que se apilaban junto a él. Hubo una que le llamó especialmente la atención por mostrar el dibujo de un dragón en la carátula. Lo abrió, pero estaba vacío. Iba a abandonar su búsqueda, decepcionado, cuando se le ocurrió dónde podía estar el disco. Encendió el equipo de sonido y oprimió el botón de apertura del CD. El aparato escupió la bandeja sin ruido.

En ella había un único disco regrabable, sin ninguna indicación. Jack tuvo una corazonada.

–Prueba con esto, Shail –le dijo al mago, tendiéndoselo.

–Jack, eso es música –dijo Victoria, que lo había estado observando.

–Tal vez. O tal vez no.

Shail introdujo el CD en el ordenador. Los cuatro se inclinaron hacia la pantalla, conteniendo el aliento.

Una retahíla de documentos de imagen apareció ante sus ojos. Shail abrió uno de ellos...

... y la pantalla parpadeante del ordenador les mostró la fotografía de una página amarillenta recorrida por líneas de símbolos extraños, como patas de mosca salpicadas de pequeños triángulos. Shail respiró hondo, sorprendido.

–Entonces era verdad –murmuró–. Es el *Libro de la Tercera Era*.

Pero Alsan sacudió la cabeza, ceñudo.

–¿Por qué Kirtash dejaría atrás algo así?

Shail se encogió de hombros.

–Puede que Jack tenga razón y simplemente no sepa tanto como creemos.

–Yo estoy segura de que, si el disco hubiese estado a la vista –intervino Victoria–, se habría dado cuenta enseguida de lo que era y se lo habría llevado.

Shail contempló, pensativo, la carátula con la imagen del dragón.

–¿Por qué guardaría Parrell una copia del libro en un lugar como este?

–Estaba escondido –murmuró Jack–. Lo introdujo en el equipo de música para que no lo encontraran.

Los otros lo miraron.

–¿Quieres decir... que era idhunita?

–No puede ser –declaró Shail–. Un idhunita no saldría en los medios de comunicación diciendo que puede descifrar un libro misterioso. Es una manera muy estúpida de llamar la atención...

–... A no ser que él no supiera nada de Kirtash –sugirió Jack–. Puede ser, ¿no? Tal vez con eso quiso asegurarse de que le dejaban ver el libro. Luego... quizá se diese cuenta de que alguien andaba tras sus pasos y escondió una copia... esperando que alguien la encontrase.

–Bien –concluyó Alsan–. Ya tenemos lo que habíamos venido a buscar. Volvamos a casa. Ya seguiremos pensando en ello después.

Shail cogió algunas de las hojas que escupía la impresora y las examinó frunciendo el ceño. Victoria se acercó a él y, poniéndose de puntillas, espió por encima de su hombro.

–¿Entiendes algo? –preguntó.

–Es una variante antigua del idhunaico arcano –dijo el mago, acercándole la hoja para que pudiera verla–. ¿Reconoces estos símbolos?

–Algunos me son familiares –repuso ella–, pero la mayoría son diferentes de los que me has enseñado.

–No tanto. Fíjate bien.

Los dos se sentaron y esparcieron las hojas por encima de la mesa del estudio. Jack siguió recogiendo las hojas que salían de la impresora. Cuando se las llevó a Shail y Victoria, los vio muy juntos, concentrados en lo que hacían, sus cabezas casi rozándose. Shail explicaba pacientemente el significado de cada uno de los símbolos, y Victoria lo escuchaba poniendo toda su atención en ello. Jack sonrió, pero sintió una punzada de celos. Se preguntó si Alsan y él llegarían a llevarse tan bien como Shail y Victoria.

–¿Alguna pista? –preguntó el propio Alsan, entrando en la habitación.

Shail levantó la cabeza.

–Tardaremos un poco en descifrar el libro. Mientras tanto...

Pero no terminó la frase. Ni Jack ni Alsan sabían leer el idhunaico arcano, de modo que no podrían ayudar.

–Subiré a la biblioteca y buscaré información sobre la Tercera Era –decidió Alsan–. No me vendrá mal repasar mis conocimientos de historia.

–Te acompaño –dijo Jack, contento por tener algo que hacer; dejó los folios que faltaban sobre la mesa, cerca de Shail, y añadió–: Creo que esto es todo.

Se despidió de sus amigos con un «hasta luego», pero ni Shail ni Victoria parecían oírlo; estaban enfrascados en su labor. Alsan ya había salido de la habitación, y Jack lo siguió.

–¿Qué es la Tercera Era? –preguntó, una vez en la biblioteca.

–La llamada Era de la Contemplación –explicó Alsan, mientras repasaba con el dedo los lomos de los libros de las estanterías–. Hubo una guerra entre magos y sacerdotes, una de tantas; las dos Iglesias vencieron y se hicieron con el poder en Idhún, y la autoridad de los Oráculos sagrados prevaleció sobre el poder de las Torres de hechicería. Así comenzó la Tercera Era. Los sacerdotes proclamaron que la magia suponía un desafío a los dioses y una aberración nacida de los designios del Séptimo, el dios oscuro, y persiguieron y ejecutaron a gran número de magos. Muchos tuvieron que huir... hacia otros mundos, como la Tierra. Ese fue el primer éxodo de hechiceros idhunitas, los primeros que llegaron aquí. Ellos crearon Limbhad.

Jack asintió. Recordaba haber oído antes aquella historia.

—Justo lo que imaginaba —comentó Alsan, dejando un montón de gruesos volúmenes sobre la mesa—. Fíjate en esto: todos estos libros hablan de la Tercera Era, y están escritos en idhunaico común, no en arcano.

—¿Qué quieres decir con eso?

—Pues que, al fin y al cabo, los escribieron magos que habían huido de Idhún por culpa de la persecución de los sacerdotes, y vertieron ríos de tinta para hablar de ello. Me apuesto lo que quieras a que estas páginas estarán llenas de lamentos y maldiciones contra los sacerdotes y los Oráculos. El *Libro de la Tercera Era*, en cambio, está escrito en arcano, por lo que suponemos que cuenta cosas mucho más interesantes, y secretos que los magos no querían que fuesen conocidos fuera de su orden.

»Pero lo cierto es que ellos nunca son tan locuaces a la hora de hablar de la Era Oscura.

—¿La Era Oscura? —repitió Jack, interesado—. Cuéntame.

—La Segunda Era. El llamado Imperio de Talmannon —explicó Alsan con un suspiro—. El más poderoso nigromante que existió jamás. Todos los hechiceros se pusieron de su parte y, gracias a ellos, los sheks se apoderaron de Idhún por primera vez.

—¿Ya lo habían hecho antes? —exclamó Jack, sorprendido.

—Oh, sí. La historia tiende a repetirse, ¿no te parece? La guerra de la que te hablaba antes, la que se libró entre las Torres y los Oráculos y en la que finalmente vencieron los sacerdotes, fue provocada por Talmannon y sus magos aliados. Aquella vez, los dragones vencieron a los sheks, y los sacerdotes a los hechiceros. Pero, lógicamente, los magos cayeron en desgracia. Por eso los Oráculos tomaron medidas tan severas durante la Era de la Contemplación. Claro que los magos dicen que fue por culpa de un objeto mágico que poseía Talmannon, que gobernaba las voluntades de todos ellos y que los obligó a ponerse de su parte.

—¿Un objeto mágico?

—Tonterías de magos —replicó Alsan, encogiéndose de hombros.

—Shiskatchegg —dijo entonces la voz de Shail desde la puerta—. El Ojo de la Serpiente. No es ninguna tontería. Gracias a los dioses, ese artefacto maldito se perdió para siempre tras la caída de Talmannon. La Era Oscura no es algo de lo que los miembros de la Orden Mágica estemos orgullosos, así que te agradecería que no bromeases con ello.

Alsan clavó los ojos en Shail, muy serio.

—¿Tengo aspecto de estar bromeando?

—Basta ya —intervino Jack; Alsan y Shail eran amigos, pero los caballeros de Nurgon, la orden militar a la que Alsan pertenecía, nunca habían confiado en los magos; de hecho, por lo que Jack sabía, habían sido siempre el brazo armado de las dos Iglesias de Idhún, con lo que sus relaciones con los sacerdotes eran excelentes—. Sé que los dos tenéis dos puntos de vista diferentes con respecto a algunas cosas, pero me parece que no es el momento de desenterrar viejas diferencias. ¿O sí? Eso pasó hace mucho tiempo; no tiene nada que ver con nosotros.

—Tal vez sí —dijo Shail, pero su tono de voz había dejado de ser desafiante—, porque me parece que ya sé lo que está buscando Kirtash: el Báculo de Ayshel.

—¡Ayshel! —repitió Alsan, sorprendido—. ¿Te refieres a la Doncella de Awa? Pensaba que era solo una leyenda...

—El *Libro de la Tercera Era* incluye un dibujo del báculo, así que me temo que es más que una leyenda. Sin duda, los magos se lo trajeron consigo durante su exilio y ahora está en algún lugar de la Tierra. Estoy convencido de que el libro nos dirá exactamente dónde. Solo tengo que descifrarlo...

—Pues date prisa —lo urgió Alsan—. Si esa cosa existe, debemos evitar a toda costa que Kirtash se haga con él.

—¿Por qué? —intervino Jack—. ¿Qué hace exactamente ese bastón?

—Báculo —corrigió Shail; miró a Victoria, que acababa de entrar tras él—. Sentaos; tengo una historia que contaros.

Los tres tomaron asiento en torno a la gran mesa que presidía la biblioteca. Shail, en cambio, estaba tan nervioso que se quedó de pie.

—Esta historia me la contaron cuando yo no era más que un aprendiz —empezó el joven mago—. Veréis, todos hemos oído hablar de la tristemente célebre Segunda Era de Idhún, la Era Oscura, cuando los sheks invadieron nuestro mundo por primera vez, de la mano del que se llamó a sí mismo Emperador Talmannon, y todos los hechiceros de la Orden Mágica.

»Nadie sabe muy bien cómo fueron derrotados Talmannon y los suyos en aquella ocasión. Pero las leyendas hablan de la intervención de una criatura extraordinaria, un mestizo entre hada y humano. Su nombre era Ayshel, la Doncella de Awa, y era una semimaga.

—¿Qué es un semimago? —preguntó Jack.

—En Idhún, los magos lo son porque alguna vez los ha tocado un unicornio —explicó Victoria en voz baja.

—Los unicornios canalizan la energía del mundo y la entregan al futuro mago, el «recipiente», a través de su cuerno —asintió Shail—. Los semimagos son aquellos que han visto un unicornio, pero este no ha llegado a rozarlos. Obtienen entonces una cierta sensibilidad para la magia y tienen algunas habilidades curativas, pero no se los admite en la Orden Mágica.

Victoria bajó la cabeza, y Jack adivinó lo que pensaba. Estaba al corriente de sus problemas con los ejercicios de magia, y por primera vez comprendió que ella temía ser una semimaga nada más, en vez de una hechicera completa.

—¿Ayshel era una semimaga? —preguntó.

—Eso dice la leyenda —asintió Shail—, y tiene su lógica. La tradición habla también de ese objeto que te he mencionado, Shiskatchegg, el Ojo de la Serpiente. Se dice que, con él, el Emperador Talmannon controlaba la voluntad de todos los magos. Un hechicero completo no habría logrado resistir la hipnótica llamada del Ojo de la Serpiente. Pero sí un semimago, porque apenas podría escucharla.

»Ayshel vivía en el bosque de Awa, lugar de magia y misterio porque se dice que es de allí de donde proceden las hadas. Era una persona anónima y sencilla hasta que los dioses la eligieron para enfrentarse a Talmannon y a los sheks.

»Una tarde, un unicornio se acercó a ella. No le permitió que lo tocara, pues la necesitaba como semimaga, y el roce de su cuerno la habría transformado en una hechicera auténtica. Pero le reveló cuál era su misión en la historia.

»Se dice que entre los dos, de alguna manera misteriosa, crearon el báculo: una maravilla de plata, diamante y cristal, pero que también contenía luz de las tres lunas, lágrimas de hada y, ante todo, el poder del unicornio.

Y esto último es importante, porque, de ser cierto, el báculo funcionaría de forma similar al cuerno de un unicornio. Eso quiere decir que no es un objeto que contenga magia en sí mismo, sino que es un canalizador.

–¿Un canalizador? –repitió Jack–. Sigo sin entenderlo.

–Yo puedo explicártelo –intervino Victoria–. Imagina una tostadora, ¿vale? ¿Por qué funciona una tostadora?

–¿Porque va enchufada a la corriente eléctrica? –aventuró Jack.

–Exacto. Imagina que esa corriente es la magia y que está en todas partes. Pero, por sí sola, la tostadora no puede emplearla para tostar el pan, ¿no? El unicornio es el enchufe y el cable. El unicornio entrega al mago el poder necesario para materializar sus hechizos. Con la diferencia de que, una vez recibida esa energía, el canalizador ya no es necesario. La tostadora necesita enchufarse a la corriente cada vez para funcionar. Para convertirse en mago, una persona solo necesita ser tocada por el unicornio una vez.

–Pero ¿de dónde sale la magia, si no la tiene el mismo unicornio?

–Ya te lo he explicado: es la energía que está en todas partes y que hace girar todo mundo vivo.

–En Idhún, la magia está en el aire en mayor cantidad que en la Tierra, a pesar de ser un mundo más pequeño –intervino Shail–. Eso me tenía intrigado al principio, hasta que descubrí por qué: en tu mundo, Jack, utilizáis la mayor parte de esa energía para mover gran cantidad de máquinas y artefactos.

–El báculo funciona, entonces, como un unicornio –resumió Alsan, volviendo al tema principal de la conversación.

–No exactamente –Shail paseaba arriba y abajo, pensando a toda velocidad–. Los unicornios pueden transmitir la magia del mundo a un ser vivo, pero no pueden utilizarla de forma ofensiva. Los magos, en cambio, pueden darle forma a su poder mediante su voluntad y las fórmulas mágicas que emplean. Muchos usan un bastón que concentra su propia magia, otorgando así más fuerza a sus hechizos. Si el Báculo de Ayshel es lo que creo que es, actuaría como el cuerno de un unicornio, pero sería casi como un bastón de mago de poder ilimitado...

–... ¡porque no emplearía el poder del hechicero que lo usa, sino que canalizaría la magia del mundo..., que es inagotable! –comprendió Victoria.

–Según en qué sitios. Un artefacto así no funcionaría de la misma forma en una selva que en un desierto. Por eso los unicornios viven en bosques rebosantes de vida. Su naturaleza de canalizadores así se lo exige; de lo contrario, poco a poco perderían fuerzas y morirían.

Y tampoco creo que funcione igual en Idhún que en la Tierra, donde su poder será menor.

»En cualquier caso, y si creemos lo que dice la leyenda, ese báculo es un objeto de gran valor. Armado con él, Ayshel y el pequeño ejército rebelde que reclutó a lo largo de su viaje fueron derrotando uno a uno a todos los lugartenientes de Talmannon, hasta llegar al mismo Emperador, a quien ella venció tras una dura batalla. Una vez muerto él, la Puerta se cerró y los sheks fueron desterrados de nuevo.

Alsan asintió.

—Hay una leyenda que dice que los dragones condenaron a los sheks a vagar por los límites del mundo durante toda la eternidad. Solo pueden regresar si alguien les franquea la entrada. Dependen de esa persona, una especie de sacerdote, para permanecer en Idhún. Una vez muerto, si no han encontrado a un sucesor, son absorbidos de nuevo hacia su dimensión.

—Es más que una leyenda —replicó Shail, sombrío—. Es lo que ha hecho Ashran el Nigromante. Él es el nuevo sacerdote de los sheks.

—¿Qué fue de Ayshel? —preguntó Victoria.

—Murió en la batalla contra Talmannon —dijo Alsan—. Con honor. Como una heroína.

—Pero ¿qué pasó con el báculo? —preguntó Jack—. Si es un objeto tan poderoso, ¿por qué nadie lo ha utilizado hasta ahora?

—Porque no creo que pueda utilizarlo cualquier persona —dijo Victoria a media voz—. Los unicornios eligieron a una semimaga a propósito, ¿no?

—Bueno, es evidente que esa cosa debe de tener una afinidad especial con los unicornios —reconoció Shail—. Y es verdad, tal vez no pueda ser manejada por cualquiera porque, de lo contrario, los magos exiliados habrían empleado su poder en lugar de esconderlo... donde quiera que lo hayan escondido. Tenéis razón los dos, buena observación: probablemente, el báculo solo puede ser empleado por semimagos, personas afines a la magia porque han visto un unicornio. Si lo tocara un no iniciado, el báculo no reaccionaría y, si lo hiciese un hechicero, absorbería toda su magia, en lugar de recogerla del ambiente. Tiene su lógica. Pero, si eso es así, no sé qué pretende hacer Kirtash con... —calló de pronto y se puso pálido. Cruzó una mirada con Alsan y este pareció entender enseguida lo que estaba pensando—. No puede ser.

—No —dijo Alsan en voz baja—. No se atreverá.

–¡Maldita sea! –casi gritó Shail, dando un puñetazo sobre la mesa–. ¡Claro que se atreverá!

Jack lo miró, preocupado. Nunca había visto al jovial Shail tan desesperado y enfadado. Lo vio sumergirse de nuevo en la lectura del *Libro de la Tercera Era*, temblando de rabia.

–Como le ponga la mano encima, lo mataré... –susurró Shail–. Juro que lo haré.

–¿Lunnaris? –preguntó Victoria–. ¿Te refieres a Lunnaris?

Jack los miró, preguntándose una vez más quién sería aquella Lunnaris que parecía ser tan importante para sus amigos. Pero vio el rostro desencajado de Shail y no se atrevió a preguntar, porque supo que no debía poner el dedo en la llaga. Era evidente que aquel asunto resultaba muy doloroso para él.

–No dejaremos que eso pase –dijo Alsan con gravedad–. Llegaremos antes que él.

Victoria se situó tras el joven mago y puso suavemente las manos sobre sus hombros.

–No lo dudes. Esta vez no se nos adelantará.

Jack asistía a la escena sin comprender qué estaba pasando exactamente. Parecía que los tres sabían algo que no le habían contado, algo acerca de los planes próximos de Kirtash y que, por alguna razón, parecían afectar profundamente a Shail. También Alsan y Victoria estaban pálidos; Jack se sintió frustrado y traicionado. Frustrado por no entender lo que estaba sucediendo, y traicionado porque Victoria, su mejor amiga, no le había contado nada al respecto.

–Solo hay una cosa que podamos hacer –declaró Shail–: terminar de descifrar el *Libro de la Tercera Era*, averiguar dónde ocultaron los magos el Báculo de Ayshel... y tratar de llegar allí antes de que lo haga Kirtash.

–¿Podemos ayudarte? –preguntó Victoria.

–Sí: buscad más información sobre el báculo y la Segunda Era... a ver si averiguáis alguna otra cosa.

Enseguida, la mesa de la biblioteca se llenó de antiguos volúmenes. Algunos de ellos eran libros de historia; otros, tratados de objetos mágicos; y algún otro, manejado por Shail, era un manual para descifrar textos en arcano antiguo. Pronto, Shail estuvo tan inmerso en la traducción que Victoria se dio cuenta de que ya no podía ayudarlo. Se unió entonces a la búsqueda de información sobre el Báculo de Ayshel, consultando los libros en idhunaico arcano que Jack y Alsan no sabían leer.

Pero ninguno de los tres encontró muchos más datos acerca de la Doncella de Awa y su prodigioso báculo. Al tratarse de un personaje mítico, pocos libros de historia lo mencionaban. Y, sin embargo, su leyenda se había transmitido de generación en generación, hasta que un joven aprendiz de mago la había contado a sus amigos mientras tomaban unas cervezas en la cantina de la Torre de Kazlunn, como un cuento de hadas que le había relatado su abuela en su niñez.

Por suerte para la Resistencia, a Shail siempre le habían gustado los buenos cuentos, y había prestado atención aquella noche.

Al cabo de un par de horas de trabajar frenéticamente, sin apenas levantar la mirada de aquellos polvorientos libros, el joven mago alzó la cabeza.

–Ya está –dijo; llevaba un buen rato examinando un mapamundi y haciendo sobre un papel extraños cálculos que solo él parecía comprender–. Ya sé dónde escondieron el Báculo de Ayshel.

Señaló un punto sobre el mapamundi: algún lugar en el norte de África.

VII
LA PORTADORA DEL BÁCULO

EL sol abrasador del desierto caía a plomo sobre las dunas, arrancando de ellas reflejos cegadores y provocando una extraña ondulación en el aire. Ni el más leve soplo de brisa alentaba aquella inmensa caldera. Jack se detuvo un momento, algo mareado. El Alma los había llevado hasta allí al instante, y su cuerpo había acusado el contraste entre la suave noche de Limbhad y la atmósfera ardiente y agobiante del desierto. Además, llevaba una espada prendida en el cinto, y eso le hacía sentirse extraño. Se volvió hacia Victoria, que lo seguía a duras penas.

–¿Estás bien?

Ella asintió, pero no tenía buen aspecto. Jack le tendió la mano y ella la aceptó, agradecida.

Alsan y Shail iban en cabeza. Se suponía que era Shail quien sabía adónde se dirigían, pero no podía seguir el ritmo de su tenaz y resistente compañero. Jack quiso preguntar si faltaba mucho para llegar, pero tenía la boca seca.

Por lo visto, o bien el Alma no los había llevado exactamente al lugar calculado por Shail, o este se había equivocado en un par de kilómetros.

De pronto, Alsan se detuvo. Todos vieron enseguida lo que había llamado su atención: unas palmeras solitarias al pie de una montaña que daba algo de sombra. Entre las rocas se distinguía lo que parecía una cueva.

–Por fin –suspiró Victoria.

Shail cruzó una mirada con sus compañeros. El Báculo de Ayshel había sido llevado a aquel lugar hacía siglos, pero el mago había asegurado que continuaba allí. De lo contrario, Kirtash no lo estaría buscando.

Momentos después, descansaban a la sombra de la montaña, frente a la cueva, que era sin lugar a dudas una vivienda, a juzgar por la cortina de rafia que cubría la entrada y los dos recipientes de barro depositados junto a ella. No habían entrado, sin embargo. Alsan había decidido que era mejor esperar allí. Quienquiera que viviese en la cueva detectaría enseguida su presencia.

Así fue. Apenas habían bebido unos sorbos de agua de las cantimploras cuando una extraña mano envuelta en trapos corrió la cortina lo justo para dejar ver un gran ojo, redondo, rojizo y brillante. Jack y Victoria retrocedieron, pero Alsan y Shail cruzaron una mirada y sonrieron.

–¡Que los dioses te protejan! –saludó Alsan en idhunaico–. Mi nombre es Alsan, hijo del rey Brun, y soy el heredero del trono de Vanissar.

–Heoídohablardeeselugar –asintió la criatura en el mismo idioma; hablaba tan deprisa que no separaba unas palabras de otras, y los chicos tuvieron problemas para entenderlo–. Pasadyhablaremos.

Alsan entró tras el ser sin dudar, y los demás lo siguieron.

Una vez en el interior de la cueva, Jack miró fijamente a su anfitrión, pero no vio gran cosa de él. Su figura era menuda y estaba cubierta de trapos de los pies a la cabeza; las andrajosas telas que tapaban su rostro solo permitían ver dos ojos redondos y brillantes como brasas.

–Es un yan –susurró Shail a los más jóvenes.

Victoria asintió, pero Jack tuvo que hacer un esfuerzo para recordar lo que había leído sobre aquellas criaturas en la biblioteca de Limbhad.

Por lo que sabía, en Idhún había más razas inteligentes aparte de los humanos, los dragones, los unicornios y los sheks. Las leyendas decían que al principio de los tiempos aquel mundo había sido habitado por los seis pueblos creados por los dioses primigenios: en primer lugar, los humanos, que poblaron las mesetas y las colinas; en segundo lugar, los feéricos: hadas, ninfas, duendes, gnomos, trasgos y semejantes, que habitaron en los bosques; en tercer lugar, los gigantes, señores de las altas cordilleras; después, los varu, criaturas anfibias, moradores de las profundidades marinas; seguidamente, los celestes, gente amable que se estableció en las grandes llanuras y los suaves valles; y, por último, los yan, habitantes del desierto.

Por último, decían los libros. Porque *yan*, en idhunaico antiguo, significa justamente «los últimos». Contaban las leyendas que, cuando Idhún era joven, Aldun, dios del fuego, abrasó involuntariamente las tierras del sur cuando descendió al mundo. Como castigo, los demás dioses condenaron a sus hijos a habitar en aquel desierto que él había creado. Por eso se los llamaba los *yan*, los últimos, porque, de las seis razas, era la que menos contaba, tanto para los dioses como para los mortales.

–Bienvenidosamihogar –dijo el yan–. Tomadasientoporfavor.

Jack miró a su alrededor con curiosidad. La vivienda del yan no era muy grande, y tampoco había muchas cosas en ella. Algunos cacharros de barro, un camastro en un rincón y una puerta desvencijada que conducía, casi con toda probabilidad, a un armario. Un agujero en la pared, por encima de la puerta, permitía la entrada de algo más de luz.

–No te dejes engañar –le susurró Shail al oído–. Es un yan; tendrá la cueva llena de escondrijos secretos.

Jack se dijo que, en tal caso, los escondrijos estaban muy bien escondidos.

Se sentaron todos en el suelo, sobre las esteras que había dispuesto el yan.

–Atiteconozcopríncipe –dijo el yan–. ¿Quiénessonellos?

–Shail, el mago –respondió Alsan señalando a su amigo–. Jack y Victoria –añadió haciendo un gesto hacia ellos.

–YomellamoKopt –dijo el yan solamente.

–Somos la Resistencia –declaró Alsan–. Hemos venido desde Idhún para detener a Kirtash, enviado de Ashran y de los sheks, y traer la paz y la salvación a nuestro mundo.

–Sheks –repitió la criatura–. ¿HanvueltoainvadirIdhún?

–¿Cómo? –dijo Shail sorprendido–. ¿No lo sabías?

–Hacesiglosquemiestirpehabitaenestemundo –dijo Kopt–. Misantepasadoshuyerondeidhúndurantelaterceraera. Algunosvolvieronperootrossequedaron.

–¿Una colonia yan en la Tierra? –Shail no podía contener su excitación–. ¿Estáis aquí desde los tiempos del Primer Exilio? ¿Cómo habéis logrado ocultaros de los humanos durante tantos siglos?

–Loshumanosquehabitanestastierrasnoscreyerondemonios –explicó el yan–. Semantuvieronalejados. Peroahorasoloquedoyo. Ymitiemposeacaba.

–¿Pero por qué se quedaron? –preguntó Victoria–. ¿Por qué no regresaron a Idhún?

–Teníamosunamisiónquecumplir.

–Entiendo de misiones –asintió Alsan–. Y creo saber cuál era la vuestra.

–Vigilar el Báculo de Ayshel –dijo Shail en voz baja–. Pero el *Libro de la Tercera Era* ha sido encontrado. Kirtash está buscando el báculo, y si lo encuentra...

–Hacetiempoquesientoalgoenelaire –dijo Kopt–. Algomalignoquemeestábuscando.

–¿Por qué no has recurrido a un camuflaje mágico? –preguntó Shail–. ¿Por qué no te ocultas tras un disfraz humano?

–Porqueyonosoymago. Misantepasadoslofueronperoestánmuertos. Yenestemundonohabíaunicorniosqueconsagrarananuevoshechiceros.

Shail asintió, pero no dijo nada.

–Sinembargo –añadió el yan–, síentiendoelidiomadelvientodeldesierto. Ynometraebuenasnoticias.

–Nosotros tenemos buenas noticias –dijo Shail–. Por una vez, hemos llegado antes que Kirtash. Con el báculo que guardas encontraremos a Lunnaris.

Jack frunció el ceño. Otra vez Lunnaris.

–Ella está perdida en este mundo, igual que lo estuvieron tus antepasados –prosiguió Shail; Jack observó que Alsan le había dejado tomar la palabra, quizá porque sabía que nadie hablaría de aquello con tanta pasión como el joven mago–. Y ella y su compañero son la última esperanza para Idhún. Si Kirtash los encuentra...

No terminó la frase, pero el yan asintió rápidamente.

–Creosaberdequésetrata.

–Entréganos el báculo –dijo Alsan.

–Por favor –añadió Shail.

–¿Porquédeberíacreeros?

Alsan fue a replicar, indignado, pero Shail lo detuvo.

–Compréndelo –le dijo a su amigo–. Su clan ha estado guardando el báculo desde hace varias generaciones. No se lo entregará al primer extraño que llegue.

Alsan asintió.

–Comprendo. Permítenos verlo, entonces.

–Porsupuesto. Detodasformasentodosestossiglosnadiehaconsegui-dotocaresebáculo.

–¿Qué? –exclamó Shail–. ¿Quieres decir que está protegido por un hechizo?

–Venidaverlovosotrosmismos.

El yan se levantó de un salto. Se había movido muy rápido, y Jack parpadeó, sorprendido: ya los estaba esperando en la puerta.

Volvieron a exponerse al sol del desierto, y Jack echó de menos la fresca cueva de Kopt. Por fortuna, no había que ir muy lejos. El yan los guiaba hasta una montaña cercana, en cuya base se abría la boca de una gran caverna.

Jack cambió el peso de una pierna a otra, incómodo. Por alguna razón, sintió que no le apetecía nada saber qué era lo que se ocultaba en el interior de la cueva.

Kopt ya los aguardaba en la entrada. Alsan echó de nuevo a andar sin previo aviso, y los demás lo siguieron.

Entraron en la cueva y recorrieron un amplio túnel; al fondo, la galería se abría para dar paso a una caverna iluminada por un claro resplandor, y Jack supo que era allí adonde se dirigían. Alsan seguía al yan, firme, sereno y orgulloso, y el chico admiró una vez más su fuerza interior y su seguridad en sí mismo y en sus ideales. Y recordaría durante mucho tiempo la figura de su amigo, bañada por la luz que emergía de la caverna, porque fue la última imagen que tuvo del Alsan que había conocido.

–Espera –dijo Victoria, reteniendo a Jack del brazo.

El chico se volvió hacia ella y advirtió un rastro de temor en sus ojos oscuros. Shail también la miró, interrogante.

–Hay algo malo ahí dentro –dijo ella–. El yan nos ha engañado.

–¿Pero qué...?

Jack miró a su alrededor y no vio a Kopt por ninguna parte. Avanzó unos pasos hacia la cueva y algo parecido a una garra gélida le oprimió el corazón. Y en ese mismo momento supo, de alguna manera, que Victoria estaba diciendo la verdad. Pero entonces descubrió, con horror, que Alsan ya había entrado en la enorme caverna. Y supo con certeza qué era lo que iba a encontrar en su interior.

–¡Alsan! –gritó–. ¡¡ALSAN!!

–... Alsan... Alsan... Alsan... –repitió el eco.

Jack se dispuso a correr hacia él, pero la mano de Shail lo detuvo.

—¿Se puede saber qué os pasa a vosotros dos?

—No sé si ese báculo está o no en esa caverna —dijo Jack respirando agitadamente—. Pero, en cualquier caso, Kirtash ha llegado primero, y sigue allí dentro.

Victoria ahogó un grito. Shail los miró a los dos, desconcertado.

—Pero ¿cómo...?

Jack podía haberle explicado lo de la sensación de frío, el repentino sentimiento de odio y aversión que lo había invadido al acercarse a la caverna, pero no había tiempo.

—¡Maldita sea, Shail, confía en mí! ¡Hay que sacarlo de ahí como sea!

Shail lo miró un momento, con el ceño fruncido; entonces se giró bruscamente y echó a correr por el túnel. Jack y Victoria lo siguieron.

La galería se abrió, dejando paso a la caverna por la que había desaparecido Alsan. Era una enorme abertura en el interior de la montaña, iluminada, sin embargo, por la luz natural que se filtraba por un enorme boquete del techo. Al fondo había un montón de rocas y, clavado en ellas como una lanza, estaba el Báculo de Ayshel, emitiendo un suave resplandor sobrenatural.

Pero ninguno de los tres se fijó en el extraordinario objeto.

Porque vieron ante el báculo el cuerpo inerte de Alsan, tendido sobre la arena, y junto a él una inconfundible figura que vestía totalmente de negro incluso en pleno desierto, y que se movía con agilidad felina.

Kirtash sacudió la cabeza para apartarse el pelo de la frente y fijó en ellos la mirada de sus fríos ojos azules.

En ellos, no. En Jack.

El muchacho respiraba entrecortadamente. El sofocante calor que lo agobiaba incluso allí dentro le nublaba los sentidos y le impedía apreciar desde allí si Alsan seguía vivo o no. Le pareció que lo veía moverse, y se aferró a aquella esperanza. Pero seguía sintiendo la mirada de Kirtash clavada en él, y no pudo seguir eludiéndola.

Estaban a unos veinte metros del joven asesino, demasiado lejos como para que él pudiese llegar a dañarlos... todavía. Sin embargo, ni Jack ni sus amigos se atrevieron a moverse un solo paso. Kirtash tampoco hizo ademán de avanzar hacia ellos.

Tras él apareció otra figura, la de Elrion, el mago que solía acompañarlo. Este parecía impaciente por actuar, pero Kirtash se mantenía sereno e imperturbable.

Victoria inspiró profundamente al volver a ver a Kirtash por primera vez desde su encuentro en el metro. De nuevo, aquellos sentimientos de atracción y repulsión se adueñaban de su corazón, y se sentía muy confusa.

Kirtash pareció darse cuenta de la presencia de Victoria, porque volvió su mirada hacia ella. La chica se estremeció de pies a cabeza y quiso apartar la vista, pero no fue capaz. Sabía que a aquella distancia él no podía alcanzar su mente; sin embargo, se sintió indefensa de pronto, como si Kirtash la desnudara interiormente para conocer todos los secretos de su alma. Quiso huir, quiso gritar; pero también se dio cuenta, sorprendida, de que una parte de ella deseaba... acercarse más a él.

El joven entornó los ojos. Jack habría jurado que apreciaba algún tipo de emoción en su rostro. ¿Curiosidad, quizá? ¿Interés? Sí, tal vez, pero no por él.

Por Victoria.

Jack percibió que Shail respiraba hondo, y casi entrevió que comenzaba a concentrarse. Sabía que el joven mago podía hacerlos regresar a su escondite en Limbhad en cualquier momento. Pero... ¿abandonarían a Alsan?

«No, Shail», pensó con desesperación. «No lo hagas».

Shail dudaba. Kirtash estaba retándolos a que se atreviesen a enfrentarse a él para rescatar a su amigo. El mago no sabía qué hacer. Si intentaba salvar a Alsan, podían acabar todos muertos. Pero no se sentía capaz de abandonarlo. En cuanto a Victoria...

Victoria seguía con la mirada clavada en Kirtash. Y, desde el fondo de la caverna, también él la miraba a ella.

–¿Qué es lo que quieres? –preguntó Jack, sin poder soportarlo más.

Kirtash apartó por fin los ojos de Victoria. Ella suspiró débilmente y se apoyó en Shail, como si de pronto le hubiesen fallado las fuerzas. Jack sintió que los ojos azules de su enemigo se clavaban en los suyos, y algo en su interior estalló como un volcán.

–¿Qué pretendes? –repitió.

Kirtash se inclinó junto al cuerpo caído de Alsan y posó suavemente la mano derecha sobre su cabeza. En ningún momento dejó de mirar a Jack. «Me está desafiando», pensó el chico, con rabia.

No pudo contenerse.

–¡Aparta las manos de él! –gritó–. ¡Apártalas o...!

Algo lo retuvo. Se dio cuenta entonces de que casi había echado a correr hacia Kirtash, y de que Shail lo había agarrado por la camisa al pasar por su lado.

–Te está provocando –susurró el mago–. No caigas en su trampa.

Pero Kirtash sacó a Haiass, que llevaba a su espalda en una vaina, y avanzó unos pasos. El filo de la espada relució un momento, herido por un rayo de sol que se filtraba por el techo de la caverna. Jack inspiró profundamente.

–Jack, no –murmuró Shail.

El chico comprendió entonces por qué Kirtash no había matado aún a Alsan.

Era un cebo.

Kirtash colocó suavemente, casi con mimo, el filo de su espada sobre el cuello del inerte Alsan. Jack sabía que Shail tenía razón y que solo lo estaba provocando, pero la idea de que Alsan fuera a morir le resultaba tan insoportable que no pudo quedarse quieto. Con un grito de rabia y los ojos llenos de lágrimas, desenvainó su espada y corrió hacia Kirtash. Victoria gritó su nombre y Shail alargó la mano para retenerlo, pero no lo logró.

Todo fue muy rápido. Kirtash pareció recibir con satisfacción la embestida de Jack, pero con un solo movimiento de su espada arrojó lejos el arma del muchacho, que quedó indefenso frente a él.

–¡No! –chilló Victoria–. ¡¡JACK!!

Quiso correr hacia él, pero Shail la detuvo. Victoria se debatió entre sus brazos, desesperada, gritando el nombre de su amigo, luchando por acudir junto a él. Pero Shail no la dejó marchar.

Temblando de rabia, odio y miedo, Jack se quedó parado ante Kirtash, sintiéndose humillado. La punta de Haiass estaba apoyada en su pecho.

Había vuelto a hacerlo. Se había dejado arrastrar por sus emociones, había perdido la cabeza y ahora iba a morir. Y lo peor de todo era que no había conseguido nada con ello, no había logrado ayudar a Alsan. «Perdóname», pensó. «He vuelto a fallarte. Pero, si he de morir, no bajaré la mirada».

Levantó la cabeza y clavó los ojos en Kirtash, desafiante. Pero este parecía... ¿decepcionado?

Si lo estaba, desde luego no dijo nada al respecto. Sin una sola palabra, Kirtash hizo un elegante movimiento con la espada. Rápido, certero y letal. Jack aguardó que el frío acero de Haiass se hundiera en su pecho.

Y entonces...

... Entonces, algo detuvo la espada de Kirtash, algo claro y resplandeciente, como un escudo de luz, que rodeó a Jack y apartó de él el acero que iba a matarlo. Sorprendido, Kirtash retrocedió unos pasos, y Jack se volvió hacia todos lados, sin comprender qué estaba pasando.

Y descubrió que aquella luz no emanaba de su cuerpo, sino que lo envolvía como un manto protector. Y procedía del Báculo de Ayshel...

... que ya no estaba en su lugar, clavado entre las rocas, sino en manos de una sorprendida Victoria, que no sabía muy bien cómo sujetarlo. Cómo había llegado hasta allí era algo que ni siquiera Kirtash parecía entender.

–¿Qué está pasando aquí? –dijo Shail, desconcertado, apartándose de Victoria.

Kirtash reaccionó. Blandió de nuevo su espada, pero se dio cuenta de que la luz del báculo aún envolvía el cuerpo de Jack. Victoria pareció comprender que el objeto había respondido a sus deseos de salvar la vida de su amigo, y reaccionó por fin, sujetándolo con más fuerza y avanzando unos pasos. Las piernas le temblaban, pero se esforzó por mostrar una determinación que, en el fondo, estaba lejos de sentir.

Jack comprendió que tenía una oportunidad de salvar su vida. Lentamente, se acercó a Victoria y al báculo protector que portaba. Cuando los dos estuvieron juntos, Jack se sintió lo bastante seguro como para lanzar una mirada desafiante a Kirtash.

–Tenemos el báculo –dijo.

El joven esbozó una media sonrisa.

–Y yo tengo a vuestro príncipe –dijo; su voz era suave y sugerente, apreció Victoria, pero fría y sin emoción.

Jack se dio cuenta, con horror, de que el filo de Haiass reposaba otra vez sobre el cuello de Alsan.

–¿Me entregarías ese báculo a cambio de su vida? –preguntó Kirtash.

–No puedes usarlo –dijo Jack, comprendiéndolo de pronto–. Por eso estabas aquí. No conseguiste sacarlo de las rocas, ¿verdad? Pero el báculo ha acudido a la llamada de Victoria. Le pertenece a ella ahora.

–Eso tiene fácil arreglo. Te propongo un cambio: la chica y el báculo a cambio de la vida de Alsan.

Jack apretó los dientes y se colocó ante Victoria para protegerla, con su cuerpo y con su vida, si era necesario. No soportaba la idea de que Kirtash pudiera ponerle las manos encima.

–Ni hablar.

La espada se hundió un poco más en la carne de Alsan. Un fino hilo de sangre recorrió su cuello. Jack tragó saliva.

Percibió que Shail se acercaba a ellos por detrás, y se sintió algo consolado por su presencia. Pero también Kirtash lo había detectado.

–No des un paso más, mago –advirtió–, o tu amigo morirá.

–Y si te entregamos el báculo, Victoria morirá –dijo Jack–. ¿Qué diferencia hay?

–La diferencia consiste en que a ella la necesito viva –explicó Kirtash amablemente– para utilizar el báculo. Así que decide, Jack. No tengo todo el día... y Alsan tampoco.

Por alguna razón, Jack no se sorprendió de que conociera sus nombres. Cerró los puños con tanta fuerza que se hizo daño.

–Basta –dijo entonces Victoria–. No le hagas daño: voy contigo.

–¿Qué? –soltó Jack–. No, Victoria. No lo permitiré.

Pero eso significaba que Alsan moriría. Jack se sintió comido por la angustia. Quería salvar a su amigo, pero tampoco iba a dejar que Kirtash se llevase a Victoria. Sabía que no soportaría verla marchar y, además, lo ahogaba la rabia solo de pensarlo. Una vez se había jurado a sí mismo que haría cuanto pudiera por protegerla, y no pensaba dejarla en la estacada a las primeras de cambio.

Sin embargo, ella se separó suavemente de él y miró a Kirtash. Y, a pesar del miedo que sentía, su voz sonó serena y segura cuando dijo:

–Tienes que jurar por lo que sea más sagrado para ti que no harás daño a mis amigos. A ninguno de ellos. Si cumples esa condición, iré contigo... sin oponer resistencia.

–No, Victoria... –empezó Jack, pero no pudo continuar, porque los acontecimientos se precipitaron.

La atención de Kirtash se desvió hacia ella solo unas centésimas de segundo, y algo pareció estremecer el ambiente cuando las miradas de ambos se cruzaron. Pero Shail ya había dado un paso al frente y colocado las manos sobre los hombros de Jack y Victoria. Entonces, súbitamente, Jack comprendió qué era lo que iba a hacer el mago. Se volvió hacia él, furioso.

–¡No, Shail! ¡¡¡NO!!!

Demasiado tarde. Shail había cogido también a Victoria del brazo y de pronto todo daba vueltas...

–Los has dejado escapar –dijo Elrion–. Con el báculo.

Kirtash no se movió. Se había quedado mirando el lugar donde momentos antes se habían encontrado los tres amigos.

–Deberías haber dejado que interviniera –añadió el mago.

Kirtash se volvió hacia él. No había rabia ni frustración en su rostro; al contrario: sonreía. Elrion lo miró, indeciso. A la hora de entender las cosas, Kirtash siempre iba muy por delante de él. Muy por delante de cualquiera, en realidad.

–¿Por qué estás tan contento? Se nos han escapado.

–Sí, pero me han revelado muchas cosas. Más de lo que ellos creen.

–Pero... pero hemos perdido el báculo.

–El báculo regresará a nosotros –le aseguró Kirtash con suavidad–. Recuerda que tenemos algo que ellos quieren.

Elrion bajó la mirada hacia el cuerpo inconsciente de Alsan.

–¿De veras necesitabas a esa niña? –preguntó, indeciso.

–Sí –respondió Kirtash solamente.

«No te imaginas hasta qué punto», añadió en silencio.

VIII
EL DRAGÓN Y EL UNICORNIO

SHAIL suspiró y miró a Jack, que se había sentado en el sillón con gesto hosco y jugueteaba con un cordón, enrollándolo y desenrollándolo en torno a sus dedos, buscando liberar de alguna manera la tensión. La Dama se acercó a él, pero Jack la apartó de sí, malhumorado, y el animal, ofendido, fue a refugiarse en el regazo de Victoria.

El muchacho no le había dirigido la palabra a Shail desde que regresaron de aquella desastrosa expedición al Sahara. El mago no podía culparlo.

Entre los dos, Victoria se mostraba incómoda. También ella estaba preocupada por Alsan y dispuesta a hacer lo que fuera para rescatarlo, pero, a diferencia de Jack, comprendía que Shail había hecho lo que creía mejor. Aun así, se sentía entre dos fuegos.

El mago se aclaró la garganta.

–Bien, eh... escuchad, estamos en una situación muy delicada. Tenemos que rescatar a Alsan. Pero no sé si debemos.

Jack alzó la mirada para clavarla en él.

–¿Qué quieres decir con eso?

–Quiero decir que Kirtash está esperando que vayamos a rescatar a nuestro amigo...

–Eso si queda algo que rescatar –cortó Jack con amargura.

–Alsan es un prisionero muy valioso, Jack –intervino Victoria–. Por eso Kirtash no lo mató cuando lo capturó en la cueva. Además sabe... –vaciló; finalmente concluyó en voz baja–: Sabe que iremos a salvarlo. Y lo está esperando, está esperando que vayamos para acabar de una vez con todos nosotros... y recuperar el báculo.

–Por eso no deberíamos ir –asintió Shail–. Mirad, no soy muy bueno tomando decisiones. Mi corazón me dice que debemos arriesgarlo todo por recuperar a Alsan. Pero sé que él preferiría morir antes que ver desaparecer la Resistencia.

–Me importa un carajo la Resistencia –replicó Jack, de mal talante–. Yo solo quiero rescatar a Alsan. Es mi amigo y no merecía que lo traicionásemos como lo hicimos ayer.

Shail acusó el golpe. Abrió la boca para decir algo, pero no fue capaz. Desvió la mirada.

–Jack, eso es injusto –le reprochó Victoria.

–El yan nos traicionó –dijo Shail con suavidad–. Era una trampa. ¡Tenía que haberlo imaginado! Kirtash llegó allí antes que nosotros... imagino que le prometería algo a cambio de ayudarlo... De cualquier modo, pudo haber sido peor. Podríamos haber caído todos. Si no hubieseis tenido esa extraña intuición...

Miró a los dos chicos con curiosidad, pero ninguno de los dos estaba de humor como para pensar en ello. Tenían cosas más importantes en la cabeza.

–Estaban solos, Shail –dijo Jack–. Solos Kirtash, el mago y ese yan. Podríamos haber...

–¿Qué, Jack?

–¡Podríamos haber luchado, maldita sea! Ahora, esté donde esté Alsan, será mucho más difícil llegar hasta él.

–Pero la Resistencia...

–¡La Resistencia! –cortó Jack, ácidamente–. ¡Míranos y sé realista, Shail! ¡Solo somos tres! ¿Se puede saber qué estaban pensando vuestros magos idhunitas al enviar solo a dos personas para reunir a los magos exiliados? ¡Por Dios, esta misión estaba condenada al fracaso desde el principio!

Después de haber dicho aquello, Jack se sintió mucho mejor. Aquellas dudas llevaban ya mucho tiempo corroyéndole, pero nunca se había atrevido a expresarlas en voz alta, porque admiraba la inquebrantable fe de Alsan y había llegado a creer en su causa. Ahora que él estaba en peligro comprendía, de pronto, lo mucho que lo echaría de menos si no volvía a verlo. En aquellos meses, el orgulloso príncipe idhunita se había convertido no solo en su tutor y amigo, sino que era para Jack casi como un hermano mayor.

Pero ahora, Alsan no estaba, y Jack no había podido evitar decir lo que pensaba de aquella absurda Resistencia. Miró a su alrededor para estudiar, cauteloso, el efecto que habían producido sus palabras, y se sorprendió del resultado. Victoria miraba a Shail, como pidiéndole permiso para hablar. El mago, en cambio, parecía pensativo, y se mordía el labio inferior.

–Bien... –dijo por fin, algo incómodo–. Lo cierto es que esa no era exactamente nuestra misión.

Jack casi saltó en su asiento.

–¿Qué quieres decir?

Shail se sentó frente a Jack y lo miró a los ojos.

–Nosotros no vinimos aquí para buscar magos exiliados, Jack. Ni siquiera ellos podrían habernos ayudado contra Ashran y los sheks. Pero creo que ya lo sospechabas.

Jack frunció el ceño. Sí, sabía que había algo más, pero nunca había preguntado; o, si lo había hecho, siempre había sido en los momentos más inoportunos, cuando nadie tenía ni tiempo ni ganas de responder.

Sostuvo la mirada de Shail sin pestañear.

–Está bien –dijo con lentitud–. Puesto que hemos decidido sincerarnos, respóndeme: ¿qué hacéis aquí exactamente? ¿Por qué quería Kirtash ese báculo? ¿Quién es Lunnaris?

El mago suspiró y se recostó contra la silla.

–Es una larga historia. ¿Recuerdas lo que te mostró el Alma, el día que llegaste?

–No podría olvidarlo.

–Te hemos contado alguna vez cómo aquella maldita conjunción astral mató en un solo día a todos los dragones y los unicornios. ¿Nunca te has preguntado por qué?

–¿Había una razón?

–Por supuesto: la profecía.

–¿Una profecía?

Shail asintió. Su rostro se ensombreció.

–Los Oráculos predijeron que los sheks regresarían a Idhún de la mano de un puente mortal, una especie de llave que les abriría la Puerta. Y que esa persona sería un mago. Lo cierto es que los Oráculos siempre predicen ese tipo de cosas, así que nadie les prestó mucha atención. El problema no radica en la fiabilidad de los mensajes, sino en los sacerdotes que deben interpretarlos, ¿entiendes? Los magos y los sacerdotes siempre hemos estado enfrentados. No tenía nada de particular que una o dos veces al año algún Oráculo predijese la llegada de una nueva era oscura provocada por los hechiceros.

»Cuando vimos que la conjunción de los seis astros se estaba produciendo varias décadas antes de lo previsto, empezamos a sospechar que algo andaba mal. Y cuando comenzaron a llegar emisarios de todos los rincones de Idhún, diciendo que los dragones y los unicornios estaban muriendo en masa, supimos que algo de verdad debía de haber en aquella profecía.

»Porque los Oráculos también habían anunciado que solo el fuego de un dragón y la magia de un unicornio unidos lograrían destruir la Puerta y devolver a los sheks a su dimensión.

–¿Quieres decir...? –empezó Jack, sorprendido, pero no llegó a terminar la pregunta.

–Quiero decir que los sheks creían en la profecía y, de alguna manera, sabían que era cierta; por eso invocaron el poder de los astros, para matar a todos los dragones y los unicornios del planeta, antes de que fuese tarde. No sabemos cómo lo consiguieron. Sí conocemos, en cambio, el nombre de ese mago que les franqueó el paso. Ya te lo he comentado en alguna ocasión: se llama Ashran, el Nigromante, y fue elegido por los señores de los sheks para convertirse en su aliado, sumo sacerdote y llave de la Puerta que les permitiría regresar a Idhún. Es un hombre de inmenso poder; sin duda, él tuvo mucho que ver con la muerte de los dragones y unicornios en nuestro mundo.

–Entonces, ahora nadie puede derrotarlos –murmuró Jack.

–Ellos pueden –intervino Victoria–. Ellos dos. Están aquí, en alguna parte. Y los estamos buscando.

Jack alzó la mirada hacia Shail, que asintió.

–Yo me vi mezclado en todo aquel asunto por casualidad. Veréis, estaba en el bosque de Alis Lithban, renovando mi magia, cuando oí el estruendo y vi que los seis astros entraban en conjunción... Por supuesto, supe inmediatamente que algo andaba mal. Y lo vi todo claro cuando empecé a descubrir cadáveres de unicornios entre la espesura. Tal vez aún no lo entiendas, Jack, pero en Idhún el unicornio es la única criatura que puede conceder la magia a los mortales. Canalizan la energía del mundo y la entregan a todo ser vivo que rozan con la punta de su cuerno. La muerte de todos los unicornios supone,

a la larga, la muerte de toda magia. Por eso me sentí tan aterrado...
Y después vi las serpientes en el aire... Fue como si hubiese llegado el
fin del mundo.

Shail calló un momento, perdido en sus recuerdos, y después siguió contando su historia...

El joven mago se escondió aún más entre los árboles. La serpiente
alada sobrevolaba aquella sección del bosque, una y otra vez, y Shail
sospechaba que lo había descubierto.

Hasta aquel momento, Shail solo había visto a los sheks en los
libros antiguos de la biblioteca de la Torre de Kazlunn, donde había
estudiado. Aquellos monstruos habían sido expulsados del mundo mucho tiempo atrás, gracias a los dragones. Pero los dragones... ¿dónde
estaban ahora? ¿Por qué no acudían a luchar contra los sheks?

Shail no tenía la respuesta, porque todavía no sabía lo que estaba sucediendo en otras partes de Idhún, donde los dragones estaban cayendo
del cielo, uno tras otro. Solo veía aquella aterradora serpiente alada en
el cielo. Había leído en alguna parte que los sheks tenían una extraordinaria sensibilidad para la magia. Sospechaba que, si se atrevía a emplear
un hechizo de mimetismo o de invisibilidad, la criatura lo descubriría.

Aguardó, conteniendo la respiración, hasta que finalmente el shek
dio una última pasada rozando las copas de los árboles, se elevó en el
aire y se alejó de allí.

Shail prosiguió su avance a través del bosque. Sabía que sería una
presa fácil en cuanto saliese a campo abierto, y por ello llevaba todo el
día en el bosque, deambulando de un lado para otro. Podría haber intentado teletransportarse lejos de allí, pero algo se lo impedía.

Los unicornios.

Entonces, Shail todavía no había oído hablar de la profecía, pero
sabía que nada que resultase tan mortal para los unicornios podía ser
bueno. En circunstancias normales, los unicornios no se dejaban ver.
Nadie que buscase un unicornio lograría encontrarlo, a no ser que la
criatura se mostrase ante él voluntariamente. Y solo los unicornios sabían qué criterio empleaban para escoger a los futuros magos, por qué
entregaban la magia a unos y a otros no. Los estudios que se habían
realizado sobre el tema no habían aportado ninguna conclusión al
asunto. Los unicornios no siempre tocaban a los más listos, a los más
fuertes ni a los más honrados. Su elección parecía ser aleatoria.

En cualquier caso, Shail se sentía afortunado. Cuando era todavía un bebé, un unicornio se había acercado a él mientras dormía en su cuna. Nadie lo había visto, pero sus padres se habían dado cuenta enseguida de que el chiquillo había cambiado, y su futuro también. Shail no seguiría los pasos de su padre como comerciante en la próspera Nanetten. Sería enviado a una de las cuatro Torres donde los magos estudiaban su arte.

Shail nunca había vuelto a ver un unicornio desde entonces. Había acudido a Alis Lithban, la morada de los unicornios, porque el bosque respiraba magia por los cuatro costados, y todo mago solía viajar allí de vez en cuando, para renovar su magia. Aunque muy pocos lograban ver un unicornio por segunda vez.

Shail había visto muchos aquel día, pero habría deseado no hacerlo.

Muchos unicornios, todos muertos. Había llegado a ver a uno que caminaba tambaleante bajo la luz de los seis astros. Había corrido hacia él, esperando llegar a tiempo para teletransportarse con él a alguna de las Torres, donde tal vez magos de más nivel lograsen salvarle la vida. Pero el unicornio tropezó y cayó, y cuando Shail llegó a su lado, ya estaba muerto.

Había seguido vagando durante toda la mañana, buscando unicornios vivos, pero no había tenido suerte. Y cuando ya empezaba a pensar que su búsqueda era en vano, el milagro se produjo.

Fue poco después de que la serpiente alada se alejase de él. Vio un hada llamándole la atención desde los arbustos, cosa que tampoco era corriente; pues, si bien las hadas eran más fáciles de sorprender que los unicornios, no disfrutaban de la compañía de los humanos, y por lo general no deseaban tratos con ellos.

Shail siguió al hada hasta un escondrijo debajo de unos arbustos.

Y entonces la vio.

Era un unicornio hembra, muy joven, tal vez recién nacida. Se había acurrucado bajo el follaje y temblaba. Un grupo de hadas, duendes, gnomos y demás criaturas de los bosques se había reunido en torno a ella, y la observaban en silencio.

–Tienes que salvarla –dijo un gnomo, volviendo hacia Shail su cabeza gris.

–Ella es la última –suspiró una dríade, que contemplaba la escena desde su encina, pesarosa.

–¿La última? –repitió Shail.

–El último unicornio –señaló un viejo duende–. Si ella muere, la magia morirá en el mundo.

Shail se acercó a ella, sobrecogido. La criatura abrió los ojos y lo miró. El joven mago supo, en lo más íntimo de su ser, que jamás olvidaría aquella mirada.

–Llévatela –dijeron las hadas–. Llévatela lejos de aquí.

Shail envolvió al unicornio en su capa. Ella estaba tan débil que no opuso resistencia.

–¿Cómo vamos a salir de aquí? –preguntó–. No puedo teletransportarme a la Torre de Kazlunn, está muy lejos; y si lo intento de cualquier otra manera, no llegaremos a tiempo.

Las hadas no dijeron nada, pero formaron un círculo en torno a él y empezaron a entonar una canción sin palabras. Shail sintió que un torrente de magia feérica recorría su ser, uniéndose a su propio poder, y supo que podría lograrlo.

–Vete, mago –susurraron las hadas–. Llévatela de aquí.

Shail asintió y se concentró en la Torre de Kazlunn. La energía que le habían proporcionado las hadas seguía allí, vibrante, límpida y resplandeciente, y no pensaba desaprovecharla.

En el último momento, cuando su cuerpo y el del pequeño unicornio comenzaban a difuminarse, percibió una sombra que se abalanzaba hacia ellos desde las alturas, y un viento gélido sacudió el claro. Las hadas palidecieron, y las más pequeñas gritaron de terror.

–No te preocupes –susurró una de las mayores–. Márchate. Ponla a salvo.

Con un nudo en el estómago, Shail completó el conjuro. El shek se precipitó sobre el círculo de hadas, pero el mago y el unicornio ya se habían marchado.

–La llamé Lunnaris –recordó Shail–. Es un nombre un poco obvio para un unicornio, puesto que significa «Portadora de Magia», y, en realidad, todos los unicornios lo son. Pero ella era el último. Por eso, en el fondo, no podía llamarse de otra manera.

En la Torre de Kazlunn, Shail descubrió que se había convertido en un héroe. Los líderes de la Orden Mágica se habían reunido con el Padre de la Iglesia de los Tres Soles y la Madre de la Iglesia de las Tres Lunas para tratar de encontrar una solución al gravísimo problema que amenazaba Idhún. Se habían acordado de la profecía. Y habían llegado a la conclusión de que, costara lo que costase, había que salvar al menos a un dragón y a un unicornio. Habían hecho un llamamiento para que todos colaborasen en la búsqueda.

Y Shail lo había logrado sin saber realmente lo que estaba en juego. Las noticias que lo recibieron allí eran aterradoras.

–Todo Awinor está ardiendo en llamas –le contaron–. Los dragones caen del cielo, uno tras otro, envueltos en fuego. Los incendios que están provocando son incontrolables. Muy pronto, la tierra de los dragones habrá muerto con ellos.

–Cientos de sheks cubren los cielos de Idhún, y se dice también que un ejército de espantosos hombres-serpiente ha invadido Raheld desde el norte.

–No queda un solo dragón con vida. Ni uno solo.

Shail escuchaba todo esto con honda preocupación. Sabía que los Archimagos estaban preparando un rito especial, muy complejo, pero no tenía idea de en qué consistía.

Entonces llegó Alsan.

Todos los caballeros de Nurgon, junto con nobles, aventureros, héroes y mercenarios de todas las razas y de todos los reinos, habían sido movilizados en la búsqueda de dragones y unicornios. Los hechiceros los habían transportado hasta Awinor mediante la magia, pero todos volvían con las manos vacías.

Por eso la llegada de Alsan, príncipe heredero de Vanissar, con una pequeña cría de dragón dorado en los brazos, causó un gran revuelo.

–Nunca me ha hablado de cómo ni dónde lo encontró –comentó Shail–. No se lo dijo a nadie. Pero lo importante es que allí estaban los dos, mi pequeña Lunnaris y el dragoncito. No llegamos a averiguar por qué ellos habían resistido más que los demás. Tal vez por ser tan jóvenes. Pero el caso es que llegaron moribundos a la Torre de Kazlunn, y no teníamos mucho tiempo.

–¿Qué pasó entonces? –preguntó Jack, estremeciéndose. Por alguna razón, la historia le conmovía profundamente.

–Debíamos llevarlos a un lugar seguro, un lugar donde la luz de los seis astros no los alcanzase, al menos hasta que la conjunción hubiese acabado. Pero no teníamos la más remota idea de cuánto duraría. Y, por otro lado, no existía tal lugar en Idhún. Así que los magos pensaron...

–... ¡que podrían enviarlos aquí! –adivinó Jack, sorprendido.

Shail asintió.

–Sabemos que hay muchos mundos. Pero sabemos también que en la Tercera Era los magos abrieron un canal de comunicación con la Tierra. Ese canal seguía abierto.

»En circunstancias normales, pocos magos se atreverían a realizar el viaje. La mayoría no había vuelto para contarlo, y los que habían regresado contaban cosas aterradoras. Pero no teníamos otra salida.

»Cuando parecía claro que todos aquellos acontecimientos extraordinarios anunciaban la llegada de una nueva Era Oscura a Idhún, muchos hechiceros abrieron la Puerta por su cuenta y escaparon. Pero ellos no eran importantes. No lo eran tanto como nuestro dragón y nuestro unicornio.

»Los hechiceros más poderosos de la Orden los enviaron a través de la Puerta interdimensional. Cuando la conjunción pasó y los astros volvieron a sus posiciones habituales, llegó la hora de traerlos de vuelta. Alsan y yo nos ofrecimos voluntarios. No en vano los habíamos llevado a la torre; además, yo me había encariñado con Lunnaris, y me consideraba responsable de ella.

Hizo una pausa. Jack esperaba, atento.

–El viaje no salió exactamente como esperábamos. Cuando atravesamos el umbral, súbitamente, la Puerta interdimensional se cerró tras nosotros.

–¿Qué quiere decir eso?

–Ashran y los sheks habían descubierto que se les habían escapado un dragón y un unicornio, por no hablar de varias docenas de magos lo bastante competentes como para viajar a otro mundo. Suponemos que tomaron el control de la Puerta. Tal vez destruyeron la Torre de Kazlunn y a todos sus moradores. No podemos saberlo, porque no podemos volver.

Jack respiró hondo, intentando asimilar toda aquella información.

–Los problemas no acabaron ahí. La Tierra era un mundo inmenso y, por si fuera poco, Ashran envió a Kirtash tras nosotros, para destruir a los únicos que podrían, en un futuro, acabar con él. Llevamos tres años buscando en la Tierra a un dragón y un unicornio. Sabemos que están vivos, en algún lugar, porque Kirtash también los está buscando... para matarlos. Nuestra verdadera misión consiste en encontrarlos y salvarles la vida para que la profecía pueda cumplirse. Ya lo hicimos una vez... y debemos hacerlo de nuevo.

Hubo un silencio. Jack meditaba toda aquella nueva información. Se volvió entonces hacia Victoria.

–Tú lo sabías, ¿verdad?

Ella asintió.

–Yo le había hablado de Lunnaris –dijo Shail–. Quien ve a un unicornio, Jack, no lo olvida jamás. Yo no he logrado olvidar a Lunnaris, y haría lo que fuera para encontrarla antes de que lo haga Kirtash. No se trata solo de que ella sea la última esperanza para Idhún. Es una cuestión personal.

–Además –añadió Victoria–, se supone que yo tengo que haberla visto en algún momento.

–¿Por qué? –preguntó Jack, confuso.

–Porque soy una humana nacida en la Tierra –explicó Victoria– y, sin embargo, soy también una semimaga. Esto quiere decir que he visto a un unicornio... Lo malo es que no lo recuerdo.

–Si Lunnaris está en este mundo –asintió Shail–, puede que haya personas que ya la hayan visto. Y que, debido a ello, posean cierta sensibilidad para la magia. O puede, incluso, que la propia Lunnaris haya consagrado a más hechiceros aquí. En la Tierra no hay magos, Jack, ya te lo dijimos el primer día. Solo están los que llegaron de Idhún... y aquellos que hayan tenido algún tipo de contacto con nuestro unicornio perdido.

Victoria desvió la mirada.

–¿Y el báculo...? –preguntó Jack, para cambiar de tema y evitar que su amiga siguiera pensando en ello.

–El báculo fue creado por los unicornios –explicó Shail–. Y, por tanto, podría llevarnos hasta Lunnaris. Por eso era fundamental que lo encontrásemos antes que Kirtash. Y por eso en ese momento era más importante... poner el báculo fuera de su alcance que salvar la vida de Alsan. Si Lunnaris muere... o si lo hace el dragón que Alsan encontró... ya no habrá esperanza para nuestro mundo.

–Comprendo –asintió Jack, pesaroso.

–Tal vez Elrion disfrute asesinando magos, pero para Kirtash eso es solo secundario. Su principal misión aquí en la Tierra es encontrar al dragón y el unicornio y matarlos para evitar que se cumpla la profecía.

–Quizá por eso quería vivo a Alsan –intervino Victoria–, y probablemente, también a ti, Shail. Vosotros dos encontrasteis al dragón y al unicornio la primera vez. Podríais darle alguna pista.

–Pero no tenemos ninguna pista. He estudiado los mitos de los habitantes de la Tierra. El dragón es común a todas las culturas. El unicornio solo se halla en algunas de ellas. Pero, de todos modos, siguen siendo... mitos –miró a Jack a los ojos–. Con franqueza, no esperábamos encontrarnos un mundo como este. Superaba todas nuestras previsiones. Habíamos empezado a creer que nunca los encontraríamos, cuando, gracias a ti, descubrimos el *Libro de la Tercera Era* y la existencia del Báculo de Ayshel.

–No gracias a mí –susurró Jack–. Kirtash nos estaba esperando, ¿verdad? Eso quiere decir que sabía que acudiríamos. Ese CD... no se le pasó por alto. Parrell no era idhunita. Fue Kirtash quien dejó el disco allí, a propósito, para que nosotros lo encontrásemos. Sabía que tal vez a la policía no le llamaría la atención una carátula con la imagen de un dragón... pero a nosotros sí, porque es lo que andamos buscando. Y caímos en la trampa. O sea... que fue culpa mía.

–Gracias a ti –repitió Shail con firmeza–, Kirtash no tiene el báculo, y Lunnaris sigue a salvo, de momento.

Jack no dijo nada. Shail lo miró fijamente y vio que el muchacho estaba pálido. La historia de la profecía le había impresionado más de lo que ninguno de ellos había imaginado.

Shail se levantó y colocó una mano sobre el hombro del chico.

–Creo que necesitas descansar, Jack –hizo una pausa y luego añadió–: Todos lo necesitamos, en realidad.

Jack reaccionó y alzó la cabeza para mirarlo.

–¿Y qué hay de lo de Alsan?

Shail negó con la cabeza.

–Os necesito al cien por cien, con la mente despejada y despierta, o cualquier plan que tracemos tendrá altas posibilidades de salir mal.

–Eso es verdad –admitió Jack, con un suspiro.

Lo cierto era que se sentía terriblemente cansado, como si hubiera envejecido varios años de repente.

Se levantó para dirigirse a su habitación. Cuando pasó junto a Shail, este le dijo en voz baja:

–Sospecho que Kirtash no se equivocó contigo. Algo de sangre idhunita debe de correr por tus venas, Jack, porque has sido capaz de comprender por fin la tragedia que vive Idhún, y mucho mejor que cualquier terráqueo.

Jack no respondió.

Cuando llegó a su cuarto, se derrumbó sobre la cama, completamente vestido, y se le cerraron los ojos sin darse cuenta. Estaba agotado. No sabía por qué, pero era así.

Su mente pronto abandonó la consciencia para sumergirse en un extraño sueño plagado de dragones que caían del cielo envueltos en llamas, bajo un extraño cielo en el que brillaban tres soles y tres lunas entrelazados en una insólita conjunción. Él avanzaba a caballo a través de un desierto, entre huesos carbonizados de dragones...

IX
PLANES DE RESCATE

ALSAN despertó en una gran cámara iluminada por antorchas de fuego azul. Quiso moverse, pero no pudo: estaba encadenado de pies y manos a una especie de plataforma vertical. Se debatió, furioso, pero solo consiguió que los eslabones de hierro se le clavasen más en la piel.

Oyó un gruñido y miró a su alrededor. Cerca de él había una gran jaula con un lobo en su interior, un lobo gris que le enseñaba los dientes.

–Veo que ya os habéis hecho amigos –dijo la voz de Elrion en la oscuridad.

Alsan volvió la cabeza. El mago acababa de materializarse en la estancia, cerca de él.

–¿Qué es lo que pretendes?

Elrion se acercó a él, sonriendo.

–Algún día me agradecerás que te haya escogido para este pequeño experimento, príncipe –dijo–. Porque voy a convertirte en uno de los hombres más poderosos de ambos mundos.

–¿Ah, sí? ¿Y por qué harías eso por mí?

–Por varios motivos –Elrion caminaba arriba y abajo junto a Alsan, pensativo–. En primer lugar, porque si el conjuro sale mal no se habrá perdido gran cosa, ya que ibas a morir de todas formas. Pero si el conjuro sale bien... en fin, sería muy desmoralizador para todos los otros renegados ver que su príncipe Alsan, el adalid de esa patética Resistencia formada por un mago y dos mocosos, se une incondicionalmente a nuestras filas.

Alsan apretó los puños.

–Jamás.

–¿Elrion?

La voz sonó suave y tranquila, pero había algo amenazador en el modo en que pronunció el nombre del mago, y este se estremeció.

–¿Qué pasa ahora? –dijo sin embargo, tratando de aparentar una seguridad que no sentía.

Kirtash emergió de entre las sombras. No respondió a la pregunta de Elrion, pero ladeó la cabeza y lo miró, y el mago supo que estaba esperando una explicación.

–Se trata de un pequeño experimento de nigromancia... Nada importante.

Kirtash enarcó una ceja.

–De modo que utilizas como cobaya a mi prisionero más valioso... ¿y eso no es importante?

No había perdido la calma, pero Elrion sabía que el muchacho estaba enfadado, y lo que eso significaba.

–Esta vez saldrá bien, Kirtash –se defendió–. Ya sé qué falló la última vez. Solo tengo que...

No terminó la frase. Rápido como el pensamiento, Kirtash avanzó hacia él, con los ojos relampagueantes. Intimidado, Elrion retrocedió hasta que su espalda chocó contra la pared. Kirtash se detuvo a escasos centímetros de él y lo miró fijamente. El mago quiso apartar la mirada, pero no fue capaz.

–Sé lo que pretendes –advirtió Kirtash–. He visto a los otros. Y me da la sensación de que no comprendes las consecuencias de lo que estás haciendo.

–Pero esta vez... saldrá bien –se atrevió a repetir Elrion; la voz le salió mucho más débil y temblorosa de lo que había pretendido, pero, por alguna razón, Kirtash cambió de actitud y se separó de él.

–No –dijo, dándole la espalda; Elrion jadeó, sorprendido de seguir con vida–. Nunca sale bien –añadió Kirtash a media voz.

Alsan, que había seguido la escena con interés, se sorprendió de percibir en su voz un cierto tono de... ¿tristeza?

–Haz lo que quieras con él –concluyó Kirtash con cierto cansancio–. Pero, si muere o escapa por tu culpa... responderás con tu vida.

Elrion no fue capaz de replicar. Kirtash se acercó a Alsan y lo miró largamente a los ojos. El príncipe sintió los tentáculos de la conciencia de su enemigo explorando su mente y trató de resistirse, de dejar la mente en blanco... pero él no era telépata, y no pudo evitar que Kirtash leyese sus más secretos pensamientos como en un libro abierto.

Cuando el muchacho se separó de él, rompiendo el contacto visual, Alsan dejó caer la cabeza a un lado, aturdido. Kirtash le dio la espalda y se alejó de él sin una palabra; pero, antes de salir de la estancia, se volvió hacia donde estaba Alsan, maniatado junto a la jaula del lobo, y le dirigió una larga mirada pensativa.

–No me gustaría estar en tu pellejo –comentó solamente.

No había burla en su voz, y eso preocupó más a Alsan que cualquier amenaza que pudiera haber recibido.

–Bien, escuchad –dijo Shail–. Tienen a Alsan en una antigua fortaleza medieval, en el corazón de Alemania...

–¿Cómo sabes eso?

–Me lo ha dicho el Alma. No ha sido difícil, pero no me extraña: lo que quieren es que los encontremos, precisamente. Pero, por lo visto, el castillo está muy vigilado. Aun en el caso de que lográsemos entrar, no creo que podamos salir.

–¿Cómo que está vigilado? –preguntó Jack–. ¿Por quién? Solo están Kirtash y Elrion...

–No, hay mucho más que eso... –suspiró Shail–. Os lo enseñaré. Por favor... –pidió, dirigiéndose al invisible corazón de Limbhad.

Sobre la mesa de la biblioteca apareció la enorme esfera multicolor, rotando sobre sí misma. Jack y Victoria se acercaron para ver qué quería mostrarles el Alma en aquella ocasión...

... Y, de pronto, un ser horrible apareció nítidamente en la esfera. Jack y Victoria gritaron y retrocedieron, sin poder apartar la vista de él.

Era humanoide, pero tenía la piel cubierta de escamas y agitaba tras él una larga cola, y su cabeza era triangular, de serpiente, con ojillos malévolos, redondos como botones, y una lengua bífida que sobresalía por entre cuatro colmillos afilados.

Súbitamente, la criatura desapareció.

Jack parpadeó, perplejo. El corazón todavía le palpitaba con fuerza. Sentía las uñas de Victoria oprimiéndole el brazo, porque ella se había pegado a él, atemorizada.

–¿Qué... demonios...? –jadeó el chico.

–Szish –murmuró Victoria.

Se había soltado del brazo de Jack y miraba a Shail con los ojos muy abiertos. El chico no conocía la palabra que había empleado ella, pero le evocaba algo espantoso, algo que de ninguna manera deseaba conocer.

–Szish –asintió el mago–. Docenas de ellos. No sé cómo habrá hecho Kirtash para pasarlos a través de la Puerta, pero ellos están vigilando la fortaleza, y no será fácil burlarlos.

Jack se le quedó mirando.

–¿Quieres decir que esa... cosa... era un...?

–Un szish. Las tropas de tierra de Ashran. Cuentan las leyendas que los sheks, las serpientes aladas, nacieron de la unión del dios oscuro con Shaksiss, la serpiente del corazón del mundo. Pero del origen de los szish, nadie ha dicho ni una palabra. Sería horrible pensar que cruzó humanos con serpientes, o que tenía tanto poder como para crear su propia raza.

–Detesto a las serpientes –murmuró Jack, estremeciéndose.

–¿Pero cómo ha conseguido traer a esas criaturas a nuestro mundo? –preguntó Victoria–. Un castillo como ese debe de ser un monumento importante de la región. No puede ser que nadie se haya dado cuenta.

–Algunas personas solo ven lo que quieren ver –murmuró Shail–. Por eso el camuflaje mágico funciona tan bien. De todas formas, sabes que Kirtash es muy discreto. No habría montado esa pequeña base allí si no estuviera completamente seguro de que nadie lo iba a molestar.

–¿Y cómo vamos a entrar, entonces?

–Los szish no son tan temibles como los sheks, pero sí son inteligentes, muy inteligentes, y hábiles guerreros. Y eso me da una idea.

Se acercó a Jack y Victoria y los miró fijamente.

–Uno de nosotros se hará pasar por un szish, mediante un camuflaje mágico, y entrará en la fortaleza. Los otros dos fingirán que van a entrar por otro lado, y así distraerán a las demás serpientes. Creo que yo...

–No –atajó Jack–. No creo que sea una buena idea.

Shail lo miró.

–Lo sé. Pero...

–Quiero decir que, si se trata de entretener a las serpientes, nada mejor que un buen número de magia. Por eso creo que tú y Victoria debéis ocuparos de esa parte. Yo me encargaré de entrar ahí, disfrazado o lo que sea, y de rescatar a Alsan.

Hubo un silencio. Finalmente, Shail dijo:

–No, Jack. No puedo permitirlo. Es muy peligroso.

–Pero, Shail –intervino Victoria–. Kirtash estará allí. Si tú o yo entramos en ese castillo, él nos descubrirá enseguida. Detecta la magia, ¿recuerdas? Jack es el único de los tres que no es mago... o semimago –añadió a media voz.

Shail abrió la boca para replicar, pero no dijo nada. Miró a los chicos, algo confuso.

–Maldita sea, tienes razón. Pero no puedo disfrazarte de serpiente y dejarte entrar ahí, sin más...

–No –concedió Jack–. Creo que ha llegado la hora de permitirme usar una espada legendaria.

–¿Qué es lo que esperas conseguir con todo esto? –quiso saber Alsan.

Elrion había estado consultando un enorme volumen escrito en idhunaico arcano, pero se volvió hacia él y sonrió.

–¿Quieres que te lo explique? –se ofreció.

Se levantó y avanzó hasta situarse junto a la jaula del lobo.

–¿Ves a esta criatura? –dijo–. Bien; pues, al igual que todas las demás criaturas, tiene un espíritu, un espíritu que la mantiene viva y la hace ser quien es. Las grandes artes de la nigromancia han permitido logros como... poder cambiar un espíritu de cuerpo, por ejemplo.

Alsan no dijo nada. Se limitó a mirar al hechicero, con gesto orgulloso y desafiante.

–Por supuesto, tu alma humana no desaparecería sin más –siguió explicando Elrion–, pero quedaría sometida al espíritu del animal... lo cual tiene sus ventajas. Adquirirías la fuerza del lobo, su extraordinaria percepción, su fiereza, su coraje y su instinto salvaje... y todo ello quedaría a nuestro servicio.

–No –se rebeló Alsan–. No pienso permitir...

–¿Y cómo vas a impedírmelo? –sonrió Elrion.

Jack entró con decisión en la armería. Paseó su mirada por la colección de espadas, dagas, mazas, escudos y armaduras que se guardaban allí. Desde su primera visita había regresado un par de veces más, con Alsan, y este le había contado la historia y propiedades de algunas de aquellas armas.

Se volvió hacia Shail para comentarle algo y descubrió una expresión apenada en su rostro.

–¿Qué? –preguntó en voz baja.

–Solo estaba pensando –respondió el mago, sacudiendo la cabeza– que a Alsan le habría gustado estar aquí.

Jack abrió la boca para decir algo, pero no le salieron las palabras.

–Le hacía ilusión entregarte la espada él mismo –prosiguió Shail–. Incluso me dijo que ya sabía cuál iba a regalarte.

Jack inspiró hondo. En muchas ocasiones había fantaseado con la espada que elegiría cuando Alsan juzgara que estaba preparado, y había elegido mentalmente unas y descartado otras.

Pero en aquel momento en concreto ya sabía cuál iba a escoger. Sospechaba que no era aquella la que Alsan había reservado para él, pero no tenía otra salida.

Avanzó con decisión hasta el lugar donde la había visto por primera vez, y donde sabía que continuaba todavía. Se detuvo ante la estatua del dios del fuego y contempló, sobrecogido, la magnífica espada que Alsan había llamado Domivat.

–Esa no –dijo enseguida Shail.

Jack no dijo nada. Sabía por qué lo decía. Recordó que Alsan le había contado que aquella espada había sido forjada con fuego de dragón y que nadie podía tocarla sin abrasarse.

Pero Alsan también había dicho que, aparte de Sumlaris, aquella era la única espada de Limbhad que podía enfrentarse a Haiass, la espada de Kirtash.

Apretó los puños al recordar la facilidad con que él lo había desarmado en su último encuentro. Cuando Haiass y su propia espada, un arma corriente, se habían encontrado, algo parecido a una descarga eléctrica había recorrido su acero hasta llegar a su brazo. Había sido una sensación extraña, como si estuviese sosteniendo un témpano de hielo. Y entonces había comprendido que ni el mejor espadachín del mundo podía enfrentarse a Kirtash en igualdad de condiciones, no mientras él siguiese blandiendo a Haiass.

Y Sumlaris la Imbatible se había perdido con Alsan. Por tanto, lo único que podía hacer Jack era aprender a usar aquella espada de fuego, costara lo que costase.

–¿Me has oído? –insistió Shail–. Te quemarías si la tocaras.

–Lo sé –dijo Jack con suavidad–. Alsan me lo dijo. Pero también me dijo que podías congelar la empuñadura para que yo pudiese blandirla.

–¿Eso te dijo? –murmuró Shail, incómodo; echó una mirada insegura a Domivat, que relucía misteriosamente, como iluminada por el resplandor de una hoguera–. Bueno, podría intentarlo, pero no estoy seguro de que... ¿Jack?

Jack no lo estaba escuchando. Le estaba pasando algo extraño. Tenía la sensación de que Domivat lo llamaba, y no podía apartar los ojos de la espada. Un ramalazo de nostalgia lo invadió, como si acabara de reencontrarse con algo perdido y largamente anhelado. Y supo, de pronto, que Domivat había estado esperándolo todo aquel tiempo. Y que podía empuñarla sin peligro.

Otro en su lugar se lo habría pensado dos veces, pero Jack era impetuoso y solía seguir sus primeros impulsos. Antes de que Shail sospechara siquiera lo que pretendía hacer, él ya había alargado la mano hacia la empuñadura de la espada.

–¡¡Jack, NO!! –gritó Shail, alarmado.

Demasiado tarde. Los dedos de Jack se cerraron en torno al pomo de Domivat, la Espada Ardiente, forjada con fuego de los mismos dragones. La aferró con decisión, sabiendo de alguna manera que era una posesión suya, que había estado aguardando desde tiempo inmemorial a que él llegara para empuñarla.

Sintió que una oleada de calor ascendía desde su mano a través de su brazo e inundaba todo su ser, despertando en su interior algo que había permanecido dormido durante mucho tiempo. Se sintió más vivo y completo que nunca; aferró la espada con las dos manos y cerró los ojos para disfrutar de aquella sensación.

Cuando los abrió, Shail estaba ante él, mirándolo boquiabierto.

–Me gusta esta espada –comentó Jack sonriendo.

–Es... imposible –balbuceó Shail.

–Imposible o no, ahora estoy seguro de que no volveré a hacer el ridículo ante Kirtash –afirmó Jack–. Pero primero tengo que probarla, entrenar con ella...

Calló, recordando que Alsan ya no estaba allí para enseñarle, y se le encogió el corazón.

Pero también se acordó de otra cosa.

–Oye, Shail –dijo–. Cuando yo no estaba... ¿contra quién combatía Alsan para practicar esgrima?

Shail seguía mirándolo asombrado, pero la pregunta de Jack pareció devolverlo a la realidad.

–Bien, sí, este... –sacudió la cabeza, confuso–. Demonios; debería estar contento de que haya por fin una pregunta a la que sé responder. Bueno, ya resolveremos este pequeño misterio más tarde. Sígueme, quiero enseñarte algo.

Se dio la vuelta y echó a andar a través de la sala. Jack lo siguió, intrigado. Todavía sostenía a Domivat entre las manos, y cuando el filo de la espada rozó accidentalmente un anaquel de madera, este estalló en llamas.

–¡Ten más cuidado! –lo riñó Shail; tuvo que ejecutar un sencillo hechizo de agua para apagar el incendio, y lanzó a Jack una mirada preocupada–. Francamente, sigo sin creer que sea una buena idea.

Jack se encogió de hombros.

–No tenemos otra salida –le recordó.

–Está bien –suspiró Shail–. Mira, esto es lo que quería enseñarte.

Se había detenido ante una vieja armadura negra que empuñaba una larga y poderosa espada. Jack la miró, pero no le pareció gran cosa.

–Solo es una armadura.

–Error –sonrió Shail, y trazó un signo mágico sobre ella.

De inmediato, la armadura alzó la espada y volvió la cabeza hacia Shail, como esperando instrucciones. Jack retrocedió de un salto.

–¡Eh! ¿Cómo haces que esa cosa se mueva?

–Es un autómata –explicó Shail–. No se trata de una armadura vacía, sino que tiene en su interior una serie de mecanismos que la hacen moverse y luchar como un auténtico caballero de Nurgon. Una maravillosa obra de ingeniería y alquimia. Yo solo le proporciono la energía que necesita para funcionar.

Jack ya estaba atando cabos.

–¿Quieres decir que Alsan entrenaba luchando contra esta cosa?

–Pruébalo tú mismo –invitó Shail.

–¿Qué tengo que hacer? –inquirió Jack, mirando al autómata con desconfianza.

–¿No lo adivinas?

–Este... creo que sí –blandió a Domivat, miró fijamente al caballero mecánico, inspiró hondo y dijo–: En guardia.

–¡Jack, aquí no! –exclamó Shail, alarmado–. ¡Tienes una sala de entrenamiento, esto está lleno de...!

Demasiado tarde. El autómata alzó la espada y arremetió contra Jack. El muchacho conocía aquel movimiento, y también la defensa que tenía que emplear. Movió su propia espada para detener el golpe del autómata, y cuando las dos armas chocaron, Jack percibió que de la suya emanaba un imparable chorro de energía.

Fue visto y no visto. El autómata y su espada estallaron en mil pedazos.

Jack, sorprendido, se cubrió el rostro con los brazos para evitar que lo alcanzasen los restos del caballero mecánico. Cuando se atrevió a mirar de nuevo, vio a Shail, completamente pálido, contemplando los trozos del autómata que habían caído a sus pies.

–Lo siento –dijo Jack, compungido–. No sabía que iba a pasar esto.

Shail movió la cabeza, preocupado.

–Me parece que no se trata de que debas aprender a manejarla –dijo–, sino de que tienes que saber controlar su poder.

–¿Cómo puedo hacer eso?

–Alsan te lo habría explicado mejor que yo. Es una cuestión de autodominio. La espada responde a tu voluntad y, si te dejas llevar por la furia o no controlas tu cuerpo y tu mente en todo momento, se desatará toda su fuerza.

–Pero eso no es tan malo, ¿verdad? –respondió Jack, imaginando por un momento que Kirtash saltaba en pedazos, igual que le había sucedido al autómata.

–Sí que lo es. No entiendo de esgrima, pero sí sé algo sobre la magia: siempre debes utilizarla en su justa medida; nunca desates todo tu poder, porque después no podrás controlarlo. Además, tu enemigo puede aprovechar tu fuerza en su favor.

Jack se sintió muy abatido de pronto. Siempre había admirado a Alsan por su autocontrol y su dominio de sí mismo, pero tenía que admitir que si alguien superaba a su amigo en nervios de acero, ese era, desde luego, Kirtash.

Pero Domivat seguía en sus manos, y Jack la sentía casi como una prolongación de su cuerpo. Y supo que lograría dominarla, porque, de alguna manera, era ya una parte de sí mismo.

–De acuerdo –dijo, y dio media vuelta para salir de la sala.

–Espera, ¿adónde vas?

–A aprender a controlar esta espada.

Shail lo siguió hasta la sala de entrenamiento. Jack se había colocado en el centro, con la espada sujeta en alto con las dos manos, y respiraba profundamente, con el ceño fruncido en señal de concentración. Shail se alejó un poco, con prudencia. Entonces, Jack descargó su arma contra un enemigo invisible, ejecutando un movimiento que Alsan le había enseñado. Domivat llameó en el aire e iluminó la sala con un resplandor rojizo. Jack apretó los dientes y realizó una finta, blandiendo la espada en un ataque lateral. En esta ocasión, el acero pareció desprender menos calor.

–Ya comprendo –dijo Jack; alzó la mirada hacia Shail–. Creo que tardaré un poco.

–Tómate tu tiempo –replicó el mago, aún perplejo–. Voy a ver a Victoria, tengo algo que hablar con ella.

Jack asintió, concentrado todavía en su espada. Realizó varios movimientos más, fintas, ataques y defensas, y se concentró en mantener sometido todo el fuego de Domivat. Había comprendido que la espada solo descargaría un poder proporcional a la fuerza que quisiera imprimirle a su golpe, y recordó lo ágil que era Kirtash y lo fácilmente que había esquivado los ataques de Alsan la noche en que este le había salvado la vida. Jack podía descargar todo su odio en un golpe letal, pero, si Kirtash lograba evitarlo, Jack habría malgastado su fuerza en vano, y probablemente entonces ya sería demasiado tarde para rectificar.

«Control», pensó, y recordó todo lo que Alsan le había enseñado. Ejecutó un último movimiento, más complejo; sometió el poder de la espada en todas las fintas y dejó escapar una parte en el golpe final, que descargó contra el armario donde guardaban las espadas de entrenamiento. El mueble estalló en llamas, pero nada más resultó dañado. Jack asintió, satisfecho.

–Ya voy, Alsan –murmuró–. Aguanta.

Alsan gritó de nuevo, en plena agonía. Su cuerpo llevaba un buen rato sufriendo horribles mutaciones. El joven había sentido cómo le crecía pelo por todo el cuerpo, cómo se le alargaba la cara hasta convertirse en un hocico, cómo sus dientes se volvían afilados colmillos, sus manos garras y su voz un gruñido. Los cambios iban y venían, y el vello crecía y desaparecía, y su rostro, contraído en una mueca de dolor, mostraba rasgos humanos o lobunos.

Shail encontró a Victoria en la explanada que se extendía entre la casa y el bosquecillo. Estaba de espaldas a él, y el mago se preguntó qué andaría haciendo. Apenas avanzó unos pasos cuando se dio cuenta, con horror, de lo que sostenía en las manos.

–¡Vic, no lo hagas! –gritó, echando a correr hacia ella.

Pero ella no lo oyó. Volteó el Báculo de Ayshel, y Shail vio cómo el objeto se encendía como un lucero en mitad de la noche. Un reluciente haz de luz salió disparado de la bola de cristal que remataba el báculo y fue a estrellarse contra los árboles más próximos, que estallaron en llamas.

Shail se detuvo un momento, perplejo. Victoria se volvió hacia él, con expresión culpable.

–¡No sabía que podía hacer esto! –se excusó; Shail recordó la manera en que, momentos antes, Jack se había disculpado por destrozar el autómata, y pensó que los dos chicos tenían en común muchas más cosas de las que parecían creer–. ¡La última vez no generaba tanto poder!

–La última vez estabas en pleno desierto, Vic –le recordó él, llegando junto a ella–. Este lugar, en cambio, respira vida por los cuatro costados. La energía que puede llegar a canalizar el báculo no es la misma. De todas formas, ¿qué pretendías hacer exactamente?

–Aprender a usarlo.

–¿Ahora?

–Claro; me lo voy a llevar a Alemania.

–¿Qué? –saltó Shail–. ¡Ni se te ocurra! ¡Es lo que quiere Kirtash! Victoria alzó la cabeza y lo miró con decisión.

–Lo sé; pero, si no lo hago, no seré más que una carga en el grupo. Y no vas a dejarme atrás, Shail. Esta vez no.

Shail desvió la mirada. Lo cierto era que, aunque había contado con ella mientras elaboraba su plan de rescate, había cambiado de idea y había decidido pedirle que se quedara en Limbhad.

–Vic, es muy peligroso. Va a ser mejor que nos esperes aquí y, entretanto, intentes ver si el báculo puede darte alguna pista sobre Lunnaris.

Fue para Victoria como si acabase de recibir una bofetada.

–Entiendo –murmuró, herida, y le dio la espalda para volver a la casa.

Tal vez fue su tono de voz, o tal vez fue su expresión, o la situación en general; pero en aquel mismo momento, Shail comprendió muchas cosas acerca de Victoria. Y se dio cuenta por primera vez de lo sola que estaba.

–Espera –la llamó, reteniéndola del brazo–. No lo entiendes. Es más que todo eso.

–Sí, ya lo sé –dijo ella, aburrida–, Kirtash quiere el báculo y debemos impedir a toda costa que...

–No –cortó Shail; la miró, muy serio–. Kirtash no solo quiere el báculo; también te quiere a ti. Y por nada del mundo voy a dejar que se te lleve. ¿Comprendes?

Victoria lo miró, sin creer lo que acababa de escuchar. Shail la atrajo hacia sí y la abrazó con fuerza.

–¿Recuerdas lo que te dije cuando te traje a Limbhad la primera vez?

–Sí –respondió ella en voz baja–. Dijiste que cuidarías de mí.

–Siempre –prometió Shail–. Por eso no quiero ponerte en peligro. ¿Me entiendes? Se me puso la piel de gallina cuando Kirtash dijo que quería cambiarte por Alsan, y tú le dijiste que sí. No quiero volver a pasar por eso otra vez. No me lo perdonaría.

Victoria tardó un poco en responder. Pero, cuando lo hizo, no dijo lo que Shail estaba esperando escuchar. Se separó de él y lo miró a los ojos, y Shail pensó que parecía mayor de lo que era.

–Lo entiendo –dijo–, pero no, esta vez no voy a quedarme en casa. Cada vez que Alsan y tú os ibais, yo tenía miedo de que no volvierais más. Puede que ya hayamos perdido a Alsan. No quiero perderos a Jack y a ti también. Y por una vez tengo la oportunidad de hacer algo, de luchar por lo que creo y por las personas que me importan. Sé que es arriesgado sacar el báculo de aquí, pero es un arma poderosa y creo que deberíamos aprovecharla. Vamos a necesitar toda la ayuda posible si queremos rescatar a Alsan con vida.

Shail quedó un momento callado, pensando. Luego asintió.

–De acuerdo. Voy a ver cómo le va a Jack con su nueva espada. No tardaremos en irnos.

Se dio la vuelta para marcharse.

–Shail.

–¿Qué?

–Lo he intentado –dijo Victoria en voz baja.

El mago no respondió. Solo la miró y esperó a que siguiera hablando.

–He buscado a Lunnaris a través del báculo –prosiguió ella–. Pero su magia no hace nada por intentar encontrarla. Es como si ella... no estuviera aquí.

Shail asintió gravemente.

–Lo siento –añadió Victoria, bajando la cabeza–. No soy muy buena con estas cosas.

Shail la cogió por los hombros.

–Escúchame, Vic –le dijo–. Tú haces lo que puedes, y punto. No seas tan dura contigo misma. Yo estoy muy orgulloso de ti.

Victoria lo miró. Shail sonrió.

–Y los encontraremos, ya verás. Y rescataremos a Alsan. Cuenta con ello.

–¿Sabes una cosa? –dijo entonces ella, en voz baja–. En mi casa ya es más de medianoche, según mi reloj. ¿Y sabes qué día es hoy?

Shail negó con la cabeza.

–No, Vic, confieso que no lo sé. Aquí en Limbhad es difícil llevar la cuenta de los días.

Victoria sonrió.

–Hoy es mi cumpleaños –dijo suavemente–. Hoy cumplo trece años.

Shail la miró y sintió una cálida emoción por dentro.

–Mi pequeña Vic –le dijo, acariciándole el pelo–. Ya eres toda una mujer. Siento haber olvidado tu cumpleaños, pero te prometo que, cuando pase todo esto, lo celebraremos como te mereces. ¿De acuerdo?

–No hace falta que me trates como si fuera una niña pequeña. Comprendo perfectamente que eso no es nada importante comparado con lo que tenemos que hacer ahora. Pero... quería decírselo a alguien.

Sonrió de nuevo, incómoda y algo avergonzada. Shail la contempló durante unos instantes y después se quitó uno de los muchos amuletos que llevaba colgados al cuello.

–Mira esto –le dijo–. ¿Sabes qué es?

Victoria miró. Se trataba de una fina cadena de un metal parecido a la plata, pero que mostraba bajo las estrellas un suave brillo blanquecino. De ella pendía un cristal con forma de lágrima que relucía misteriosamente.

–Es precioso –murmuró ella, fascinada.

–Los llaman Lágrimas de Unicornio. Estos amuletos están hechos de un cristal especial, muy puro, y solo se fabrican en un pequeño pueblo perdido entre las nieves, al norte de Raheld, la ciudad de los artesanos. Son muy populares entre los magos porque se dice que desarrollan la magia, la imaginación y la intuición. Este, en concreto, fue el regalo que me hizo uno de mis hermanos mayores cuando ingresé en la Orden Mágica. Y ahora quiero que lo tengas tú.

Victoria lo miró, muda de asombro.

–¿Qué? –pudo decir al final–. Pero, Shail, ¡no puedo aceptarlo!

–Por favor, hazlo. Es mi regalo de cumpleaños. Para la chica del báculo, la de los bonitos ojos, que no quiero ver llorar nunca más.

Victoria alzó la mano para rozar el amuleto, pero le temblaban los dedos, y, sin poder contenerse por más tiempo, echó los brazos al cuello de Shail y lo abrazó con todas sus fuerzas. El joven mago sonrió, y le devolvió el abrazo.

–Feliz cumpleaños, Vic –dijo–, estoy seguro de que harás grandes cosas. Pero aún eres una flor que apenas ha empezado a abrirse. Cuando estés preparada para mostrar todo lo que vales, asombrarás al mundo, estoy convencido de ello. Y espero estar allí para verlo.

–¡Gracias, gracias, gracias! –susurró ella, emocionada–. Es el mejor regalo de cumpleaños de toda mi vida. Y te prometo que no te decepcionaré.

Los dos se separaron, y Shail puso la cadena de la Lágrima de Unicornio en torno al cuello de Victoria. Ella lo contempló una vez más, sonriendo, y sintiéndose mucho más aliviada y segura de sí misma.

–Voy a ver cómo le va a Jack con su nueva espada –dijo Shail–. No tardaremos en irnos.

Victoria asintió, aún sonriente, pero el mago intentó que no se le notara lo preocupado que estaba. «Me gustaría saber si hago bien embarcando a estos dos chicos en una guerra que tal vez no sea la suya», pensó. Volvió a mirar a Victoria y recordó cómo el báculo había acudido a sus manos, y cómo Jack había empuñado a Domivat como si no hubiera nacido para otra cosa, y una inquietante idea cruzó por su mente. Se preguntó si debía comentarlo con ellos. «Ojalá Alsan estuviera aquí», deseó en silencio. «Él sabría qué hacer».

Alsan aulló. Su cuerpo se convulsionó de nuevo, mientras él movía la cabeza a un lado y a otro, tratando de volver a su apariencia humana.

Casi lo logró.

A su lado, Elrion murmuraba, desconcertado:

–No lo entiendo. No lo entiendo.

Se habían reunido los tres en la biblioteca. Jack portaba a Domivat en el cinto, y Victoria sostenía el Báculo de Ayshel. Los dos estaban asustados, pero se esforzaban por parecer resueltos. Shail los miró con cariño y se preguntó, por enésima vez, si estaba haciendo lo correcto. Suspiró. Debía decírselo antes de embarcarse en aquella misión suicida. Tenían derecho a saberlo.

–Escuchad –les dijo con seriedad–. Hay algo que debéis saber. Algo acerca de esa espada... y ese báculo.

–¿Qué? –preguntó Jack.

–Las hemos llamado «armas legendarias», y no sin una buena razón. Fueron forjadas para ser empuñadas por héroes verdaderos. Solo aquellos destinados a hacer grandes cosas tienen derecho a llevarlas.

Jack y Victoria cruzaron una mirada, indecisos.

–Aún sois muy jóvenes –prosiguió Shail–, y vuestro vínculo con Idhún no está del todo claro. Por eso no debería permitir que vinierais conmigo.

»Pero conozco la historia y las leyendas. Y me han enseñado que, en los momentos importantes, siempre aparece alguien que está destinado a ser un héroe. Tal vez no lo esperaba, tal vez jamás soñó que caería sobre sus hombros semejante responsabilidad, tal vez simplemente estaba en el lugar equivocado en el momento equivocado. Pero estas cosas pasan. Le ocurrió a Ayshel, y, de alguna manera, también a mí, cuando me encontré con Lunnaris por pura casualidad. Tal vez Alsan fuera educado para ser un héroe. Yo no y, por tanto, no estoy seguro de estar haciendo lo correcto. Por eso quiero que sepáis por qué he decidido que debéis venir conmigo.

–¿Por qué? –preguntó Victoria.

El mago la miró fijamente. Después miró a Jack con la misma intensidad.

–Hace un rato os dije que Alsan y yo debíamos salvar al dragón y al unicornio por segunda vez. Tal vez no sea así. Tal vez nuestro momento ya ha pasado, tal vez cumplimos ya con nuestra misión cuando los llevamos a ambos a la Torre de Kazlunn. Tal vez caigamos los dos en esta empresa, porque tal vez seáis vosotros el futuro de la Resistencia. Las armas legendarias saben reconocer a los verdaderos héroes. Quizá vosotros dos estéis destinados a encontrar al dragón y el unicornio y a luchar por la salvación de Idhún en la última batalla. Sé que es mucha responsabilidad, y solo deseo poder estar a vuestro lado si eso llegara a ocurrir. Pero, en caso contrario...

Shail no pudo seguir hablando. Jack y Victoria parecían asustados. «No me sorprende», pensó el mago. «Pero debían saberlo. Ojalá esté equivocado, pero estas cosas no ocurren por casualidad».

–Tal vez –dijo entonces Jack, tras un momento de silencio–, pero no pienso luchar solo. Si he de hacerlo, Alsan y tú estaréis a mi lado.

Habló con seguridad y decisión, y Shail aplaudió interiormente su coraje. «Bravo, Jack», pensó. «Y bravo, Alsan. Has convertido a un chiquillo asustado en un futuro héroe de Idhún».

Se preguntó hasta qué punto era bueno aquello. Se preguntó, incluso, si no habría sido mejor para Jack que Kirtash lo hubiera matado aquella noche. Si tenía razón, y era aquel el destino de Jack, había caído sobre sus hombros una enorme responsabilidad que cambiaría su vida para siempre.

Su vida... y la de Victoria.

Evitó seguir pensando en ello.

–Vámonos, pues. Alma –pidió al espíritu de Limbhad–, por favor, llévanos cerca del castillo donde se encuentra Kirtash.

Momentos antes de que el Alma los envolviera en su seno, Victoria buscó la mano de Shail, pero fue la de Jack la que encontró. El chico se la estrechó con fuerza para infundirle ánimos.

Y los tres partieron a una misión que, como sabían muy bien, podía ser la última.

X
SERPIENTES

BASTA –dijo entonces una voz clara, fría y firme–. Ya te has divertido bastante.

De pronto, Alsan sintió que el espíritu del lobo se calmaba un poco y dejaba de luchar contra su alma humana.

Oyó la voz de Elrion.

–¿Por qué? Casi lo tenía...

–Ni de lejos, Elrion –respondió Kirtash–. Sabes que no posees ni una décima parte del talento de Ashran el Nigromante, por mucho que te esfuerces en imitarlo. Y sabes también que ese conjuro no está al alcance de cualquiera.

El muchacho se acercó a Alsan y lo miró, pensativo. El príncipe bajó las orejas y le gruñó, enseñándole los colmillos. Kirtash no se inmutó.

–Podría haber sido peor, créeme –murmuró–. Mucho peor.

En medio de su agonía, Alsan creyó ver un destello de compasión en sus fríos ojos azules.

–Enciérralo con los demás –ordenó Kirtash–. Y asegúrate de que lo vigilan bien –hizo una pausa y añadió–: La Resistencia acaba de llegar.

Jack miró a su alrededor, mareado. No terminaba de acostumbrarse a aquellos viajes instantáneos.

Se encontraban en un bosquecillo bajo la luz de la luna. Por encima de las copas de los árboles sobresalían los torreones de una centenaria fortaleza, que en tiempos remotos había servido de defensa a los habitantes del lugar, pero que ahora había sido elegida por Kirtash para ocultar a su pequeño ejército.

–Atendedme un momento –dijo Shail–. Aunque hemos utilizado el poder del Alma para llegar hasta aquí, también he aportado parte de

155

mi magia, de modo que lo más seguro es que Kirtash ya se haya dado cuenta de que hemos llegado; estamos demasiado cerca de él como para que haya podido pasarlo por alto. Tenemos que darnos prisa. No tardará en presentarse para recuperar el báculo.

Jack intentó centrarse. Shail seguía hablando en susurros, pero a él le dio la sensación de que había otro sonido además de su voz.

–Silencio –dijo–. ¿No oís eso?

Los tres prestaron atención. Y entonces los oyeron.

Siseos.

Jack se volvió hacia todas partes. Vio sombras en la niebla, sombras humanoides de cabeza extrañamente aplastada.

Y, de pronto, un horrible rostro apareció ante él, una cabeza de serpiente, unos colmillos y una lengua bífida...

Alsan dio con sus huesos en una húmeda prisión. Se levantó con unos reflejos que no había creído poseer, y se lanzó contra la puerta, gruñendo. Esta se cerró apenas unas centésimas de segundo antes de que chocase contra ella.

Alsan arañó la puerta y aulló. No sirvió de nada.

Oyó entonces un ruido al fondo de la celda. Alzó la cabeza y husmeó en el aire. El olor era extraño, confuso. Alsan no podía asociarlo con nada que conociera.

–¿Quién eres tú? –gruñó.

Otro gruñido le respondió desde la oscuridad, y algo surgió de entre las sombras para observarlo con atención.

Alsan lo estudió con cautela.

Era una mujer.

O, mejor dicho, había sido una mujer. Ahora tenía ojos felinos y orejas redondeadas y peludas, y algunas partes de su piel estaban cubiertas por un suave pelaje de color anaranjado, con rayas negras. Caminaba con el cuerpo echado hacia adelante y las manos rozando el suelo. Alsan vio que sus dedos terminaban en garras y que tras ella se agitaba algo parecido a una larga cola.

La mujer-tigre le dedicó una torva sonrisa.

–Bienvenido al clan –dijo.

Jack descargó su espada contra aquella criatura, sintió que el acero hendía su carne escamosa, oyó un siseo furioso cuando el filo de

Domivat abrasó el cuerpo de su oponente. Se quedó un poco sorprendido, pero tuvo que reaccionar deprisa, porque venían más. Recordó cómo los había llamado Shail: szish, los hombres-serpiente, siervos de los sheks y de Ashran, el Nigromante, el sacerdote de los nuevos señores de Idhún. Suspiró. Podrían haber sido hombres-hiena, hombres-oso o incluso hombres-cucaracha, y lo habría soportado mejor. Pero detestaba las serpientes. Siempre lo había hecho.

De reojo, vio cómo Victoria enarbolaba su báculo. La bola de cristal que lo remataba pareció cargarse de energía durante un momento, porque se encendió en la noche como un faro palpitante; y finalmente, obedeciendo a un movimiento de su dueña, el báculo descargó toda aquella energía en forma de rayo contra uno de los hombres-serpiente, que se carbonizó de inmediato.

El chico se esforzó por recordar todo lo que había aprendido con Alsan. Pensar en él le dio fuerzas, y alzó a Domivat para defenderse ante el ataque de otro de los szish. Costó más de lo que imaginaba. Aquel ser era hábil y rápido, y Jack tuvo que emplearse a fondo sin dejar por ello que la ira o el miedo lo dominasen hasta el punto de no poder controlar su espada. Finalmente, hundió el acero en el cuerpo de su oponente y lo vio caer ante él, y fue una sensación extraña.

En aquel momento, Shail ejecutaba un hechizo. Jack vio cómo, de pronto, tres szish más se transformaban en estatuas de hielo. Jack descargó su espada contra ellos y destrozó las estatuas, por si se les ocurría volver a la vida. Se volvió justo a tiempo de evitar ser atravesado por el arma de otro hombre-serpiente.

Victoria alzó su báculo y se concentró. De nuevo la bola de cristal extrajo la energía del ambiente y la acumuló en su interior. Victoria levantó el báculo en un movimiento brusco y la magia fue liberada en forma de anillo luminoso. Jack y Shail se agacharon a tiempo, pero algunos hombres-serpiente murieron carbonizados.

Jack miró a Victoria, impresionado. Shail le dio un leve empujón y el muchacho volvió a centrarse. Por fortuna, ya no quedaba ninguno más.

—Era solo un grupo de guardia —murmuró Shail—. Pero a estas alturas, seguro que ya todo el mundo sabe que estamos aquí.

Jack no dijo nada. Todo había sucedido muy deprisa, y él no acababa de hacerse a la idea de que estaba luchando por su vida y la de sus amigos.

–Vamos –dijo Victoria, cogiéndolo del brazo–. Tenemos que rescatar a Alsan.

El príncipe se había sentado en un extremo de la celda, lejos de la mujer-tigre. Llevaba un buen rato pensando en lo que había pasado, y deseando poder echarle la zarpa a Elrion para devorarlo en dos bocados, para hacerle pagar aquel terrible dolor que aún lo corroía por dentro. Acurrucado en aquel rincón oscuro, Alsan gruñía y gemía a partes iguales. A veces su cuerpo cambiaba de nuevo, y el joven se convulsionaba y aullaba mientras sus rasgos se hacían más lobunos o más humanos.

–Terminará algún día –le aseguró la mujer-tigre–. Entonces no serás ni una cosa ni la otra. Serás una criatura híbrida, como yo.

A Alsan no le gustó aquella perspectiva. Pensó en sus amigos, pero ello hacía despertar su lado humano, y entonces se reanudaba en su interior aquella terrible y dolorosa lucha contra el espíritu del lobo. Comprendió entonces por qué la mujer-tigre tenía aquel aspecto.

Ella había pactado una tregua, cansada de seguir sufriendo.

–¿Estás preparado, Jack?

El muchacho asintió. Shail se acercó a él y alzó las manos sobre su cabeza.

–Piensa en un szish y guarda su imagen en tu mente.

Dadas las circunstancias, a Jack no le resultó nada difícil. Shail movió las manos en círculo sobre la cabeza del muchacho y pronunció unas palabras mágicas. Jack sintió la magia fluyendo desde las manos de Shail hasta su cabeza, y luego descendiendo para extenderse por todo su cuerpo...

Cuando se miró las manos, y las vio escamosas y con tres dedos, quiso lanzar una exclamación de asombro, pero solo le salió una especie de silbido.

–Más vale que no te mires a un espejo, Jack –comentó Victoria–. Esa cara no te favorece.

Jack le guiñó un ojo. Eso, al menos, sí pudo hacerlo.

Cargó con su espada y vio que ahora parecía un acero normal y corriente. Se despidió de sus amigos con un gesto y dio media vuelta para marcharse.

–Espera, Jack.

Victoria le había cogido del brazo. Jack se volvió hacia ella, y la chica se estremeció.

—Me resulta extraño pensar que eres tú —dijo; tragó saliva y estampó un beso en lo que debía de ser la mejilla de su amigo—. Ten mucho cuidado. Quiero que vuelvas vivo.

—Volveré vivo, y con Alsan —siseó Jack; la miró a los ojos—. Ten mucho cuidado tú también.

Victoria asintió. Jack se separó de ella y se perdió entre la espesura.

—Bueno —dijo entonces Shail—. ¿Preparada para la función?

—Creo que sí —asintió ella.

—Quiero que tengas en cuenta una cosa: tú tienes el báculo y sabes cómo usarlo. Kirtash vendrá a buscarte. Tenemos que estar preparados para resistir todo lo posible, ¿entiendes? Mientras Kirtash esté por aquí, Jack tendrá una oportunidad de entrar en el castillo y rescatar a Alsan.

—Están aquí —dijo Elrion.

—Lo sé —dijo Kirtash—. Hemos perdido a una de las patrullas. Espero que tengas bien vigilado a Alsan, porque han venido a buscarlo.

—Oh, sí —rió el mago—. Aunque se tropezaran con él de narices, no lo reconocerían con facilidad.

Kirtash le dirigió una mirada penetrante.

—Sigues subestimándolos.

—¿Qué vas a hacer tú?

—Lo que esperan que haga —respondió Kirtash suavemente—: ir a buscar a Victoria y el báculo.

—No habrán sido tan tontos como para traerlos hasta aquí...

—Claro que sí. Es la única oportunidad que tienen de salir todos con vida.

Elrion no respondió. Se inclinó sobre la superficie de un pequeño estanque cuyas aguas reflejaban una imagen del exterior del castillo.

—¡Por fin los veo! —dijo, satisfecho—. El mago y la chica. Están intentando entrar por la puerta de atrás.

—¿En serio? —Kirtash sonrió—. Entonces entrarán por la puerta de delante. ¿Dónde está el otro?

–Pues... –vaciló Elrion.

Kirtash asintió, como si se esperara esa respuesta.

–Voy a interceptar a Jack cuando trate de entrar –dijo–. Una vez lo haya matado, iré a buscar el báculo. Tú quédate aquí y asegúrate de que nadie consigue llegar hasta Alsan.

El mago no replicó, pero apretó los puños. Detestaba tener que obedecer a Kirtash, pero sabía que nunca osaría enfrentarse a él directamente, porque jamás lograría vencerlo.

Jack se acercó a la puerta delantera y se esforzó por moverse y caminar como lo hacían los otros hombres-serpiente. Aprovechó que dos de ellos volvían a entrar en el castillo para hacerlo él también.

Uno de los szish se volvió y le dijo algo con un airado siseo. Jack se sintió aterrado al principio, hasta que se dio cuenta de que había entendido al szish perfectamente.

Le había dicho:

–¿Adónde crees que vas?

Jack no supo qué responder al principio, pero enseguida se le ocurrió una idea.

–A pedir refuerzos –respondió en el lenguaje de los szish, aquella mezcla de siseos y silbidos–. Han visto a dos intrusos en el bosque.

–¿De verdad? –los szish cruzaron una mirada–. No me han informado.

Pero en aquel momento llegó un cuarto hombre-serpiente.

–Renegados –siseó–. Están atacando la entrada trasera.

El szish que parecía ser el jefe miró a Jack.

–Está bien –dijo–. Corre a avisar a Sosset.

Jack asintió y entró en la fortaleza. No tenía ni idea de quién era ese tal Sosset y, desde luego, no pensaba averiguarlo.

Sintió de pronto un soplo gélido en el alma y se pegó a la pared, a la sombra de un pilar, temblando.

–¿Qué es lo que pasa? –oyó la voz de Kirtash hablando en la lengua de los szish.

–Renegados. Íbamos a...

–No. No ibais a ninguna parte. Quiero que os quedéis aquí, vigilando esta puerta, ¿entendido?

Jack se deslizó despacio, pegado a la pared. Kirtash estaba de espaldas a él y bastante lejos, pero el chico tenía la certeza de que, si él lo miraba, ni el más perfecto disfraz de szish lograría engañarlo.

Lenta, muy lentamente, Jack se alejó de allí.

Kirtash se dio la vuelta. Había algo que...

Ladeó la cabeza, tratando de definir aquella molesta sensación. Había decidido vigilar él mismo la puerta principal, pero algo le decía que Jack ya había logrado entrar en el castillo. Kirtash conocía sus propias limitaciones y sabía que no tenía modo de detectar la presencia de Jack. ¿O sí?

Su intuición jamás le había fallado.

—Assazer —llamó.

El szish acudió presuroso ante él.

—Quedaos aquí y llamad a otro destacamento. Si entran, lo harán por esta puerta.

El hombre-serpiente ladeó la cabeza y sus ojos brillaron con inteligencia.

—El mago y la chica... son una maniobra de distracción, ¿es eso, señor?

—Eso parece. No os fiéis de nadie y, sobre todo, no dejéis entrar a nadie. ¿Está claro?

Assazer vaciló.

—Señor...

Kirtash se volvió hacia él.

—... momentos antes de que llegaras, ha entrado alguien. Un szish que decía que iba a avisar a Sosset de la presencia de renegados en el bosque.

Los ojos de Kirtash se estrecharon, pero no dijo nada. Aguardó a que el hombre-serpiente siguiera hablando. Assazer y su compañero cruzaron una mirada.

—Era un szish un tanto extraño, señor —explicó—. Nos pareció que su cuerpo despedía algo de calor.

Kirtash no hizo ningún comentario. Silencioso como una sombra, se adentró de nuevo en el castillo, a la caza del intruso.

Victoria alzó el báculo por encima de su cabeza. Shail lanzó un nuevo hechizo, y algunos de los szish retrocedieron, temerosos. La chica miró de reojo a su amigo. El mago parecía agotado, y ella deseó que Jack encontrase pronto a Alsan y saliese del castillo de una vez.

Shail y Victoria estaban aguantando bien en el bosque. La vegetación impedía que los szish atacaran todos a la vez, y solo podían llegar hasta ellos en pequeños grupos. Pero los dos jóvenes escudriñaban las sombras, nerviosos, esperando al enemigo que los había llevado hasta allí.

Sin embargo, Kirtash seguía sin aparecer.

—¿Qué estará haciendo? —dijo Shail entre dientes—. ¿Por qué no viene a buscar el báculo?

—¿Crees que se habrá dado cuenta? —susurró Victoria.

—Por el bien de Jack, espero que no.

Victoria no dijo nada, pero recordó la mirada de los ojos azules de Kirtash, unos ojos a los que nada parecía escapar. Y comprendió entonces que, si Kirtash no se había presentado allí todavía, era porque sabía que Jack estaba intentando entrar en el castillo. «No tiene prisa por venir a buscarme», pensó, «porque sabe que esperaremos a Jack hasta el último momento».

Deseando estar equivocada, se puso de nuevo en guardia y se alzó junto a Shail para detener al nuevo grupo de szish que acudían a su encuentro.

Jack vagó por los pasillos del castillo y se topó con algunos guerreros que lo saludaban sin hacerle preguntas. Había humanos y szish, y estos se le quedaban mirando con desconfianza. Jack se preguntó cuál sería el fallo de su disfraz.

Al cabo de un rato, llegó a una gran sala iluminada con antorchas de fuego azul. En el centro había una plataforma con correas; parecía una especie de instrumento de tortura, y a Jack no le gustó. Junto a aquel artefacto había una jaula que contenía el cuerpo de un lobo muerto.

—¿Qué haces aquí?

Jack se sobresaltó. La voz de Elrion había sonado muy cerca. El chico dio un paso atrás para camuflarse entre las sombras, por si acaso. Pero Elrion no parecía prestarle atención. Estudiaba un enorme libro apoyado en un atril con forma de cobra.

—Yo... —tartamudeó Jack—. Buscaba a Sosset —añadió, recordando oportunamente el nombre del jefe de los hombres-serpiente.

–¿Y qué te ha hecho pensar que lo encontrarías aquí? –gruñó el mago, de mal humor–. ¡Vuelve al sótano a vigilar a los prisioneros!

Jack atrapó al vuelo aquella información y se dio media vuelta para marcharse. Cuando estaba en la puerta se volvió para mirar a Elrion. El asesino de sus padres.

Sintió que hervía de ira, pero logró controlarse. No era la primera vez que se encontraba con Elrion desde la muerte de sus padres, pero en todas aquellas ocasiones había estado Kirtash delante y, por alguna razón, a Jack le resultaba mucho más fácil volcar su odio sobre él. Se esforzó en recordar para qué había entrado en aquel castillo. Debía rescatar a Alsan.

Inspiró profundamente y logró dominar su rabia. «Pronto, Elrion», prometió en silencio. «Pronto te lo haré pagar».

Salió de la sala sin volver a mirar atrás.

Elrion suspiró y movió la cabeza, aún molesto por la interrupción. Los szish eran, por norma general, más inteligentes que los humanos, pero aquel en concreto parecía ser una excepción.

Entonces alzó la cabeza y comprendió. Con un grito de rabia, cerró el libro y salió de la habitación, en pos de Jack.

Victoria ladeó el báculo para detener una estocada. El artefacto emitió un suave resplandor palpitante y liberó parte de su energía, y la espada del szish se hizo pedazos. Cuando Victoria descargó el báculo sobre él, la criatura lanzó un agudo sonido silbante... y estalló en llamas.

La chica jadeó y retrocedió un poco. Aquello parecía una pesadilla. Estaba matando a seres inteligentes que, aunque no tuvieran el mismo aspecto que ella, sí poseían una conciencia racional. Lo único que podía decir en su defensa era que, aunque su propia vida no corriera peligro –Kirtash la necesitaba para manejar el báculo–, sabía que los szish no se detendrían a la hora de matar a Shail y a Jack.

Jack... ¿Por qué tardaba tanto?

–Kirtash todavía no ha venido, Shail –murmuró–. ¿Habrá encontrado a Jack?

El mago sacudió la cabeza, pero no dijo lo que realmente pensaba: que, a aquellas alturas, solo cabía desear que Kirtash no se presentase allí.

Porque, si lo hacía, solo quería decir una cosa: que Jack ya estaba muerto, puesto que estaba claro que era él lo que impedía al asesino acudir a recuperar el báculo.

Una nueva patrulla de szish avanzaba hacia ellos. Shail jadeó, agotado; Victoria supo que no aguantaría mucho más.

–Déjame a mí –le dijo–. La energía del báculo no se acaba.

Volteó de nuevo el Báculo de Ayshel y dirigió su rayo mágico hacia los hombres-serpiente. Pero, ante su sorpresa, algo detuvo el chorro de energía a escasos metros de sus enemigos. El rayo chocó contra una pared invisible y después se deshizo.

–¿Qué...? –empezó Victoria.

–Magia –dijo solamente Shail, retrocediendo un poco.

Victoria comprendió.

–¿Elrion?

Pero Shail negó con la cabeza.

–Elrion es un mago demasiado valioso. Han enviado a otro hechicero, probablemente mediocre, ya que toda esta gente es carne de cañón. Tenemos el báculo; Elrion no puede luchar contra él, y lo saben.

»Lo malo es que a mí ya no me quedan fuerzas, Vic. Tendrás que pelear tú sola.

Victoria escudriñó las sombras, pero no vio al mago por ninguna parte... hasta que sintió un intenso acopio de energía no muy lejos de allí. Quiso gritar, advertir a Shail, pero él ya se había dado cuenta: un enorme rayo mágico avanzaba hacia ellos, imparable.

Jack se topó con una escalera de caracol que descendía, y decidió probar suerte. Bajó y bajó hasta llegar a un húmedo pasillo donde se oían gemidos, gruñidos y ruido de cadenas. A ambos lados del pasillo, entre antorchas de fuego azul, estaban las puertas de las celdas. Satisfecho, avanzó pasillo abajo, pero de pronto se detuvo en seco y se estremeció.

Se volvió justo para ver la espada de Kirtash sobre él.

XI
FUEGO Y HIELO

LSAN alzó la cabeza y frunció el ceño. Husmeó en el aire. Aquel olor...

—No va a lograrlo, amigo —susurró la mujer-tigre–. Él ya lo ha alcanzado.

Alsan gruñó y se levantó para asomarse a la pequeña ventanilla enrejada.

—Vamos, chico —murmuró–. Tienes que salir de esta.

Jack rodó hacia un lado. La espada casi le rozó el brazo, dejando una sensación gélida en su piel. Kirtash volvió a alzarla sobre él, pero en esta ocasión Jack interpuso su propia espada entre ambos. El mismo camuflaje mágico que convertía a Jack en un szish la hacía parecer un arma normal y corriente, pero no lo era; se trataba de Domivat, una espada legendaria, y algo antiguo y poderoso pareció sacudir a los dos combatientes cuando los dos filos chocaron.

Kirtash entornó los ojos un breve instante. Aquella fue su única reacción, pero fue suficiente para que Jack lo empujara hacia atrás, aprovechando para ponerse en pie.

Los dos se miraron con cautela. Jack sostenía a Domivat entre él y Kirtash, manteniendo las distancias. En la penumbra del pasadizo, también Haiass relucía con un brillo gélido.

—Volvemos a encontrarnos –dijo Jack.

Kirtash no respondió. No tenía nada que decir. Se movió rápida y ágilmente hacia la derecha, pero atacó por la izquierda. Jack detuvo el filo de la espada de su enemigo a pocos centímetros de su cuerpo y retrocedió, preocupado. Kirtash seguía siendo demasiado rápido y ligero como para poder anticipar sus movimientos. «Pero esta vez no me ha desarmado al primer golpe», pensó. Se lanzó hacia adelante y descargó su espada contra él. Kirtash esquivó su ataque con un rápido movimiento y detuvo a Domivat con su propia espada. De nuevo, todo el aire pareció vibrar. Haiass, hielo, y Domivat, fuego, eran la expresión más clara del espíritu de sus respectivos portadores. Pero, más allá del encuentro entre dos espadas legendarias, Jack intuyó que había allí vestigios de una lucha inmemorial que, de alguna manera, se renovaba a través de ellos dos.

Kirtash pareció intuirlo también, porque cargó de nuevo contra él, rápido y letal. Encadenó una serie de movimientos tan veloces que el filo de Haiass apenas se percibía como un relámpago blanco en la semioscuridad. Sin entender muy bien lo que estaba sucediendo, Jack se defendió como pudo. Y tuvo la sensación de que la propia Domivat le ayudó esta vez, porque él estaba seguro de que nunca había reaccionado tan deprisa. Detuvo todos los golpes de Kirtash con una precisión y una eficacia aprendidas de las lecciones de Alsan, pero supo casi enseguida que jamás habría podido moverse con tanta rapidez de haber empuñado cualquier otra espada. El último golpe lo lanzó un poco a la desesperada, y sucedió lo que había temido desde el principio: perdió la concentración y Domivat desató parte de su poder.

Hubo una llamarada que hizo retroceder a Kirtash. Jack jadeó, aliviado de tener un momento de respiro; pero su alegría duró poco. Se sentía extrañamente débil y vacío, y comprendió que la fuerza de Domivat se le había ido de las manos, sin consecuencias para Kirtash pero, lamentablemente, con efectos fatales para él.

Kirtash pareció comprenderlo también. Con un brillo de triunfo en los ojos, alzó a Haiass y arremetió contra Jack.

El muchacho supo que solo tenía una opción.

Dio media vuelta y echó a correr pasillo abajo. Oyó que Kirtash lo perseguía, y supo con toda seguridad que lo alcanzaría.

Victoria movió el báculo como si fuera una raqueta de tenis...

... y, para su sorpresa, funcionó. La bola de fuego rebotó en el cristal del báculo y se volvió contra los hombres-serpiente, que, sin poder reaccionar, vieron cómo el proyectil lanzado por su hechicero se estrellaba contra ellos...

Los szish retrocedieron, siseando aterrorizados. Pero el mago seguía sin dejarse ver.

–Shail –murmuró Victoria, preocupada–. ¡Mira! ¡Vienen más!

Docenas de szish avanzaban a través del bosque, hacia ellos, rodeándolos por todos lados. Victoria se volvió en todas direcciones, buscando una vía de escape.

–¿De dónde salen tantos?

Shail, que recuperaba fuerzas apoyado contra el tronco de un árbol, miró fijamente las sombras de los enemigos, que se acercaban, y comprendió:

–No son tantos. Es una ilusión producida por el mago.

–¿Quieres decir que no son reales?

–Algunos de ellos, sí. Pero no todos. El problema consiste en distinguir los enemigos reales de los falsos.

–¿Qué hacemos, entonces?

–Vámonos de aquí –decidió Shail, incorporándose.

Victoria negó con la cabeza, apretando los dientes. Alzó el báculo y lanzó otra onda circular que alcanzó a la primera fila de szish. Reales o ilusiones, se desvanecieron todos.

–No voy a abandonar a Jack –declaró.

Seguían llegando hombres-serpiente. Seguían pareciendo muchos.

–No vamos a hacerlo –replicó Shail.

Entonces, Victoria comprendió. Se acercó a Shail y trató de realizar el hechizo de teletransportación que él le había enseñado tiempo atrás.

Nunca había conseguido ejecutarlo, pero en aquella ocasión la magia canalizada por el Báculo de Ayshel suplió su propia magia incompleta. Solo la presencia de Shail, que la sujetaba con firmeza, la ayudó a mantener la mente lo bastante serena como para visualizar el lugar a donde querían transportarse.

Jack dobló un recodo y chocó con un szish. La fuerza del impacto fue tal que ambos rodaron por el suelo. Jack se incorporó de un salto y siguió corriendo.

–¡Eh! –protestó la criatura, pero no pudo decir más.

La espada de Kirtash lo había atravesado de parte a parte.

El joven se dio cuenta enseguida de su error, pero era demasiado tarde. El hombre-serpiente estaba muerto, y Jack huía corredor abajo.

Extrajo el acero del cuerpo del szish, sintiendo que Jack lo había sacado de sus casillas, y preguntándose por qué. ¿Cómo era posible? ¿Cómo conseguía aquel chico alterarlo hasta el punto de hacerle cometer errores tan estúpidos? ¿Se debía al hecho de que se le había escapado ya varias veces? ¿Al extraño sexto sentido de Jack que, de alguna manera, le advertía de su presencia? ¿O a que había tenido la osadía de plantarle cara blandiendo una espada legendaria, una espada forjada con fuego de dragón?

Kirtash entrecerró los ojos en una mueca de odio. Sí, eso debía de ser. La espada.

Envainó de nuevo a Haiass y se quedó mirando el oscuro pasillo, pensativo. Ahora que lo sabía, no volvería a cometer el mismo error.

Nunca mataba por matar, por varios motivos.

El primero de ellos era la discreción: Kirtash sabía que se movería con más libertad si no llamaba la atención. El segundo era que no valía la pena molestarse en matar a alguien si ello no le reportaba algún beneficio. Y el tercero... que los muertos no son útiles a nadie. Solo los vivos podían servir para algo en un momento dado.

Y por ello Kirtash solo mataba a quien debía matar: a los objetivos que Ashran le había señalado y a aquellos que se interponían entre él y el cumplimiento de su misión. Por supuesto, jamás había quitado la vida a un szish que no lo mereciera. Los hombres-serpiente eran una raza de guerreros hábiles, inteligentes y muy peligrosos para sus enemigos. Cualquiera de ellos valía por diez hombres.

–Kirtash –la voz de Elrion tras él no lo sobresaltó; nadie podía sorprenderlo–. Escucha, el chico renegado ha entrado en el castillo. Va disfrazado de szish.

Kirtash no pudo evitar esbozar una breve sonrisa.

–No me digas.

Shail y Victoria se materializaron en el lugar donde se habían despedido de Jack. No estaban muy lejos del grupo de szish que los había atacado, pero ya no se hallaban rodeados por ellos. Shail instó a Victoria a que subiese a un árbol, y trepó tras ella. Cuando se acomodaron entre las ramas, Victoria dijo:

–Nos encontrarán, Shail. No es un gran escondite.

–Ahora lo será –aseguró el mago.

Pronunció las palabras de un hechizo y, pronto, una densa niebla comenzó a formarse a sus pies, una niebla oscura que creció y creció hasta ocupar todo el bosque que rodeaba el castillo.

Jack entró en la sala de los guardias. Había tres szish, dos guerreros humanos y un yan. Como Jack solo había visto un yan en toda su vida, no podía asegurarlo, pero habría apostado a que se trataba del traidor Kopt.

Los guardias se le quedaron mirando.

–Euh... –empezó Jack, recordando que su camuflaje mágico seguía activo–. Busco al prisionero, al príncipe renegado –dijo en la lengua de los hombres-serpiente.

–¿Para qué? –preguntó uno de los szish.

–Porque el mago Elrion tiene... algo que tratar con él –se le ocurrió a Jack.

Para su sorpresa, los guardias sonrieron.

–No se da por vencido ese mago –comentó uno de los hombres-serpiente.

Pero el que parecía ser el líder no se dejó convencer tan fácilmente.

–¿Por qué no ha bajado él mismo? –exigió saber.

Jack no tenía preparada una respuesta. Sabía que Kirtash pronto lo alcanzaría. Tendría que encontrar a Alsan él solo.

Sin una palabra, echó a correr y atravesó la sala de guardia. Los seis se levantaron de un salto.

–¡Eh!

Pero Jack salió por la otra puerta y se perdió por el corredor.

–Avissssa al mago Zzzosssan –dijo el jefe szish a uno de los guardias humanos; le habló en un idhunaico común a la manera en que lo hablaban los hombres-serpiente, plagado de siseos y silbidos–. Dile que quiero a essse renegado muerto.

–¿Renegado? –repitió el guardia, confuso.

Los szish lo miraron con desprecio.

–Los szisssh no desssspedimoss calor como los mamíferosss –dijo uno de ellos–. Esssa criatura no era uno de loss nuesssstrossss.

El jefe se volvió hacia otro de los guardias, un szish.

–Busca a Kirtash. Dile que...

–No es necesario –dijo una voz fría y serena–. Ya estoy aquí.

Victoria no dejaba de lanzar miradas nerviosas hacia el castillo. Probablemente, Jack tenía problemas; ¿por qué, si no, tardaba tanto?

Bajo el árbol, entre la densa niebla, los szish seguían buscándolos. El mago que iba con ellos intentaba abrir la bruma mágica, sin resultado: Shail seguía concentrado en producir más y más niebla. Victoria lo miró fijamente y se preguntó cuánto tiempo más podría aguantar.

Jack se detuvo en un pasillo, jadeante, y miró a su alrededor. Celdas y más celdas.

–¿Alsan? –preguntó, vacilante.

No hubo respuesta. Jack sabía que aún le quedaba mucho sótano por recorrer, pero no pudo evitar pensar que tal vez su amigo ya estaba muerto.

–No –se dijo a sí mismo–. Los guardias hablaban de él como si siguiese vivo.

Aferrado a esta esperanza, siguió caminando por los pasillos, llamando a Alsan en voz baja.

La mayoría de las celdas estaban vacías. Jack podía imaginar por qué. Kirtash no solía hacer prisioneros. Si debía matar a alguien, lo hacía. Si lo que quería era obtener información, le bastaba con sondear su mente.

Se asomó a un pequeño pasillo oscuro que olía fuertemente a animal. No iba a entrar, pero oyó ruidos y se internó en él para esconderse.

Fue una mala idea. Tan pronto como entró en el corredor, fue recibido con un coro de gruñidos, y se preguntó qué tipo de bestias guardarían allí, y para qué.

Por el pasillo principal avanzaba un guardia humano. Oyó los gruñidos de los animales y se asomó con curiosidad.

Jack se pegó temblando a la pared, olvidando que él todavía parecía un szish a los ojos de la mayoría. Costaba recordarlo, después de haberse enfrentado a Kirtash con la certeza de que él veía más allá del camuflaje mágico, y desde el primer momento había descubierto en él no a un temible hombre-serpiente, sino a un asustado chico de trece años.

Entonces, de pronto, algo parecido a una zarpa surgió de entre los barrotes de un ventanuco y le agarró la cabeza, tapándole la boca. Jack jadeó y manoteó, aterrado.

Una voz que le resultaba ligeramente conocida le dijo al oído, con una especie de gruñido animal:

–Silencio, Jack. Soy yo.

Jack no las tenía todas consigo, pero se quedó quieto. El guardia no llegó a verlo. Se encogió de hombros y prosiguió la ronda.

Jack se volvió lentamente. Bajo la vacilante luz azul de las antorchas, pudo ver que la garra que lo había atrapado era una extraña mezcla entre una pata animal y un brazo humano. A través de las rejas entrevió unos ojos salvajes y brillantes.

–¿Alsan? –preguntó, vacilante.

–Sí, chico. Abre la puerta.

Jack vio también unos colmillos afilados, y se lo pensó.

–Alsan, ¿qué te ha pasado?

–Maldita sea, abre la puerta –gruñó el príncipe–. Se supone que has venido a rescatarme, ¿no? Porque, de lo contrario, no sé qué diablos haces en una mazmorra en este nido de serpientes, disfrazado de víbora.

Jack sonrió, incómodo. Parecía Alsan, aunque no se le ocurrió pensar cómo lo había reconocido. Examinó la cerradura, y no se lo pensó mucho. Sacó a Domivat de la vaina y la descargó contra la puerta. El fuego mágico de la espada hizo saltar los goznes.

Pero entonces sintió a Kirtash tras él, como un soplo de aire frío. Instintivamente, se apartó.

Todo fue muy rápido. Jack se hizo a un lado, Kirtash alzó su espada, Alsan rugió y se lanzó sobre la puerta, que cedió de golpe...

Alsan y la mujer-tigre se precipitaron sobre Kirtash. El muchacho, cogido por sorpresa, tardó un poco en reaccionar, pero, cuando lo hizo, fue letal. De un solo golpe mató a la mujer-tigre. De un empujón se desembarazó de ella, y de un salto se puso en pie.

Pero Alsan y Jack ya escapaban hacia la salida del corredor.

Kirtash miró a la criatura híbrida que acababa de matar. Elrion se materializó en el corredor, cerca de él. Kirtash no necesitaba preguntarle dónde se había metido todo aquel tiempo. Sabía muy bien que el mago pocas veces daba la cara.

Empujó con el pie el cuerpo de la mujer-tigre.

–Oh –dijo solamente Elrion, al ver muerta a su creación.

Kirtash se volvió hacia el lugar por donde habían escapado Jack y Alsan.

–Tampoco vosotros dais la cara –murmuró.

–¿Kirtash? –preguntó el mago, vacilante.

El joven volvió a la realidad.

–Llama a Assazer y Sosset y asegúrate de que reúnen a todos los guerreros en las salidas del castillo –ordenó–. Hay que evitar que escapen de aquí.

Elrion asintió.

Kirtash se quedó solo en el corredor un momento, después de que el mago se marchara. Se preguntó entonces por qué razón había aplazado tanto la búsqueda del báculo. Por muchas ganas que tuviera de acabar con Jack, debía reconocer que lo más importante seguía siendo su misión. Además...

Recordó de pronto a Victoria. Sí, había algo en ella que lo intrigaba...

XII
«VEN CONMIGO...»

EH! –dijo Victoria–. ¡Se van!

Efectivamente; los szish se retiraban y, como si hubieran recibido una orden inaudible, volvían hacia el castillo. Victoria apoyó un pie en una rama superior y se impulsó hacia arriba para otear por encima de las hojas del árbol.

–¿Qué ves? –preguntó Shail desde abajo.

–Están formando una especie de cordón alrededor del castillo. Hay un pelotón de guerreros en cada puerta.

–Eso es que ya saben que Jack está dentro, y quieren impedir que salga.

–¡Oh, no!

–Son buenas noticias; significa que sigue vivo, y libre. Un momento...

Victoria advirtió el tono preocupado de las últimas palabras de Shail, y se volvió hacia él.

–¿Qué?

–Creo que no se han ido todos. Voy a bajar.

–Shail, no...

–Tú quédate aquí. Recuerda que si Kirtash se hace con el báculo, será el fin para todos nosotros.

Victoria asintió, sobrecogida. El mago bajó del árbol de un salto y miró a su alrededor. Una sombra se alzó ante él. Shail sonrió.

–Por fin te atreves a luchar abiertamente –dijo.

El otro hechicero avanzó unos pasos hacia él. La luz de la luna iluminó los rasgos de un szish.

Shail no pudo ocultar su asombro. Ignoraba que hubiese magos entre los szish. ¿Los unicornios también entregaban sus dones a los hombres-serpiente?

–Parecesss ssssorprendido, mago –siseó el szish–. Veamossss qué ssabesss hacer.

Shail asintió y se puso en guardia. No era la primera vez que se enfrentaba a otro hechicero en un duelo mágico. Durante su época de estudiante, los duelos que había mantenido eran más bien escaramuzas de poca importancia contra otros aprendices. Desde que estaba en la Resistencia, sin embargo, se había enfrentado a Elrion más de una vez. Casi siempre había escapado por los pelos, porque Elrion era un poderoso y experimentado hechicero, y Shail no era rival para él. Pero sospechaba que aquel szish no debía de ser gran cosa como mago. De lo contrario, no se habría ocultado tras varias filas de guerreros.

¿Por qué, pues, había decidido de pronto pelear cara a cara?

El szish preparó su ataque mágico. Shail se concentró para levantar un escudo invisible y comprendió entonces la razón de que el otro mago lo atacase ahora.

Seguía estando muy débil, y su magia no tardaría en fallarle.

–Ssssolo quiero el báculo y a la chica –dijo el szish.

–Tendrás que matarme primero –replicó Shail.

–Que assssí sssea –siseó el hombre-serpiente, sonriendo.

Jack evitó mirar de frente a aquel que había sido Alsan, príncipe de Vanissar, y que ahora era una extraña mezcla entre hombre y bestia. Se limitó a correr tras él, esforzándose por no perder su ritmo, y deseando que al menos él supiera adónde iba.

Alsan corría por los pasillos de la fortaleza. Era todo furia desatada. Ninguno de los guardias que se cruzaban con él reaccionaba a tiempo para evitar sus garras y sus colmillos. Cuando tropezaba con algún guerrero, ya fuera humano o szish, realmente disfrutaba al morder su carne, pero todavía le quedaba bastante sentido común como para saber que restaba en él algo de humano, y que tenía que salir de allí cuando antes.

También él evitaba mirar a Jack. El chico seguía con su disfraz de szish, pero los sentidos de lobo de Alsan le decían que bajo aquella apariencia de reptil se ocultaba un muchacho humano, tierno y más sabroso que cualquier frío y escamoso hombre-serpiente.

Alsan frunció el ceño y gruñó por lo bajo.

«Sigo siendo Alsan, príncipe de Vanissar, hijo del rey Brun», se recordó a sí mismo.

Se preguntó entonces qué sucedería cuando regresasen a Idhún. ¿Lo aceptarían ahora como heredero del trono, y como soberano cuando su padre ya no estuviese?

Y comprendió que no.

Jamás.

Shail no cerró a tiempo la barrera mágica. El ataque del mago szish golpeó de lleno su cuerpo y lo lanzó hacia atrás.

–¡¡¡SHAAAIL!!! –gritó Victoria.

Le vio chocar contra el tronco de un árbol, golpearse la cabeza y caer sobre el suelo, inconsciente. Sin importarle ya lo que pudiera pasarle, saltó del árbol para acudir junto a su amigo. Enseguida descubrió, aliviada, que Shail seguía vivo; por fortuna, aunque su incompleta barrera defensiva no había deshecho el conjuro de su enemigo, sí había evitado que golpease directamente su cuerpo. El joven solo estaba inconsciente y presentaba heridas superficiales de las que se recuperaría sin problemas.

Pero, mientras tanto, era Victoria quien debía luchar y aguantar allí hasta que regresara Jack... con o sin Alsan.

Respirando hondo, se alzó con el báculo entre las manos, y miró fijamente al hechicero szish.

–Te esssstaba esssperando –dijo el hombre-serpiente.

Victoria no dijo nada, pero se preparó para defenderse.

No era consciente de que, desde las sombras, unos fríos ojos azules la observaban con interés.

Alsan se detuvo en seco, y Jack con él.

Habían llegado a la cámara de pruebas de Elrion. Allí estaba la jaula con el lobo muerto, la plataforma con correas y el resto de extraños instrumentos que a Jack le recordaban a una cámara de torturas.

–¿Por qué hemos venido aquí? –preguntó–. ¿Qué esperas encontrar?

«A Elrion», gruñó el lobo.

–A Sumlaris, la Imbatible –respondió Alsan.

La descubrió en un rincón, cerca del atril donde Elrion había colocado su libro de hechizos. La cogió y se dirigió de nuevo a la puerta. Se detuvo un momento junto a la jaula y se quedó mirando el cuerpo del lobo muerto, con una expresión extraña en su rostro semianimalesco. Una parte de él lamentaba la muerte del animal y añoraba el cuerpo que había perdido.

Jack se había asomado al ventanal.

—Nos tienen sitiados, Alsan —dijo.

Pensó en Shail y Victoria, y deseó que estuvieran bien. Especialmente Victoria.

—Espero que tengas un buen plan para salir de aquí —gruñó Alsan.

—No, yo...

—Estupendo —Alsan emitió una risa baja y gutural—. Entonces abriremos unas cuantas gargantas escamosas.

Jack no dijo nada, pero no le gustó mucho el plan.

El hechicero invocó al rayo, que se descargó sobre Victoria desde un cielo súbitamente encapotado; pero, en lugar de alcanzar el cuerpo de la chica, la centella se concentró directamente sobre el Báculo de Ayshel. Victoria aguantó un poco mientras la energía del rayo chisporroteaba e iluminaba su rostro, asustado pero decidido.

Entonces lanzó el rayo contra el hechicero szish.

Este alzó sus defensas mágicas, pero nada pudo hacer contra aquel torrente de energía en el que se había transformado el hechizo que había creado momentos antes.

Exhausta, Victoria contempló cómo el cuerpo de su enemigo se consumía entre las llamas. «Ya está», pensó. «Shail está a salvo».

Pero entonces una sombra avanzó hacia ella desde la oscuridad. La sombra se movía ágil y silenciosa como un felino, y blandía una espada que emitía un suave brillo blanco-azulado.

Victoria sintió que le fallaban las piernas. Kirtash había acudido a buscarla, al fin y al cabo. ¿Significaba aquello que ya había acabado con Jack? «No, no puede ser», pensó. «No puede estar muerto». Sintió que el corazón le estallaba de dolor, solo de pensarlo. Pero en su interior latía una llama de esperanza, de modo que sacudió la cabeza y trató de concentrarse en el nuevo peligro que la amenazaba.

Kirtash se detuvo a pocos metros de ella.

—Aprendes deprisa —comentó con suavidad—. Solo hace un día que tienes el Báculo de Ayshel y ya sabes controlarlo.

«Me ha estado observando», pensó Victoria, inquieta.

Bueno, no pensaba rendirse sin pelear. Además, tal vez Kirtash la necesitase viva, pero aquello no se extendía a Shail. Debía evitar a toda costa que se acercase a él.

—Tendrás que quitármelo a la fuerza —le advirtió.

Kirtash sonrió, pero aceptó el reto y se puso en guardia.

Obedeciendo al silencioso deseo de Victoria, el báculo comenzó a absorber energía del ambiente y a concentrarla en su extremo. Kirtash, a una prudente distancia, lo contemplaba con interés, pero sin bajar la guardia. Victoria volteó el báculo para lanzar un rayo mágico a su oponente. Kirtash lo esquivó sin moverse apenas. El rayo se estrelló contra un árbol y lo partió en dos.

Cuando Victoria quiso darse cuenta, Kirtash no estaba.

Se volvió hacia todos lados, aterrada, y alzó el báculo instintivamente cuando percibió la sombra que caía sobre ella desde la niebla.

La espada y el báculo chocaron. Saltaron chispas.

Kirtash golpeó de nuevo, y Victoria volvió a interponer el báculo entre ambos. Sabía que, estando tan cerca, no debía mirar a Kirtash a los ojos, pero resultaba difícil. Sentía que él la abrasaba con la mirada... una mirada fría como el hielo.

Kirtash retrocedió unos pasos, aún enarbolando a Haiass. No parecía en absoluto preocupado. Al contrario, actuaba con tanta tranquilidad como si aquello fuese un juego en el que solo él conocía y dictaba las reglas... que podía cambiar en cualquier momento, a su antojo.

Y así era, comprendió Victoria enseguida. En realidad, él podría haber vencido en aquella lucha desde el principio. Tan solo estaba probando a Victoria, evaluando su habilidad, su fuerza... y el poder del Báculo de Ayshel.

Kirtash pareció darse cuenta de la vacilación de Victoria, porque decidió poner fin al juego. De nuevo se movió con rapidez; Victoria retrocedió, tropezó y su espalda topó contra el tronco de un árbol. Haiass destelló un momento en la penumbra y, antes de que la chica pudiera entender lo que estaba sucediendo, el Báculo de Ayshel salió despedido de sus manos. Victoria lo vio caer un poco más lejos, sobre la hierba.

Unas centésimas de segundo después, el filo de la espada de Kirtash rozaba su cuello.

Alsan recorría el castillo aullando. Nada podía pararlo. Corría más rápido, saltaba más alto, golpeaba más fuerte que nadie. Sumlaris le parecía una pluma; la espada absorbía su nueva fuerza animal y, aunque parecía encontrarla extraña a su propia naturaleza, forjada en el seno del honor, el valor y la rectitud de los caballeros de Nurgon, reconocía a su portador y obedecía sus más mínimos gestos, partiendo en dos a los szish como si fuesen de mantequilla.

Jack iba detrás, a una prudente distancia. No temía perder de vista a Alsan. No tenía más que seguir el rastro de cadáveres destrozados a ambos lados del corredor.

Los ojos azules de Kirtash se clavaron en los ojos oscuros de Victoria. Ella quiso girar la cabeza, pero no pudo. Se sentía atrapada por su mirada.

El chico frunció el ceño, levemente extrañado. Victoria pudo sentir cómo la mente de Kirtash sondeaba y exploraba la suya, y quiso rebelarse, quiso resistirse, pero no fue capaz.

Respiró hondo, aterrorizada. La espada de Kirtash aún rozaba su piel. El tronco del árbol todavía tocaba su espalda. No podía escapar. No podía hacer nada más que aguardar la muerte.

Kirtash ladeó la cabeza. Seguía mirando a Victoria, y ella se sintió desesperada. «¿Qué hace? Si me quiere viva, ¿por qué no me lleva con él al castillo? Y, si no me necesita, ¿por qué no me ha matado ya?».

Como si adivinase sus pensamientos, Kirtash dijo:

–Tengo que matarte, ¿lo sabías?

Victoria quiso hablar, pero tenía la garganta seca. Los ojos se le llenaron de lágrimas de terror.

Pero entonces, para su sorpresa, el muchacho alzó la mano izquierda y le acarició la mejilla con los dedos, suavemente. Victoria se estremeció entera. ¿Cómo podía haber tanta dulzura en unas manos asesinas?

Él le apartó un mechón de pelo de la cara. Seguía mirándola.

Victoria percibió algo que relucía en el dedo de Kirtash, y vio que era un anillo, un anillo con forma de serpiente que sostenía una pequeña gema redonda, de un color indeterminado. Sacudió la cabeza para apartar la vista de aquel objeto, pero volvió a encontrarse con la fría mirada de Kirtash, y no pudo evitar que un par de lágrimas rodasen por sus mejillas. Kirtash las recogió con la punta de los dedos.

–Por favor –susurró Victoria; la espada seguía allí, muy cerca, arañándole la piel–. Por favor, mátame o déjame marchar, pero no me hagas esto.

Él no dijo nada. Le cogió suavemente la barbilla y le hizo alzar la cabeza. Victoria no tuvo más remedio que mirarlo a los ojos.

Aquellos ojos azules que quemaban como el hielo.

Victoria sintió una mezcla de emociones contradictorias. Como si ambos fuesen dos imanes que rotaban a toda velocidad, la muchacha sentía atracción, repulsión, atracción, repulsión...

Entonces, finalmente, Kirtash habló.

—Pero tú no deberías morir —dijo.

«Voy a convertirte en uno de los hombres más poderosos de ambos mundos».

El recuerdo de las palabras de Elrion hizo que Alsan se detuviera en seco.

Jack se paró también, mareado.

—¿Qué pasa? —se esforzó por decir.

Alsan no respondió, y Jack se sentó en la pared, sintiéndose muy débil. No sabía cuánto tiempo más soportaría aquella masacre. Desde que había sacado a Alsan de la celda, los pasillos parecían escenarios de una película *gore*.

«... uno de los hombres más poderosos de ambos mundos...».

Alsan se apoyó también contra la pared de piedra y se sentó en el suelo. Observó sus manos-zarpas cubiertas de sangre.

«Sagrada Irial», pensó. «¿En qué me estoy convirtiendo?».

Jack se atrevió a acercarse un poco a él.

—¿Estás bien?

Alsan lo miró a la cara por primera vez. Vio que, por alguna razón, su disfraz de szish se había esfumado, y volvía a parecer un chico rubio y delgado de trece años.

Pero, por encima de todo, vio el miedo y el horror en sus ojos verdes.

—¿Qué te han hecho? —preguntó Jack.

—Me han convertido en un monstruo —respondió él; su voz sonó, de nuevo, como un gruñido.

—No debería sorprenderme —murmuró Kirtash.

Seguía hablando para sí mismo, seguía mirando a Victoria, seguía teniéndola acorralada contra el filo de su espada.

—Podría dejarte marchar —dijo él.

—Entonces, hazlo —susurró ella.

–Si sigues en la Resistencia morirás, tarde o temprano. Lo mejor que puedes hacer es abandonar, Victoria.

Ella no se sorprendió de que recordarse su nombre. Kirtash jamás olvidaba un nombre ni una cara.

Tragó saliva y, casi sin darse cuenta, murmuró:

–No voy a hacerlo.

En los ojos de Kirtash apareció un breve destello de decepción.

–Entonces no vuelvas a cruzarte en mi camino, criatura, porque no tendré más remedio que matarte la próxima vez.

Victoria respiró profundamente.

–Aunque puede que haya otra salida –añadió él.

Victoria cerró los ojos un momento, sintiendo que se mareaba y que no aguantaría aquella tensión mucho más tiempo.

Cuando abrió los ojos de nuevo, vio que Kirtash le había tendido la mano y la miraba con seriedad.

–Ven conmigo –le dijo.

–Qué...

–Ven conmigo –repitió él–. A mi lado, serás mi emperatriz. Juntos gobernaremos Idhún.

Jack colocó una mano sobre su brazo peludo, en señal de amistad y confianza. Aquel gesto consoló profundamente a Alsan.

–Shail te ayudará –dijo el chico.

–No –replicó Alsan, recordando la conversación que había escuchado entre Elrion y Kirtash–. Esto es el resultado de un conjuro fallido, un conjuro muy complejo que, por lo que sé, solo Ashran el Nigromante puede hacer correctamente.

Hizo una pausa. Jack lo miraba expectante.

–Solo Ashran puede ayudarme –concluyó.

Jack calló un momento. Luego dijo:

–¿Vas a unirte a él y a los sheks? –Alsan lo miró fijamente, y Jack añadió–: Yo no te lo reprocharía, Alsan. Si acudes a él...

–Jamás –cortó Alsan con un gruñido.

Victoria miró a Kirtash con cautela, suponiendo que se estaba burlando de ella. Pero sus ojos hablaban en serio.

–No... no lo entiendo.

Estaba ante un asesino sin escrúpulos que nunca había dudado a la hora de matar a alguien. Estaba ante su enemigo, y él le decía...

Kirtash solo ladeó la cabeza y no dijo nada. Su mano seguía ante la chica, esperando que ella se decidiera a tenderle la suya.

–Es... absurdo –susurró Victoria.

Kirtash seguía mirándola, sin una palabra. Ya había dicho lo que quería decir y no tenía más que añadir. Victoria sentía que aquello no era más que un mal sueño, pero volvió a fijar sus ojos en los de él...

Respiró hondo. Acababa de descubrir que Kirtash ejercía una extraña fascinación sobre ella... por encima del odio, el miedo y el rechazo.

–Estás jugando conmigo, ¿verdad?

Él sonrió.

–¿Y de qué me serviría eso?

–Intentas confundirme –murmuró ella.

–Ya estás confundida, Victoria. Pero yo puedo enseñarte muchas cosas...

No podía apartar su mirada de la de él. Se vio a sí misma a su lado, aprendiendo de él...

Rechazó la idea, horrorizada. No, no era eso lo que quería. Entonces, ¿por qué en el fondo deseaba tenderle la mano y marcharse con él?

Intentó apartar la cara. Entonces se dio cuenta de que la espada se había retirado hacía rato. Kirtash no la estaba amenazando.

No pudo evitarlo. Volvió a mirarlo.

Atracción, repulsión, atracción, repulsión... los dos imanes giraban a toda velocidad, pero los ojos de Kirtash seguían siendo igual de fascinantes.

–Victoria... –dijo él.

Su voz era acariciadora, susurrante. Victoria se descubrió a sí misma deseando con todas sus fuerzas dejarse llevar...

–¿Por qué? –musitó.

No estaba preguntando por qué le estaba perdonando la vida, por qué le preguntaba aquellas cosas, por qué estaba jugando con ella. Simplemente quería saber por qué, de repente, sentía que le faltaba el aliento y deseaba que él la cogiese en brazos y se la llevase consigo... al lugar de donde había venido, fuera cual fuese.

Pero Kirtash entendió.

–Porque tú y yo no somos tan diferentes –le dijo–. Y no tardarás en darte cuenta.

Victoria pareció recobrar algo de sensatez. Recordó que aquel muchacho era un despiadado asesino, y supo que no quería ser como él.

–No es verdad. No, no es verdad. Somos diferentes.

Pero Kirtash sonrió.

–Somos las dos caras de una misma moneda, Victoria. Somos complementarios. Yo existo porque tú existes, y al revés.

–No...

Los ojos azules de Kirtash seguían clavados en ella. Victoria alzó la mirada para perderse en ellos, en aquellos océanos de hielo en los que, sin embargo, parecía haber un refugio cálido reservado para ella, un rincón para una chica de trece años en el corazón de un asesino. «No puede ser verdad», pensó. «Está mintiendo».

Pero su mirada seguía siendo igual de intensa y sugestiva, y Victoria supo, en ese mismo momento, que no podría resistirse a ella.

«Ven conmigo», había dicho él.

Victoria alzó una mano, vacilante.

Sus dedos rozaron los de él. Sintió de pronto algo parecido a una descarga eléctrica, algo que sacudió su interior por completo...

Le gustó la sensación, y cerró un momento los ojos para dejarse llevar por ella. Notó que le faltaba el aliento, que una extraña debilidad recorría su cuerpo como un delicioso escalofrío. Volvió a abrir los ojos y se topó, de nuevo, con la magnética mirada de Kirtash, que estrechó su mano y sonrió.

XIII
PÉRDIDA

D E pronto, Kirtash se puso tenso y se volvió, tan deprisa que Victoria apenas pudo captar su movimiento. Enseguida advirtió qué era lo que había llamado la atención del joven.

Allí estaba Elrion, mirándolos con expresión sombría mientras susurraba algo en voz baja. Victoria reconoció aquellas palabras: era un conjuro de ataque.

—¡Elrion, no! —gritó Kirtash; alzó los brazos y los cruzó para realizar algún tipo de contrahechizo.

Demasiado tarde. De los dedos de Elrion brotó un haz de energía mágica que cruzó el claro buscando el cuerpo de Victoria, que seguía pegada al tronco del árbol.

Ella gritó y trató de protegerse con los brazos, aunque algo en su interior chillaba que ya era tarde, que el mago los había cogido a ambos por sorpresa, que iba a morir...

Súbitamente, un grito rasgó el aire.

Victoria nunca lograría olvidar lo que vio en aquel momento.

Un cuerpo se había interpuesto entre ella y Elrion, recibiendo de lleno el ataque del hechicero y también la magia que había generado Kirtash para tratar de detenerlo. Cuando las dos corrientes de energía chocaron contra la figura que había salido de las sombras para proteger a Victoria, se produjo una explosión de luz multicolor, horrible y, a la vez, de una belleza sobrecogedora; fue como contemplar la muerte de una estrella.

Y, ante los ojos horrorizados de Victoria, Shail, el mago de la Resistencia, su amigo, hermano y maestro, se desintegró como si jamás hubiera existido.

Alsan alzó la cabeza y frunció el ceño.

—Algo me dice que Shail y Victoria tienen problemas —dijo—. Tenemos que salir de aquí cuanto antes.

–Eso es lo que estábamos intentado hacer, por eso has destrozado a tantos guardias –le recordó Jack–. Pero me da la sensación de que no hacemos más que dar vueltas. Además, todas las puertas están vigiladas.

–Tengo una idea. Sígueme.

Alsan echó a correr por el pasillo hasta que llegó a una estrecha escalera de caracol. Jack supuso que bajaría las escaleras pero, ante su sorpresa, tomó el sentido ascendente. El chico fue tras él, inquieto.

Poco después llegaron a lo alto de un torreón. Jack respiró aliviado el aire fresco de la noche. Desde allí escudriñó las sombras del bosque por si veía señales de Victoria o de Shail, pero todo parecía tranquilo. Deseó que estuvieran bien. Mientras subían las escaleras se había dado cuenta de que su camuflaje mágico había desaparecido. Esperó que eso no significase que Shail había sido apresado... o algo peor.

Alsan se asomó a las almenas. La altura no era nada desdeñable.

–¿Qué tramas? –preguntó Jack, inquieto.

Alsan no respondió. Se alejó de las almenas y se volvió hacia Jack. Antes de que este pudiera intuir cuáles eran sus intenciones, lo agarró, lo levantó en alto y se lo cargó a la espalda.

–¡Eh! –exclamó el muchacho, sorprendido por la fuerza de Alsan, que lo había alzado con tanta facilidad como si de una pluma se tratase–. ¿Qué...?

–Agárrate bien.

Jack abrió la boca para protestar, pero no llegó a hacerlo. Alsan cogía carrerilla y él no tuvo más remedio que aferrarse con fuerza a él.

Alsan corrió hacia las almenas y dio un poderoso salto, con Jack sobre su espalda. Ambos sintieron cómo sus cuerpos cortaban el aire, cómo caían a plomo al suelo...

Alsan aterrizó de pie sobre la hierba. Algo mareado, y sin terminar de creerse lo que acababan de hacer, Jack bajó de su espalda.

–¡Alucinante! –murmuró–. Ha sido casi como volar.

El corazón se le aceleró un poco más. Volar...

–No hay tiempo para soñar –le advirtió Alsan–. No tardarán en venir por nosotros.

Victoria lanzó un grito de rabia, dolor e impotencia. Sintió que le fallaban las piernas y cayó de rodillas sobre la hierba, con los ojos anegados en lágrimas. Un único pensamiento le martilleaba la cabeza:

«Shail está muerto... Shail está muerto... Shail ha muerto por salvarme la vida...».

Apenas oyó la voz de Elrion:

–No sé a qué estás jugando, Kirtash, pero a Ashran no le va a gustar. Si no fuera porque te conozco, creería que estás traicionando a...

El hechicero nunca llegó a terminar aquella frase. Silencioso y letal, Kirtash se había deslizado hacia él con la espada desenvainada. Cuando Elrion descubrió el destello de la muerte en sus ojos, era demasiado tarde.

Victoria vio caer al mago al suelo, muerto, pero eso no hizo que se sintiera mejor. Fijó su mirada en la figura de Kirtash, que se erguía de espaldas a ella, todavía con la espada en la mano.

El hechizo se había roto. Ahora solo quedaba lugar para el odio y la sed de venganza. Con una orden silenciosa, Victoria llamó al báculo a su mano, y este obedeció.

Cuando Kirtash se dio la vuelta, vio a Victoria armada ante él, de pie, con los ojos relampagueantes, llenos de rabia y dolor.

–Te mataré –afirmó ella.

Con un grito salvaje y los ojos todavía húmedos, Victoria se lanzó contra él.

Los szish parecían inquietos, apreció Jack, pero acudían a plantar batalla por docenas. Alsan y él habían logrado alcanzar el bosquecillo; sin embargo, tenían a los hombres-serpiente pisándoles los talones.

Alsan se detuvo de pronto.

–Vete a buscar a Shail y a Victoria –gruñó–. Yo los entretendré.

Jack lo miró.

–No voy a dejarte solo otra vez.

–Maldita sea, chico, haz lo que te digo. Hay que plantarles cara, es mejor que darles la espalda.

Jack aún se sentía algo reticente, pero no se atrevió a contradecir a Alsan, y menos en aquellas circunstancias. Con un nudo en el estómago, dio media vuelta y se internó en el bosque.

Victoria gritó de nuevo y descargó su báculo con todas sus fuerzas contra Kirtash. El muchacho saltó a un lado con ligereza y detuvo el golpe con su espada. Hubo un chisporroteo de luz cuando ambas armas chocaron. El Báculo de Ayshel emitía un suave resplandor palpitante, como si fuese un corazón bombeando magia. La espada de Kirtash también brillaba, con un color blanco-azulado que le daba un aspecto gélido.

Victoria golpeó otra vez, y otra más. Kirtash se movía a su alrededor, silencioso, ágil, manejando su espada con precisión y habilidad. Si Victoria no hubiese estado tan cegada por el odio y el dolor, se habría dado cuenta de que él podría haberla matado enseguida, si hubiese querido. Pero Kirtash se limitaba a parar sus golpes, sin inmutarse, a pesar de que seguramente ya debía de saber que Victoria no estaba en condiciones de controlar el báculo, y eso implicaba que el artefacto, inflamado de magia, podía ser letal para cualquiera que lo rozase, excepto para su portadora. No parecía importarle, sin embargo. Quizá porque sabía que, a pesar de todo el empeño que ponía Victoria en golpearlo, a pesar de todo su odio, jamás lograría tocarlo si él no se lo permitía.

Victoria estaba física y psicológicamente agotada, pero seguía tratando de alcanzar a Kirtash con el báculo. Solo deseaba pegar, pegar, pegar... y matar.

A Kirtash, que seguía esquivándola y defendiéndose sin atacar.

Finalmente, Victoria tropezó y cayó de rodillas sobre el suelo. El báculo resbaló de sus manos y ella estalló en sollozos.

«Lo siento», oyó una voz en su mente. «Traté de evitarlo, lo sabes...».

Victoria levantó la cabeza, sorprendida, y miró a su alrededor.

Kirtash había desaparecido, pero aún percibió su voz en algún rincón de su conciencia: «Volveremos a vernos, Victoria...».

–¡Victoria!

Ella dio un respingo y vio, de pronto, a Jack junto a ella. Los ojos verdes del muchacho estaban llenos de preguntas, y su rostro mostraba un gesto profundamente preocupado.

–Menos mal que estás bien –dijo, mirándola con intenso cariño–. Por un momento he tenido miedo de que...

Jack no llegó a terminar de pronunciar aquella frase. Victoria se refugió entre sus brazos, llorando con infinita amargura. Jack, confuso y desconcertado, la abrazó con torpeza y murmuró algunas palabras de consuelo.

Miró a su alrededor, buscando respuestas, y solo halló el cuerpo de Elrion tendido sobre la hierba.

–¡Habéis matado al mago! –dijo, sorprendido.

Victoria se separó de él y se enjugó las lágrimas.

–Nosotros... no... –pudo decir–. Ha sido Kirtash.

Jack frunció el ceño.

–¿Kirtash ha matado a su propio mago?

Victoria tragó saliva.

–Jack, Shail... –susurró, y sintió de nuevo que los ojos se le llenaban de lágrimas.

Algo parecido a una mano helada aferró el corazón de Jack, que por un breve instante se olvidó de latir.

–¿Qué le ha pasado a Shail? –preguntó en un murmullo.

Pero Victoria simplemente se miró las manos, desolada. No encontraba palabras para explicar lo que había sucedido. Shail se había desintegrado ante sus ojos. Ni siquiera quedaba de él un cuerpo que pudieran llorar. Era demasiado horrible como para creer que fuera cierto y, sin embargo, lo era...

–Shail ha muerto por salvarme la vida –dijo finalmente, en voz baja.

Estalló en nuevos sollozos, estrechando en su mano derecha la Lágrima de Unicornio que Shail le había regalado, mientras apoyaba la cabeza en el hombro de Jack.

El chico, por su parte, inspiró profundamente y cerró los ojos, con cansancio. No había llegado a tener con Shail la confianza que lo unía a Alsan, pero siempre había apreciado al joven mago, jovial, agradable y, sobre todo, un buen amigo en el que se podía confiar.

Pero para Victoria era mucho más que eso, comprendió Jack enseguida. Shail y ella habían estado muy unidos, eran casi como hermanos. ¿Qué iba a hacer ella sin él?

Jack intuyó que, de alguna manera, él mismo debía esforzarse por llenar aquel vacío en su corazón, sobre todo después de lo que le había sucedido a Alsan. Abrazó a su amiga con fuerza y se dio cuenta de que no habría soportado perderla a ella también. Victoria hundió la cara en su hombro, sintiéndose un poco mejor. Jack acarició su pelo y se sorprendió de lo suave que era.

–Lo siento mucho, Victoria –dijo en voz baja–. Ha sido Kirtash, ¿verdad?

–No –respondió ella–. Ha sido Elrion. De hecho, Kirtash...

«Kirtash también trató de protegerme», recordó súbitamente. La voz de la lógica le dijo que eso se debía, sin duda, a que la necesitaba viva para utilizar el báculo. Aunque... ¿no había dicho que debía matarla? Pero, entonces, ¿por qué la había dejado marchar?

Sacudió la cabeza. No tenía fuerzas para intentar descifrar las razones del extraño comportamiento de su enemigo.

Entonces se oyó un aullido, y ambos alzaron la cabeza, alerta.

Un enorme bulto peludo se precipitó en el claro, corriendo hacia ellos. Lo perseguía un grupo de szish armados, que arrojaban dagas contra él.

–¡Alsan! –exclamó Jack.

–¿Alsan? –repitió Victoria.

–¡Vámonos de aquí! –rugió Alsan.

Victoria se quedó quieta. Alsan estaba a punto de alcanzarlos, y a la chica le pareció tan terrorífico que reaccionó de pronto y aferró su báculo instintivamente, justo cuando aquel ser, mitad hombre, mitad bestia, llegó hasta ellos...

«¡Alma!», chilló Victoria mentalmente. «¡Alma, sácanos de aquí!».

Y, por primera vez, logró realizar la invocación de manera instantánea. Lo último que pensó, antes de desvanecerse, fue que Shail habría estado orgulloso de ella.

Los szish se abalanzaron sobre los tres jóvenes, pero lo que quedaba de la Resistencia ya no se encontraba allí.

–Han escapado, señor –informó Assazer.

Kirtash asintió, sin una palabra. Se había asomado al ventanal y contemplaba el paisaje nocturno, de espaldas al szish.

–¿Qué hacemos... con el cuerpo del mago? –preguntó este, vacilante.

–Traedlo de vuelta al castillo –respondió Kirtash suavemente.

El szish no añadió nada más ni hizo el menor comentario. Se retiró sin ruido, y Kirtash no pudo reprimir una leve sonrisa. Aquellas criaturas le obedecerían sin dudarlo aunque los mandase de cabeza a una muerte segura.

Porque ellos sabían, y cuando miraban a Kirtash veían más de lo que podía apreciar cualquier humano.

–Kirtash.

La voz era fría y profunda, y no admitía ser ignorada. El muchacho se volvió con lentitud.

En el centro de la estancia había aparecido una figura incorpórea, alta y oscura, envuelta en sombras. Kirtash inclinó la cabeza ante su señor, Ashran el Nigromante.

–¿Qué ha pasado? ¿Dónde está Elrion?

–Cometió su enésimo error y tuve que deshacerme de él –murmuró Kirtash.

Ashran cruzó los brazos ante el pecho.

–¿Eres consciente de lo que me cuesta encontrar magos que cumplan tus exigencias? –preguntó, y su voz tenía un tono peligroso.

–Te pido perdón, señor. Pero los humanos no están a la altura de lo que exige la misión. Nos movemos en un mundo extraño. Se requiere no solo habilidad, sino también capacidad para adaptarse, discreción... y obediencia absoluta –añadió con suavidad.

–Comprendo. ¿Qué sugieres, pues?

–Soy consciente de que las habilidades de los szish como magos son muy limitadas, puesto que no han tenido la posibilidad de ingresar en la Orden Mágica para desarrollar su arte. Los yan, por su parte, son imprevisibles e impulsivos, y los varu no son muy eficaces en misiones en tierra firme. Tal vez alguien del pueblo feérico...

–Los feéricos se han opuesto en bloque al imperio de los sheks. No contamos con ninguno de sus hechiceros en nuestras filas. Pero veré qué puedo hacer.

Kirtash asintió, pero no dijo nada.

–¿Habéis aplastado ya a la Resistencia? –quiso saber Ashran.

–Podría decirse que sí, mi señor. Se han quedado sin mago, y el príncipe Alsan de Vanissar se ha visto transformado en un híbrido incompleto. No creo que esté ya en condiciones de liderar ningún grupo de renegados.

–¿En serio?

–Elrion decidió experimentar con él cuando lo apresamos. El príncipe es un joven orgulloso. Cuando se dé cuenta de todo lo que implica su nueva situación, quedará anímicamente destrozado.

–¿Y los otros?

–Dos niños, mi señor.

–Se te han escapado.

–La muchacha llevaba el Báculo de Ayshel. He tratado de apresarla con vida, pero Elrion ha intervenido con intención de matarla. Su inoportuna intromisión ha provocado la huida de la chica... y la muerte del propio Elrion –añadió.

Ashran miró a Kirtash a los ojos. El muchacho sostuvo su mirada. Nada en su actitud serena traicionaba la verdad que había ocultado a su señor: que Elrion había intentado matar a Victoria porque, seguramente, había estado espiándolos y había descubierto sobre ella lo mismo que Kirtash. Las últimas palabras de Elrion resonaron en su mente: «No sé a qué estás jugando, Kirtash, pero a Ashran no le va a gustar. Si no fuera porque te conozco, creería que estás traicionando a...».

Elrion no había llegado a terminar de pronunciar aquella frase, pero Kirtash sabía que no podría olvidarla.

–Comprendo –dijo Ashran finalmente–. ¿Qué hay del báculo?

–Me temo que solo la chica, Victoria, puede utilizarlo. La buscaré. Podría capturarla, pero, si me lo permites, mi señor, encuentro más práctica la idea de seguirla para que ella misma me conduzca hasta el unicornio.

»En cuanto al muchacho, Jack, también lo buscaré y lo mataré, si esa es tu voluntad.

El Nigromante reflexionó.

–No –dijo finalmente–. Es más urgente encontrar al dragón y al unicornio.

Kirtash asintió.

–Pero –añadió su oscuro señor–, si vuelve a cruzarse en tu camino...

–No habrá piedad –murmuró Kirtash.

Fijó en la imagen de Ashran unos ojos fríos como cristales de hielo.

XIV
EL FIN DE LA RESISTENCIA

ESTABAN a salvo.

Limbhad los había acogido en su seno como una madre, y su clara noche estrellada había calmado, en parte, su miedo, su frustración y su dolor.

En parte, pero no del todo.

Ni siquiera en aquel silencioso micromundo, donde nada parecía cambiar, donde su enemigo no podía alcanzarlos, donde todo lo sucedido no parecía haber sido más que un mal sueño, podían dejar de pensar en los que habían perdido.

A Victoria le parecía todo tan irreal que allí mismo, sentada junto a la ventana, en camisón, acariciando a la Dama, contemplaba el jardín, esperando inconscientemente a que Shail regresara de uno de sus paseos por el bosque.

Pero, de vez en cuando, un aullido de dolor, un grito de rabia o unos furiosos golpes sacudían toda la Casa en la Frontera, recordando a Victoria que aquello era real, muy real, y que Shail no volvería porque estaba muerto.

Jack entró en la habitación, y Victoria se volvió hacia él y lo miró, interrogante.

Los dos mostraban muy mal aspecto. Victoria tenía los ojos enrojecidos de llorar. Había tenido que regresar a casa al día siguiente de su desastroso viaje a Alemania. Su abuela la había mirado a la cara y no le había permitido ir al colegio; la había obligado a meterse en la cama y había llamado al médico.

A Victoria no le quedaban fuerzas para discutir. Estaba débil y se sentía muy cansada. El médico no había sabido decir qué le ocurría exactamente, pero le había aconsejado reposo, y ella había obedecido, sin una palabra. Sin embargo, por las noches volvía a Limbhad para ayudar a Jack.

El muchacho estaba agotado, pálido y ojeroso porque llevaba más de cuarenta horas sin dormir. Habían encerrado a Alsan en el sótano, porque con frecuencia se enfurecía y se volvía contra lo que tenía más cerca. Lo oían aullar, gruñir, gritar y gemir a partes iguales, y Jack tenía que contenerse para no acudir junto a él. Era cierto que Alsan estaba sufriendo una espantosa agonía mientras su alma humana y el espíritu de la bestia luchaban por tomar posesión de su cuerpo; pero no era menos cierto que, si le abría la puerta, los mataría a los dos. Así que, por el momento, Alsan tendría que librar su batalla completamente solo.

–Está peor –murmuró Jack–. Pensé que no tardaría en derrumbarse de agotamiento, y entonces podría entrar a dejarle algo de comida, pero esa cosa que lo está destrozando por dentro no lo deja en paz ni un solo momento.

En aquel mismo instante oyeron un horrible aullido y un golpe sordo que hizo temblar toda la casa.

–Está intentando echar la puerta abajo –dijo Victoria.

Jack sacudió la cabeza con cansancio.

–No te preocupes, la he asegurado bien. No es la primera vez que lo intenta.

Se sentó junto a ella y hundió el rostro entre las manos con un suspiro. Victoria lo miró y tuvo ganas de abrazarlo, de consolarlo y sentirse a su vez reconfortada por su presencia. Cuando Jack levantó la cabeza con aire abatido, Victoria alzó la mano para apartar de su frente un mechón de pelo rubio que le caía sobre un ojo. Notó que su piel estaba caliente y colocó la mano sobre su frente.

–Oye, creo que tienes algo de fiebre. Deberías descansar.

Jack negó con la cabeza.

–No tengo fiebre, soy así. Mi temperatura corporal es un par de grados superior a lo normal. Siempre lo ha sido, desde que era pequeño. Quizá es por eso por lo que nunca me pongo enfermo.

–Es raro –comentó Victoria.

–Sí. Ya sabes que hay muchas cosas en mí que son raras y para las que no tengo ninguna explicación –murmuró Jack, sombrío–. Antes habría dado lo que fuera por comprender quién soy en realidad, pero ahora me doy cuenta de que, sencillamente, hay un precio que no estoy dispuesto a pagar. Hemos perdido a Shail, y Alsan se ha convertido en algo... que no puedo describir. Y también he estado a punto de perderte a ti, y si eso hubiera sucedido... me habría vuelto loco –confesó, mirándola con seriedad.

Victoria bajó la cabeza, azorada, sintiendo que el corazón le palpitaba con fuerza. Jack sacudió la cabeza, con un suspiro, y concluyó:

–Habría dado mi vida para encontrarme a mí mismo, pero no la de mis amigos. Por desgracia, lo he comprendido demasiado tarde.

–¿Habrías actuado de otra forma, de haberlo sabido?

Jack se quedó pensativo.

–No lo sé –dijo por fin–. Puede que no tuviera elección, al fin y al cabo. Hay algo que me empuja a luchar, una y otra vez. Es como si... a través de esta guerra, a través de mi espada, a través incluso de Kirtash... me descubriese a mí mismo. Tengo la sensación de que, aunque me mantuviese alejado de todo esto, acabaría por toparme con Kirtash igualmente, de una manera o de otra. Es como si estuviese... predestinado.

Calló, confuso, y frunció el ceño. Aquellos pensamientos resultaban extraños y no acababa de comprenderlos del todo.

–Te entiendo –suspiró Victoria, con un escalofrío–. A mí me pasa algo parecido.

Jack la miró fijamente.

–Y tú, ¿cómo estás? No tienes buen aspecto.

Victoria apartó la mirada.

–Sobreviviré –dijo, con un optimismo forzado; estaba muy lejos de sentirse así. La pérdida de Shail había sido un golpe del que, probablemente, jamás se recuperaría por completo.

Otro agónico aullido de Alsan estremeció la casa. Jack alzó la cabeza, preocupado.

–Jack –dijo Victoria–, ¿qué vamos a hacer si Alsan no se recupera?

Jack la miró casi con fiereza.

–Se recuperará –afirmó–. Ni se te ocurra pensar lo contrario.

–De acuerdo –concedió Victoria con suavidad; vaciló antes de preguntar–: ¿Y qué podemos hacer para ayudarlo?

–No gran cosa, en realidad –suspiró Jack–. Parece ser que el conjuro al que lo sometieron es muy complejo. Alsan me dijo que había oído decir a Kirtash que solo Ashran ha sido capaz de realizarlo correctamente.

Victoria se preguntó entonces cómo pensaba expulsar a la bestia del cuerpo de Alsan, pero no formuló sus dudas en voz alta.

–Aunque no lo parezca, Victoria –prosiguió Jack, como si hubiese leído sus pensamientos–, él sigue siendo Alsan, y sé que luchará hasta el final. Mientras él esté con nosotros, la Resistencia seguirá viva.

Victoria sacudió la cabeza.

–Jack, hemos perdido a Shail y, por más que te empeñes, no creo que Alsan esté en condiciones de...

–Cuando estábamos en el castillo –interrumpió él– le dije que, si decidía unirse a Ashran para buscar un remedio a... lo que quiera que le hayan hecho... le dije que yo lo entendería, que no se lo echaría en cara. ¿Y sabes qué me contestó? «Jamás». Ese es el espíritu de la Resistencia, el espíritu de Alsan, y por eso sé que sigue con nosotros aunque ahora parezca un monstruo. En el fondo sigue siendo Alsan.

Victoria bajó la cabeza y ocultó su rostro tras una cortina de pelo, deseando que Jack no viese que se le había encendido de la vergüenza.

Ella sí había cedido a la tentación. Había tomado la mano que Kirtash le ofrecía.

«Oh, Shail», pensó, «ojalá estuvieras a mi lado. No sé en quién confiar ahora».

Jack no la había creído cuando le había contado que Kirtash había tratado de impedir que Elrion los matase a ella y a Shail. Pero, de todas formas, Victoria no le había contado la extraña conversación que había mantenido con el joven asesino. Jack seguía odiando a Kirtash y, si se enterase de que Victoria había estado a punto de marcharse con él, se sentiría herido y traicionado.

Pero Victoria sabía que, si ahora ella seguía viva y libre, era porque Kirtash había querido que así fuera. Y no solo eso: había tratado de salvarla de Elrion.

Pero Shail se le había adelantado.

Victoria gimió interiormente. Todo era tan confuso...

Shail había quedado inconsciente tras su lucha contra el hechicero szish, pero luego había recobrado el sentido y se había levantado para interponerse entre ella y el rayo mágico de Elrion... ¿Cuánto rato llevaba consciente? ¿Habría oído la conversación entre ella y Kirtash? ¿La habría visto cogiendo la mano del asesino?

Se estremeció. «Me engañó», pensó. «Él puede controlar a la gente con sus poderes telepáticos. Me hipnotizó...».

¿Por qué? ¿Para qué?

«Estaba jugando conmigo...», se dijo Victoria, abatida. «Y fui tan tonta como para dejarme engañar... porque creí ver en sus ojos...».

¿Qué? ¿Sinceridad? ¿Interés? ¿Afecto? ¿Ternura?

Kirtash no tenía sentimientos. No podía tenerlos alguien que asesinaba de la manera en que él lo hacía.

Sintió de pronto que Jack pasaba un brazo por sus hombros.

—No llores, por favor —le dijo con suavidad, y fue entonces cuando Victoria fue consciente de que, en efecto, sus ojos estaban llenos de lágrimas—. Todo saldrá bien.

—No —negó ella, levantándose bruscamente, sintiéndose sucia y mezquina por haber traicionado a la Resistencia, porque Shail había muerto por su culpa, porque no tenía valor para confiar en Jack y tampoco había tenido fuerza de voluntad suficiente para rechazar a Kirtash igual que Alsan había dicho «Jamás»—. Nada saldrá bien, Jack, ¿es que no lo ves? Digas lo que digas, hemos perdido. La Resistencia ha muerto.

Se asustó del sonido de sus propias palabras. Sin mirar a Jack, salió corriendo de la habitación.

Jack la encontró en el bosque, en su refugio secreto. En realidad no era secreto para nadie, pero todos sabían que, cuando se perdía allí, era mejor dejarla tranquila.

Junto al arroyo crecía un enorme sauce llorón, el mismo bajo el cual Victoria había curado a Shail, apenas un par de semanas atrás, y la chica había dispuesto un montón de mantas entre sus grandes raíces. A menudo se acurrucaba en aquella especie de nido y dormía allí, bajo la luz de las estrellas, arrullada por el sonido del arroyo. Jack le había preguntado más de una vez por qué hacía eso, pero ella nunca había sabido responder. Aunque cualquier cama sería más cómoda que su extraño «campamento», la chica había descubierto que se despertaba más despejada si dormía en aquel lugar.

Jack retiró las ramas del sauce que caían como una cortina entre él y Victoria y asomó la cabeza.

—Toc, toc —dijo—. ¿Se puede?

El bulto acurrucado entre las raíces del sauce alzó la cabeza, y Jack pudo ver el rostro de su amiga a la luz de las estrellas y las luciérnagas que sobrevolaban el arroyo. A pesar de su palidez y su cansancio, parecía haber algo mágico y sobrenatural en ella, o tal vez se debía al marco que la rodeaba.

–Estás en tu casa –murmuró Victoria.

Jack eligió una enorme rama para acomodarse sobre ella. Se tumbó cuan largo era, apoyando la espalda en el tronco del árbol.

–Una vez, no hace mucho, traje a Shail a este mismo lugar –recordó ella–, para curarlo. Me resulta extraño pensar que él ya no está, que nunca volveré a verlo.

Jack no respondió. También él sentía en lo más profundo la pérdida de Shail, pero no encontraba palabras para expresarlo. Victoria suspiró y lo miró.

–Siento lo que he dicho antes –dijo.

Jack negó con la cabeza.

–No importa. Puede que tengas razón. De todas formas, siempre hemos llevado las de perder en esta lucha.

Victoria reparó en el tono amargo de sus palabras y lo miró.

–Te enfrentaste a Kirtash, ¿verdad?

Jack asintió.

–Peleamos. Tuve que salir corriendo, pero al menos planté cara.

–También yo luché contra Kirtash. Pero lo mío no tiene mérito. Él no quería matarme.

«Tengo que matarte, ¿lo sabías?», había dicho él. «Pero tú no deberías morir». Victoria sacudió la cabeza para olvidar aquellas desconcertantes palabras.

–Tampoco logró llevarte con él. Debiste de defenderte como una leona.

Victoria se encogió sobre sí misma, sintiéndose, de nuevo, muy culpable. Iba a confesarle a Jack la verdad de lo que había pasado, pero él seguía hablando:

–Sabes, antes pensaba que Kirtash me odiaba, igual que yo lo odio a él. Pero ahora creo... que no puede odiar, simplemente porque no tiene sentimientos.

Victoria se estremeció; también ella había pensado aquello momentos antes. Pero aquel brillo en los ojos de hielo de Kirtash... Sacudió la cabeza. Jack tenía razón. Todo habían sido imaginaciones suyas, y eso la hizo sentirse aún más mezquina.

–No luché, Jack –confesó finalmente–. No tuve fuerzas. Kirtash podría haberme llevado consigo si hubiese querido.

Jack la miró con sorpresa.

–No puede ser. Él te necesitaba para utilizar el Báculo de Ayshel. No es posible que haya perdido el interés así, de pronto. ¿Qué le habría hecho cambiar de opinión?

Victoria no respondió. Recordó que Kirtash la había mirado a los ojos, y revivió aquella extraña sensación de desprotección y desnudez cuando la mente del asesino exploraba la suya. Victoria no sabía qué había visto Kirtash en su interior, y no deseaba saberlo. Recordó lo que Shail había dicho cuando Jack había utilizado el Alma para espiar a Kirtash: que, a través de su mente, él podía haber alcanzado Limbhad. ¿Era eso? Victoria sintió que la sangre se le congelaba en las venas. ¿Cuántos secretos había desvelado a su enemigo sin proponérselo?

–Estoy cansada, Jack –le dijo a su amigo–. Cansada de luchar, de tener miedo. He perdido a Shail y no quiero perder a nadie más. Sé que suena egoísta, pero... ¿realmente vale la pena que sigamos con esto? Jamás encontraremos al dragón y al unicornio. Es inútil.

–Tal vez –admitió Jack tras un breve silencio–, pero yo tengo que hacerlo. He de seguir por...

–¿Por tus padres? Jack, Elrion mató a tus padres y mató a Shail, y ahora está muerto. Y ellos no han vuelto a la vida. Yo creo que no vale la pena.

Jack calló un momento. Después dijo:

–Comprendo que quieras abandonar, y no voy a reprochártelo. Pero yo tengo que seguir, porque, lo mire por donde lo mire, no me queda nada más. ¿Entiendes? Kirtash me lo ha arrebatado todo. Ya no tengo casa, no tengo familia, no tengo a donde ir. Limbhad es mi único refugio, y Alsan y tú sois los únicos amigos que me quedan.

Victoria lo miró, apenada.

–No, Jack, eso no es todo –le dijo–. Mi casa es segura todavía. Y es grande. Si hablo con mi abuela, si le digo que no tienes a nadie más... seguramente dejará que te quedes. Podrás volver a vivir a la luz del día...

Se calló de pronto, inquieta, pensando que, dado que Kirtash había explorado su mente, tal vez conociera ya la ubicación de la mansión de Allegra d'Ascoli...

Pero Jack no se percató de su turbación.

–No, Victoria, no puedo hacer eso. Kirtash me conoce demasiado bien, me está buscando. No quiero poneros en peligro. Aunque te lo agradezco... y, ahora que lo recuerdo, también he de darte las gracias por haberme salvado la vida, el otro día, en el desierto.

–No fui yo, fue el báculo el que...

–Obedeció a tus deseos, Victoria. Tú querías salvarme, y el báculo actuó siguiendo tu voluntad. No tuve ocasión de agradecértelo.

Victoria alzó la cabeza para responder y vio que Jack estaba muy cerca de ella y la miraba intensamente. El corazón de la muchacha se aceleró al sentir a su amigo tan próximo. «¿Qué me está pasando?», se preguntó, confusa.

Jack, por su parte, no podía apartar sus ojos de ella. Tuvo el súbito impulso de abrazarla, de protegerla, de decirle que no permitiría que nada malo le sucediera, pero, inexplicablemente, se quedó clavado en el sitio.

Victoria tragó saliva. Intuía que aquel era un momento importante para ambos y no sabía qué debía decir ni cómo debía actuar.

–Victoria, yo... –empezó Jack.

Un súbito estruendo proveniente de la casa ahogó sus palabras. Se oyó un aullido de rabia, y Jack se levantó de un salto.

–Es Alsan –dijo, comprendiendo enseguida lo que estaba sucediendo–. Tiene otra de sus crisis.

Los dos corrieron hacia la casa y bajaron con precipitación las escaleras que llevaban al sótano. Se detuvieron ante la puerta de la habitación donde habían encerrado a Alsan. Los golpes sonaron más fuertes, y los dos chicos vieron que, con cada uno de ellos, la puerta parecía a punto de reventar.

–¡Está intentando echar la puerta abajo! –gritó Jack, lanzándose hacia adelante para sostenerla–. ¡Ayúdame!

Victoria se había quedado parada al pie de la escalera, pero reaccionó y corrió junto a Jack. Los dos empujaron la puerta con todas sus fuerzas, pero Alsan seguía golpeándola y, con cada choque, las paredes enteras se estremecían.

–Jack, no aguantaremos mucho tiempo –susurró Victoria.

De pronto, los golpes cesaron.

–¿Victoria? –sonó una voz ronca, que recordaba remotamente a la de Alsan–. ¿Eres tú?

–¡Alsan! –gritó Jack–. ¿Estás bien?

No dejó de sostener la puerta, sin embargo, e hizo una seña a su amiga para que hiciese lo mismo.

–Victoria –susurró la voz de Alsan tras la puerta, ignorando a Jack–. Victoria, tienes que sacarme de aquí. Sabes que tengo que marcharme.

–No, Alsan, no debes salir de aquí –intervino Jack–. ¿Adónde vas a ir? ¿Qué vas a hacer fuera de Limbhad?

–Victoria –insistió Alsan–, tienes que dejarme marchar. Si no lo haces, tarde o temprano os mataré. A ti –hizo una pausa y añadió–: Y a Jack.

Victoria cerró los ojos y se estremeció.

–¡No, Alsan, no lo permitiremos! –dijo Jack con firmeza.

–Sabes que es verdad, Victoria –prosiguió la voz de Alsan, con un gruñido–. No puedo detener a la bestia, y vosotros tampoco podréis hacerlo. Debéis dejarme marchar.

Jack no lo soportó más.

–¡No voy a abandonarte! –le chilló a la puerta cerrada–. ¿Me oyes? ¡Ni hablar!

Alsan no dijo nada más. Tampoco volvió a intentar derribar la puerta. Sobrevino un silencio tenso.

–Vete a dormir –dijo entonces Jack–. Yo me quedaré aquí, con él.

Victoria lo miró un momento, con una intensidad que le hizo sentirse incómodo.

–No quiero que te haga daño.

–No lo hará. Es mi amigo, ¿no lo entiendes?

Victoria no dijo nada. Se alejó escaleras arriba.

Jack se sentó en el suelo, junto a la puerta, y apoyó la espalda en la pared. Cerró los ojos... y, sin darse cuenta, el cansancio lo venció y se quedó dormido.

Creyó ver en sus sueños la figura de Victoria, que se acercaba en silencio y se inclinaba sobre él. Cuando, momentos más tarde, despertó, sobresaltado, miró a su alrededor con desconfianza. Pero la puerta seguía sólidamente cerrada. Volvió a recostarse contra la pared, pensando que había sido un sueño, pero entonces vio que alguien lo había cubierto con una manta para que no cogiese frío, y una cálida sensación lo recorrió por dentro. Sonrió, reprochándose a sí mismo el haber dudado de su amiga, y se puso en pie. Como todo seguía en silencio –Alsan debía de estar dormido–, Jack decidió subir a acostarse.

Al pasar frente a la habitación de Victoria, vio que la puerta estaba entreabierta, y no pudo evitar asomarse y echar un vistazo.

Vio a la chica echada sobre la cama, dormida, los cabellos oscuros desparramados sobre la almohada, su pálido rostro iluminado por la luz de las estrellas que entraba por la ventana, sus dedos cerrados con fuerza en torno al amuleto que Shail le había regalado antes de morir, la noche de su cumpleaños. Jack movió la cabeza con tristeza y siguió avanzando hacia su habitación.

En cuanto se retiró de la puerta, Victoria abrió los ojos. Con el corazón palpitándole con fuerza, aguardó un rato hasta que oyó cerrarse la puerta de la habitación de Jack. Entonces se levantó en silencio, cogió su báculo y se deslizó por los pasillos de Limbhad en dirección al sótano.

Jack se despertó, sobresaltado, cuando un aullido de triunfo resonó por toda la casa. Se levantó de un salto y corrió al sótano, y se encontró con la puerta hecha pedazos y la habitación vacía. La sangre se le congeló en las venas por un breve instante. Recordó a Victoria dormida y visualizó, por un momento, a la versión bestial de Alsan saltando sobre ella para devorarla.

–¡Victoria! –gritó, y corrió de nuevo escaleras arriba, para salvar a su amiga.

Pero no la encontró en su habitación. Desconcertado, se preguntó si habría salido al bosque para dormir bajo el sauce, como solía hacer, cuando sintió un estremecimiento, una especie de ondulación en el aire, y supo lo que acababa de suceder: alguien había abandonado Limbhad.

E imaginó enseguida lo que estaba pasando.

Corrió hacia la biblioteca, pero, mucho antes de llegar, mucho antes de abrir la puerta, ya sabía lo que iba a encontrar en ella.

A Victoria, sola, de pie, junto a la esfera en la que se manifestaba el Alma.

Y Jack comprendió que Alsan se había marchado para sufrir a solas su dolor y su desgracia, y que tal vez no volvería a verlo nunca más.

Victoria se quedó en la puerta de la habitación, silenciosa, observando cómo Jack abría y cerraba cajones y armarios, cogiendo ropa y guardándola en la bolsa que había dejado abierta sobre la cama.

–No creo que sea una buena idea –dijo por fin.

Jack se volvió para mirarla, irritado, y no pudo evitar hablar con dureza:

–No voy a quedarme de brazos cruzados. Si esa bola mágica no es capaz de encontrar a Alsan...

–Pero se ha marchado voluntariamente, ¿no lo entiendes? Nos pidió que le dejáramos marchar. Y si el Alma no lo localiza es porque está muy cambiado y ya no es él mismo...

–Me da igual –cortó Jack–. Yo mismo iré a buscarlo.

–Pero puede estar en cualquier parte, y el mundo es muy grande...

–No puedo quedarme aquí y simplemente esperar.

–¿Por qué no?

Jack se volvió para mirarla, y se sintió incómodo. Algo en la mirada de su amiga le suplicaba que no se fuera, que se quedara a su lado. Y Jack sintió un pánico horrible ante la simple idea de sentirse atado a alguien, a aquel lugar triste y vacío, lleno de recuerdos de los ausentes.

Tenía que huir, tenía que marcharse de allí como fuera y encontrar a Alsan. Y Victoria no iba a lograr detenerlo.

–Alsan es mi amigo –dijo con frialdad–, me ha enseñado muchas cosas, me ha salvado la vida y le debo mucho. Ahora, esté donde esté, me necesita.

–Jack, se ha marchado *voluntariamente*. Quiere estar solo, quiere alejarse de nosotros para no ponernos en peligro...

–¡Pero piensa en lo que harán con él en nuestro mundo! Ya no es del todo humano, Victoria. Lo matarán. No deberías haber dejado que se fuera. No tienes ni idea de lo que has hecho.

Victoria no dijo nada.

Jack guardó a Domivat en la bolsa de viaje; el arma tenía una vaina hecha de un material especial que resistía el calor que despedía su filo, por lo que el chico podía estar seguro de que su ropa no se quemaría, a pesar de estar en contacto con la Espada Ardiente. Cerró la bolsa y se la cargó al hombro. Volvió a mirar a su amiga y algo se ablandó en su interior. No, no podía dejarla así. Eran demasiadas las cosas que los unían, los momentos importantes que habían vivido juntos. Y, sin embargo...

–Tienes que comprenderme –insistió–. Es como un hermano para mí. No puedo dejarlo marchar, así, sin más. No puedo darle la espalda.

–¿Y a mí sí puedes darme la espalda?

Jack respiró hondo.

–Victoria, no me obligues a elegir. Él está en problemas, y me necesita. Y tú no –la miró fijamente–. ¿O sí... me necesitas?

Victoria vaciló. ¿Qué iba a decirle? ¿Que sí lo necesitaba, desesperadamente? Supo enseguida que, a pesar de lo que sentía, no iba a confesárselo o, al menos, no en aquel momento. La vergüenza y el orgullo le impedían mirarlo a los ojos y decirle a Jack lo importante que era para ella. Y, por otra parte, intuía que, aunque lograra convencerlo de que no se marchara, el chico se arrepentiría una y mil veces de haber abandonado a Alsan a su suerte.

No, Victoria no podía pedirle que se quedara con ella, no podía condenarlo a la soledad de Limbhad, y menos teniendo en cuenta que había sido ella la que había dejado marchar a Alsan.

De manera que alzó la mirada y dijo:

—No, tienes razón. No te necesito.

Victoria creyó apreciar en los ojos de Jack una sombra de dolor y decepción; pero la voz de él sonó fría e indiferente cuando dijo:

—Bien. Entonces, no hay más que hablar.

Ella se sintió muy triste de pronto. Erguido, con el equipaje a cuestas y aquella expresión resuelta en el rostro, Jack parecía mayor de lo que era. Pero estaba dispuesto a marcharse, y Victoria supo que había perdido la oportunidad de retenerlo a su lado.

El muchacho avanzó hacia la puerta y Victoria se apartó para dejarle pasar. Sus cuerpos se rozaron y sus miradas se encontraron un breve instante. Los dos vacilaron. El tiempo pareció congelarse.

«No debería marcharme», pensó él.

«Le suplicaré que se quede», se dijo ella.

Pero Jack cruzó la puerta y se separó de Victoria, y siguió andando pasillo abajo, y ella no lo llamó.

Llegó enseguida a la biblioteca y entonces se dio cuenta de que necesitaría la ayuda de Victoria para marcharse de Limbhad. Se volvió hacia la entrada y la vio allí, silenciosa. Llevaba el báculo entre las manos.

—Adelante —dijo ella—. Decide tu destino y acércate a la esfera. El Alma y yo haremos el resto.

Jack vio entonces que sobre la mesa había aparecido misteriosamente la esfera de colores cambiantes en la que se mostraba el Alma de Limbhad. Titubeó. Nunca había realizado aquel viaje solo, y tampoco había decidido aún por dónde empezar a buscar a Alsan. Como había dicho Victoria, el mundo era grande.

Jack avanzó un paso, vaciló y se volvió hacia ella.

—Volveré con Alsan —prometió—. Y la Resistencia...

—La Resistencia ya no existe, Jack —cortó ella—. Hazte a la idea.

—Nunca —replicó Jack, ceñudo—. Te juro que mataré a ese Kirtash aunque sea lo último que haga.

—Es curioso que te importen más tus enemigos que tus amigos —observó Victoria con frialdad.

—¿Qué quieres decir? —estalló Jack—. ¡No soy yo quien se esconde aquí mientras Alsan vaga por ahí, perdido y solo! ¡No soy yo quien le ha dejado marcharse, a pesar del estado en el que se encontraba! ¡Por lo menos, yo no me paso el día lamentándome!

Victoria entrecerró los ojos, y Jack se dio cuenta de que la había herido. Pero estaba furioso con su amiga por no acompañarlo, por no apoyarlo, por haber dejado marchar a Alsan, y, sobre todo... por no necesitarlo como él la necesitaba a ella.

Y, por eso, en aquel momento no lamentó haber dicho aquello.

—Lárgate —dijo Victoria conteniendo la ira—. Márchate y no vuelvas por aquí.

—Descuida —replicó Jack, molesto.

Inmediatamente después, ambos se arrepintieron de sus palabras, pero ninguno de los dos dio el primer paso para arreglarlo. Jack avanzó hacia la mesa y, sin dudarlo ni un momento, alargó la mano hacia la esfera. El resplandor se hizo más intenso y la luz envolvió la figura de Jack, que, mareado, aún tuvo tiempo de pensar: «Londres», antes de dejar atrás Limbhad... y a Victoria.

Ella le vio desaparecer y se quedó quieta un momento. Después dio media vuelta para internarse de nuevo en la Casa en la Frontera.

El sonido de un timbre se desparramó por los pasillos y las aulas del colegio.

En la clase de Victoria, la profesora indicó los ejercicios que había que hacer para el día siguiente antes de que las alumnas comenzaran a recoger sus cosas. Victoria tomó nota y guardó la agenda en la mochila.

Se disponía a salir cuando la profesora la llamó. La muchacha se volvió hacia ella, interrogante, y se acercó a su mesa.

—¿Te encuentras bien? —le preguntó la profesora—. Te veo muy pálida.

—He estado enferma —repuso ella con suavidad.

—Lo sé. ¿No te has recuperado aún?

Victoria desvió la mirada, pero no dijo nada.

—¿Te pasa algo más? —insistió la profesora—. Te he visto muy triste desde que volviste. Es como si estuvieras... ausente.

—Estoy bien. Es solo que... —dudó antes de añadir—, recientemente perdí a un amigo muy querido. Un accidente, ¿sabe usted? Estaba en el lugar equivocado en el momento equivocado, como se suele decir.

«Como algunos héroes», pensó, recordando lo que les había contado Shail al respecto. Habían pasado apenas unos días desde aquella conversación, pero ya parecían una eternidad.

–Oh, Victoria, lo siento mucho. Tu abuela no me dijo nada.

–Ella no lo conocía. De todas formas... es normal estar triste, ¿no? Pero no durará para siempre. Pasará con el tiempo. No se preocupe.

La profesora la observó con aprobación. Había dolor en los ojos de Victoria, sí, pero más madurez y sabiduría.

–Bien –dijo finalmente–. Si necesitas ayuda, ya sabes dónde estoy.

Victoria asintió.

Abandonó la clase y, después, el enorme y frío edificio. Ya había anochecido; una fría brisa sacudía las ramas de los árboles, que creaban sombras fantasmagóricas sobre las baldosas del patio.

Nadie la esperaba fuera. Victoria era una chica extraña y retraída y no tenía amigas en el colegio. Nunca le había preocupado, pero en aquel momento añoró una vida como la de cualquiera de sus compañeras de clase. Deseó ardientemente ser una chica normal, no haber oído hablar de Idhún ni haber conocido a la Resistencia...

Se preguntó si no sería demasiado tarde para recuperar su vida...

... y olvidar...

Sacudió la cabeza. ¿A quién pretendía engañar? Ella no era una chica normal, y nunca lo sería. Había conocido el miedo, el dolor, el odio y el poder. Poseía el don de la curación y era la clave para encontrar a Lunnaris, porque solo ella podía manejar el Báculo de Ayshel. Fuera cual fuera su relación con Idhún... estaba claro que no iba a desaparecer con solo desearlo.

Lunnaris...

Victoria recordó con cuánta pasión hablaba Shail de aquel pequeño unicornio. Nunca más volvería a verla.

«Te fallé, Shail», pensó. «No sé qué hacer para encontrar a Lunnaris, no sé cómo utilizar el báculo para que me lleve hasta ella. Pero te juro que la encontraré, por ti».

Era una idea que llevaba días rondándole por la cabeza. Llevar a cabo el sueño de Shail. Encontrar a Lunnaris por él. Y hablarle del joven mago que la había salvado una vez y había consagrado su vida y su magia a buscarla en un mundo que no era el suyo.

«Encontraré a Lunnaris», prometió. «Aunque tenga que hacerlo sola».

El recuerdo de su discusión con Jack regresó de nuevo a su mente, y el dolor volvió a consumir su corazón. Lo echaba de menos, a veces incluso más que a Shail, y en ocasiones como aquella procuraba recordar, por encima de todo, las palabras hirientes de él, para reavivar el enfado y tratar de calmar así el dolor de la separación. Cerró los ojos, pero el recuerdo de Jack seguía vivo en su interior, y se preguntó si lograría olvidarlo y seguir adelante sin él. Se preguntó si debería haberle dicho que sí lo necesitaba, que su vida resultaba gris si él no estaba en ella para pintarla con su sonrisa, que en aquellos meses se había acostumbrado tanto a tenerlo cerca que ahora se sentía vacía y espantosamente sola. Y se preguntó también si, de haberlo hecho, de haberle confesado todo aquello, habría cambiado en algo las cosas.

Probablemente no, pensó. Al fin y al cabo, se dijo a sí misma con rencor, Jack estaba deseando marcharse. Se había dado tanta prisa en hacerlo, de hecho, que no se había parado a pensar que, sin Shail ni Victoria, él no sería capaz de regresar a Limbhad. En aquel mismo momento podía estar en la otra punta del planeta. Tal vez no volvieran a encontrarse nunca más.

«Volveremos a vernos, Victoria...», resonó entonces un recuerdo en su mente. Se estremeció. Por alguna razón, se acordó de Kirtash. Si iba a continuar la búsqueda de Lunnaris ella sola, volvería a encontrarse con él tarde o temprano. Y ahora no tenía a Shail, a Alsan ni a Jack para protegerla.

Algo se rebeló en su interior ante la idea de tener que depender siempre de los demás. Había sido agradable dejarse querer por Alsan y Shail, pero Jack le había echado muchas cosas en cara, y ella quería... necesitaba demostrar que estaba equivocado.

«... no vuelvas a cruzarte en mi camino, criatura, porque no tendré más remedio que matarte la próxima vez», había dicho Kirtash.

«No», corrigió Victoria. «Si Jack no te ha matado antes, lo haré yo. No volverás a hacerme sentir así, tan indefensa, tan a tu merced. Volveremos a encontrarnos y, cuando lo hagamos... seré yo quien juegue contigo antes de matarte».

Perdida en sus sombríos pensamientos, Victoria franqueó la puerta del colegio.

No se dio cuenta de que, en lo alto del muro, se agazapaba una sombra oscura encubierta tras las ramas de los árboles.

Y aquella figura la observaba con un destello de calculador interés en sus fríos ojos azules.